Éditions Druide
1435, rue Saint-Alexandre, bureau 1040
Montréal (Québec) H3A 2G4

www.editionsdruide.com

ÉCARTS

Collection dirigée par
Normand de Bellefeuille

L'ASTRONOME DUR À CUIRE

Catalogage avant publication de Bibliothèque et Archives nationales du Québec et Bibliothèque et Archives Canada

Ruel, Jonathan, 1983-
L'astronome dur à cuire : roman
(Écarts)

ISBN 978-2-89711-295-0
I. Titre. II. Collection : Écarts.
PS8635.U38A87 2016   C843'.6   C2016-941062-5
PS9635.U38A87 2016

Direction littéraire : Normand de Bellefeuille
Édition : Luc Roberge et Normand de Bellefeuille
Révision linguistique : Diane Martin et Jocelyne Dorion
Assistance à la révision linguistique : Antidote 9
Maquette intérieure : Anne Tremblay
Mise en pages et versions numériques : Studio C1C4
Œuvre en page couverture : Audrey Larouche
Photographie de l'œuvre en page couverture : Isabelle Falardeau
Conception graphique de la couverture : Anne Tremblay
Photographie de l'auteur : Katherine Rose
Diffusion : Druide informatique
Relations de presse : Mireille Bertrand

Les Éditions Druide remercient le Conseil des arts du Canada et la SODEC de leur soutien.

Gouvernement du Québec – Programme de crédit d'impôt pour l'édition de livres – Gestion SODEC.

Ce projet a été rendu possible en partie grâce au gouvernement du Canada.

Canadä

ISBN PAPIER : 978-2-89711-295-0
ISBN EPUB : 978-2-89711-296-7
ISBN PDF : 978-2-89711-297-4

Éditions Druide inc.
1435, rue Saint-Alexandre, bureau 1040
Montréal (Québec) H3A 2G4
Téléphone : 514-484-4998

Dépôt légal : troisième trimestre 2016
Bibliothèque nationale du Québec
Bibliothèque nationale du Canada

Imprimé au Canada

Jonathan Ruel

L'ASTRONOME DUR À CUIRE

roman

Druide

L'astronome dur à cuire est une œuvre de fiction. Tous les personnages et événements représentés dans ce livre sont le fruit de l'imagination de l'auteur ou sont utilisés de façon fictive.

À Sylvain Lelièvre

ESCAPADE : MASSACHUSETTS

Moi, Jacques, j'ai beaucoup à dire. Rien n'est secret qui ne doive être découvert, et rien n'est caché qui ne doive être connu. J'ai longtemps gardé le silence, je me suis tu, je me suis contenu. Mais maintenant, je vais crier comme une femme en travail, j'en serai haletant et essoufflé. Les Écritures disent que celui qui garde le silence est sage. Que celui qui est sage garde mon silence autant que mes mots.

Évangile secret de Jacques, le frère de Jésus

1

Notre *road trip* imminent à travers les États-Unis me donnait l'image mentale spontanée d'une grosse décapotable rouge coupant le désert comme une flèche. Je savais bien que la réalité serait différente, si ce n'est que nous partions du Massachusetts sous la pluie et n'allions pas plus loin que Chicago, mais j'ai quand même été un peu déçu quand je suis arrivé dans le stationnement et que j'ai vu la petite auto de location grise. L'étiquette sur le porte-clés disait *argent*, mais l'auto n'était vraiment que grise.

Moira s'est avancée du mur où elle m'attendait.

« S'il vous plaît, monsieur Bowman, j'ai besoin de votre aide. »

J'ai déposé mes bagages derrière l'auto. Elle s'est arrêtée près de moi et a mis la main sur mon avant-bras. Elle était habillée tout en noir et portait un béret noir et des lunettes fumées.

J'ai joué le jeu.

« Que puis-je faire pour vous ? Vous êtes mademoiselle… ?

— Madame Parker. Tu peux m'appeler Sarah. »

Je n'ai pas l'intention de créer de l'ambiguïté à propos de Moira et Sarah. Moira est mon amie et nous faisions une petite escapade pendant la semaine de relâche. Nous pensions que voyager autant que possible sous une fausse identité, comme si nous étions en fuite, serait amusant et nous divertirait de nos études doctorales à Harvard. Elle avait décidé de prendre Sarah pour prénom parce qu'elle y voyait un nom commun et discret.

« Et tu peux m'appeler John. Alors, qu'est-ce qui se passe ?

— Ils disent qu'il est mort, mais je pense qu'il y a eu un énorme complot et qu'il a survécu pendant bien des années. Il faut que tu trouves ce qui s'est passé.

— Qui était présumé mort ? C'était dans les journaux ?

— Oui, c'est une affaire célèbre. Il s'appelle Jésus. Jésus de Nazareth.

— Ah, ce Jésus-là. Écoute, j'ai lu tous les documents officiels sur son cas et il me semble que certains des faits ne collent pas, mais, vois-tu, je ne suis qu'un seul homme, alors que tellement de gens ont travaillé à ce dossier à travers les années…

— Non, John, tu n'es pas qu'un seul homme. Ensemble, nous sommes deux hommes… ou quelque chose comme ça. Humains.

— Tu es très persuasive. Et ton arithmétique est impeccable. Je demande vingt-cinq dollars par jour, plus mes dépenses. Aucune garantie de succès.

— Tu verras que je suis en effet très persuasive. Je pense aussi que nous devrions être partenaires d'affaires. » Elle s'est rapprochée de moi, puis m'a repoussé : « J'ai entendu parler d'un homme à Chicago que nous devons absolument voir en chair et en os :

le professeur Charles Attaway, spécialiste de l'évangile apocryphe selon Thomas et des traditions à propos de saint Thomas en général. »

C'était en réalité la personne que nous allions voir à Chicago pour parler de notre théorie originale sur Jésus et de notre *Évangile secret*. J'ai dit :

« Indubitablement un personnage intéressant, ce Thomas. Allons-y. »

J'ai sorti la clé de l'auto de ma poche et l'ai mise dans sa main. Elle m'a regardé par-dessus ses lunettes avec une expression de surprise et de plaisir. Ma petite déception puérile était oubliée depuis longtemps. Nous n'avions pas de passé, mais tout un avenir excitant et plein de danger sur la route.

Nous avons placé nos sacs à l'arrière, puis nous nous sommes assis et avons attaché nos ceintures. Elle a démarré la voiture et s'est tournée vers moi. Nous nous sommes embrassés lentement. J'ai dit :

« Moira m'embrasse seulement quand nous faisons l'amour. »

Elle a enlevé ses lunettes fumées.

« Je ne peux pas conduire avec ça aujourd'hui, le temps est trop sombre.

— Ma musique ou la tienne ?

— La mienne, à moins que tu aies *Magic Carpet Ride*.

— La tienne alors. »

J'ai branché son iPod, puis la musique a commencé alors que nous quittions le stationnement. C'était parfait. Nous avons chanté ensemble, mais pas les mêmes paroles. J'ai chanté les paroles sans queue ni tête dont je me souvenais, incluant :

«... *right between the saw machine / and the clown I sawed I'm drinking tonight...*»

Elle a ri et a dit:

«Quoi? Est-ce que c'est une parodie?

— Pas une parodie intentionnelle, seulement des paroles que j'ai inventées. J'ai connu cette chanson-là quand j'étais au secondaire; je ne parlais pas bien anglais, alors je l'ai comprise comme j'ai pu. Les chansons en anglais ne sont pas faites pour que les paroles soient bien compréhensibles.»

Nous traversions Watertown. La chanson et la vue d'un bar laitier fermé m'ont rappelé des souvenirs lointains. J'ai dit:

«J'avais cette chanson-là sur une cassette audio quand j'étais à l'école secondaire.

— Nous étions passés aux disques compacts, rendus au secondaire.

— Mes amis aussi en avaient, mais les lecteurs de cassettes étaient beaucoup moins chers que les lecteurs de disques. J'avais un lecteur portable à dix dollars. La musique ralentissait perceptiblement quand les piles faiblissaient. J'écoutais ma cassette de chansons mélangées, la seule que j'avais, en ramassant des roches dans les champs; je peux toujours sentir la poussière et la terre quand j'entends les chansons qui s'y trouvaient. J'écoutais ma cassette et je rêvais à cette fille qui était hors de portée parce que, contrairement à moi, elle était jolie et populaire. Je m'imaginais à l'âge adulte, conduisant ma Porsche sur l'autoroute...

— Toi? Tu rêvais d'avoir une Porsche?

— Je devais vouloir impressionner la fille. Aussi, je brûlais d'impatience de partir de mon patelin et de réussir, et la réussite voulait probablement dire que j'aurais une belle voiture un jour. »

Elle a flatté la console.

« Désolée que ça n'ait pas vraiment marché, pour l'auto.

— En fait, c'est une bonne approximation. Mes rêves adolescents étaient pluvieux et ma voiture était couleur argent. »

Moira a mis le clignotant.

« Il y a un guichet automatique ici. Tu pardonneras à Sarah de ne pas être mieux préparée, mais elle a atteint sa limite de retrait hier et aimerait un peu plus d'argent liquide.

— D'accord, mais ne tourne pas ici, va là et stationne-toi à l'arrière. » Je pointais le doigt vers le stationnement du café voisin. J'ai continué : « C'est pour éviter que les caméras de surveillance de la banque ne voient l'auto. J'imagine qu'il vaut mieux y aller maintenant que plus tard. Je vais sortir acheter quelque chose. Tu veux un café ?

— Oui.

— Crème et sucre ? »

Moira a remis ses lunettes fumées.

« Je pense que Sarah le boit noir. »

Sarah m'a embrassé, puis a couru vers le guichet sous la pluie. J'ai aussi mis mes lunettes fumées et je suis sorti chercher de la caféine.

2

« J'allais dire que je rêvais de rencontrer cette fille après des années et de la reconduire dans ma Porsche-*si-tu-veux-bien-me-le-permettre,* parce qu'il pleuvait. Dans mon futur imaginaire, j'avais utilisé mon savoir-faire technologique pour copier la bande sonore de *2001 : l'odyssée de l'espace* sur une cassette, et je la connaissais par cœur ; voyant que je faisais jouer ça dans mon auto, elle riait parce que j'étais un original et je pouvais alors expliquer pourquoi le film était un chef-d'œuvre, et nous passions un moment agréable ensemble. Je ne pense pas que mon fantasme allait plus loin que ça.

— Il faut que tu me promettes d'avoir un lecteur de cassettes et la bande sonore de *2001* dans ta Porsche, si jamais tu en as une.

— Je le promets la main sur le cœur. Je croyais vraiment avoir un lien mystique profond avec cette fille-là et j'accordais beaucoup d'importance aux coïncidences, par exemple quand j'ai remarqué que nous respirions en même temps un jour que nous jouions au basketball. J'étais un raté. Je lui ai écrit des lettres anonymes pour la Saint-Valentin et je suis presque mort d'une crise cardiaque, de peur d'être identifié, quand elle les a apportées en éducation physique et les a montrées à quelques amies. J'ai pensé que j'allais mourir là et j'espérais qu'elle viendrait à moi quand je m'effondrerais sur le sol pour que je puisse mourir dans ses bras.

— Comment est-ce qu'elle s'appelait ?

— Marie-Christine. »

Moira a levé un sourcil et a dit :

« Je voulais voir si elle cadrait dans ton motif, tu sais, Marie-Hélène, Marlene, puis Helen.

— Non, je ne le pense pas. Pour être franc, c'est dur à dire parce que c'était bien avant que je ne connaisse Marie-Hélène, mais je ne crois pas que Marie-Christine et Marie-Hélène aient eu quoi que ce soit en commun, sauf peut-être le prénom féminin le plus populaire de l'histoire.

— Et Marie-Christine, tu l'as revue après le secondaire ?

— Non. Et si tu avais l'intention de le demander, je ne suis jamais mort dans ses bras non plus.

— Dave dit qu'il aura une Porsche un jour, et certains de ses amis aussi. Je pense qu'ils ont parié, vraiment, à savoir qui en aura une le premier.

— J'ai bien peur que ma vie intérieure, que je croyais si riche, ait été bien ordinaire. Elle l'est possiblement toujours. »

Elle a dit : « Mes rêves d'adolescence étaient aussi pleins de clichés. Mais je ne rêvais pas vraiment d'amour. Certaines filles disaient : *Si tu suis un corbeau, il te mènera ou bien vers ta mort, ou bien vers ton grand amour.* Dire ça a été à la mode pendant un temps. Je crois que la mort et le grand amour étaient censés être des contraires, mais je pensais qu'il serait dommage de vivre l'un ou l'autre; au fond, quand le ou la protagoniste meurt ou trouve l'amour, c'est la fin du film, alors on présume qu'il n'y a rien d'intéressant à voir ou à savoir après ça.

— Je n'arrive pas à décider si ça faisait de toi une personne mature ou immature.

— Je ne sais pas. J'étais attirée plutôt violemment par les garçons populaires de mon école, mais contrairement à certaines amies, je savais qu'ils étaient des idiots et que j'allais déménager, alors quand j'avais des copains, je ne pensais pas à l'amour. Mais je pensais que je rencontrerais quelqu'un que j'aimerais à l'université. Nous serions les têtes d'affiche d'une pièce de théâtre où nous jouerions des amants, puis nous allions nous marier et vivre dans une maison de banlieue où je porterais de jolies robes d'été. Je deviendrais une star d'Hollywood, mais je resterais fidèle et je ne prendrais pas de drogue et j'irais à l'église chaque dimanche. Au moins, je ne me drogue pas maintenant.

— Ouch. C'est toi qui l'as dit. Et tu veux toujours être une actrice.

— Oui. Je devrais m'y mettre… ou oublier tout ça.

— Peux-tu trouver quelque chose cet été? Ou à la session d'automne?»

Elle a dit: «Peut-être. Non, pas peut-être: il le faut! Quand je joue, je me sens comme… des cloches, plusieurs cloches imbriquées comme des poupées russes, résonnant en harmoniques, irradiant de la musique. Je n'ai simplement pas le courage de me lancer par moi-même, sans argent. Il faut absolument finir notre livre et obtenir une grosse avance pour la publication.»

J'ai pris une voix plus grave et j'ai dit :

« J'aimerais ça moi aussi. Et ça pourrait bien arriver, parce que j'ai le pressentiment que nous sommes sur le point de résoudre entièrement le mystère qui entoure Jésus.

— Le pressentiment ?

— Oui, le pressentiment. C'est que j'ai une nouvelle piste. Jésus de Nazareth est bel et bien mort sur la croix, mais j'ai compris hier soir qu'il n'est pas mort à cause de la crucifixion. Il est mort empoisonné. Tu sais pourquoi je dis ça, n'est-ce pas ? »

Elle a réfléchi quelques secondes et a ri.

« Oui, l'éponge ! On lui apporte une éponge apparemment imbibée de vinaigre, il en boit, puis il crie et il meurt. Et il n'a été sur la croix que pendant quelques heures, alors que la crucifixion était normalement une longue torture qui pouvait durer des jours.

— Exactement. Le vinaigre, le cri et la mort sont la séquence exacte des événements dans les Évangiles de Matthieu, Marc et Jean. L'Évangile de Luc m'a d'abord semblé différent, mais j'ai prêté attention aux détails. Luc ne parle pas d'une éponge, il dit que du vinaigre a été offert, mais ne précise pas que Jésus en boit, et tout ça se passe quelques heures avant la mort, donc on peut conclure que Luc ne parle pas du tout de l'histoire de l'éponge.

— Mais cette hypothèse du poison est évidente, n'est-ce pas ? C'est-à-dire plus que nos autres idées.

— Oui, je suppose que d'autres personnes y ont déjà pensé, mais c'est une jolie addition à notre histoire. Nous avons déjà décidé que Socrate était une inspiration pour Jude, et Socrate est mort après avoir bu la ciguë. Jude aurait donc certainement eu l'idée que le poison offrait une mort rapide et sans douleur, comparé à la crucifixion. »

Elle a demandé : « C'est un soldat qui donne l'éponge à Jésus, n'est-ce pas ?

— C'était ce dont je me souvenais aussi, mais selon Matthieu et Marc, c'est simplement *quelqu'un*. Selon Luc, des soldats offrent du vinaigre, mais comme je l'ai déjà expliqué, c'est probablement un épisode différent, et en fait, selon Matthieu aussi, les soldats offrent un mauvais vin avant la crucifixion. Selon Jean, dans ma version anglaise, il s'agit d'un *they* un peu ambigu et ma version française donne un *on,* donc c'est une personne inconnue. Tu peux vérifier si c'est bien le cas dans le grec original. Quant à l'identité de cette personne, je ne crois pas que ça puisse être Jude, parce qu'on l'aurait reconnu.

— Oui, et avant l'arrestation, il aurait demandé à quelqu'un d'autre de préparer le poison, peut-être à Judas. Ou alors ce n'était pas prévu et c'est un geste spontané pour mettre fin à la souffrance de Jésus ?

— Peut-être, mais alors Jésus ne saurait pas qu'il doit boire, à moins que l'éponge ne soit offerte par une personne en qui il a confiance. Comme ses disciples se cachent ou se tiennent loin de la croix, la personne qui apporte le poison pourrait être Judas ou Jacques, le frère de Jésus, sans qu'on les reconnaisse. Cette personne pourrait aussi être un disciple moins connu. J'aime l'idée que ce soit Marie Madeleine, mais j'imagine que, dans ce cas, Matthieu et Marc auraient écrit qu'*une femme* avait offert l'éponge, plutôt que *quelqu'un.*

— Je suis d'accord. Dommage. »

Elle a pensé un peu et son visage s'est éclairé.

« Et il y a plus ! Quand il parle de sa mort prochaine, Jésus utilise deux images principales. Il parle de disciples qui auront à *prendre leur croix* et à le suivre, et il utilise aussi l'image *boire la coupe que je vais boire.*

— Oui ! Le compte y est. Ce n'était donc pas une décision de dernière minute. »

Nous étions sur l'autoroute. Elle est restée pensive quelques minutes, puis m'a demandé de mettre sa musique en mode aléatoire. La deuxième chanson à jouer était la version d'Astrud Gilberto de *The Shadow of your Smile*. J'ai été étonné, mais je n'ai rien dit. La musique m'a ramené presque deux ans en arrière, à Istanbul, à ce qui me semblait déjà être une autre vie. Je me suis enfoncé dans mon siège. Je suppose que j'avais l'air ailleurs. Moira a dit :

« Excuse-moi de demander, ça sort un peu de nulle part, mais pourrais-tu un jour me montrer une photo de Marie-Hélène ? Je suis simplement curieuse.

— Je n'en ai pas.

— Vraiment ?

— Du temps où j'étais à l'université à Montréal, assez peu de mes amis avaient des appareils photo ; nous n'avions pas non plus de téléphones cellulaires. Et crois-moi, je l'ai méticuleusement recherchée sur Internet ; son nom apparaît à quelques endroits, mais pas sa photo. »

La musique nostalgique me plaisait, un jour de pluie.

L'ANNÉE DE TOUS LES HASARDS

Les disciples dirent à Jésus : « Parle-nous du royaume. »
Jésus leur dit : « Il est semblable à une graine de mou-
tarde. C'est la plus petite de toutes les semences, mais
elle pousse en une grande plante et les oiseaux du ciel
s'y abritent. Le royaume est en effet semblable à cette
graine. »

Évangile secret de Jacques, le frère de Jésus

3

La réservation de vol de Boston à Istanbul pour mon
colloque estival montrait deux escales, dont une pénible attente de huit heures à Londres. Les personnes
responsables des voyages à Harvard sont souvent
créatives comme ça. Dès que j'ai reçu leur courriel,
j'ai commencé à écrire une requête pour changer mon
itinéraire, mais alors un message texte est apparu sur
mon téléphone, de la part d'un numéro confidentiel :

Hyde Park. – Jane xxx PS efface

J'ai donc gardé les vols avec la longue attente à
Londres.

Jane est en grande partie platement simple à expliquer. Je voulais m'imaginer être avec Marie-Hélène,
mon amour perdu, marcher avec elle, lui parler parfois quand je me sentais seul, peut-être passer une nuit
chaste avec elle dans une chambre d'hôtel, et j'ai pensé
que cette infidélité mentale envers mon amoureuse
Caroline ne serait pas un grand crime si je la limitais à
des moments spéciaux comme les voyages. Mais je ne
pouvais pas l'appeler Marie-Hélène, parce que ç'aurait
été une rêvasserie immature. Je l'ai donc appelée Jane
et j'ai décidé qu'elle était une ethnographe hétérodoxe
et une agente d'infiltration vivant dans un monde futur

dystopique. Je faisais maintenant de la littérature, ou presque, comme je pensais écrire peut-être un jour nos aventures dans un roman policier noir de science-fiction. Ça, c'était la partie simple à expliquer. Il s'y ajoute des couches de complexité et de confusion. Par exemple, j'ai choisi le nom de Jane parce que parfois, quand je rêve de Marie-Hélène, elle n'est pas vraiment Marie-Hélène à l'intérieur, mais une autre personne qui s'appelle Jane; je le sais, c'est tout. Ces rares rêves me remplissent d'un énorme sentiment d'émerveillement et je comprends dans les nuances et les rides de ce sentiment qu'elle vient du futur et que son histoire est triste.

Je croyais que ce serait un jeu inoffensif, mais à l'approche de mon voyage, j'ai rêvé de Marie-Hélène la nuit, et les sentiments et pensées résiduels occupaient tout mon temps et tout mon espace émotif. Je n'aurais pas pu supporter deux jours avec mon amoureuse, alors j'ai prétendu avoir trop de travail et j'ai annulé ma visite à New York la fin de semaine avant mon départ. C'est la seule fois où j'ai menti à Caroline. Il était quand même vrai que mon superviseur m'avait accordé une rare audience, vendredi à la fin de l'après-midi. Il n'y est pas venu.

Je suis allé au cinéma trois fois cette fin de semaine là et j'ai relu *Nadja* d'André Breton. Le samedi soir, je suis passé porter des livres à mon bureau du département de physique. Ma collègue Paola s'y trouvait. Elle travaillait à une affiche de conférence et, il m'a semblé, à une dépression. Je lui ai remonté le moral un peu et nous avons fait une promenade près de la rivière Charles au crépuscule. Nous avons marché pendant plusieurs heures dans la noirceur grandissante et avons ri un peu en parlant de nos relations ratées avec nos directeurs de thèse et de nos maux d'amour, jusqu'à ce que je la prenne par la taille et qu'elle me laisse la tenir alors que nous revenions vers Harvard. J'ai pensé que ce serait un beau moment de communion, mais face à son indifférence complète envers mon geste, je me suis senti d'abord un peu déplacé, puis triste et honteux. Nous avions tous les deux besoin d'être près de quelqu'un, mais pas l'un de l'autre, je suppose. Nous n'en avons jamais reparlé.

Dans l'Airbus vers Londres, j'ai décidé de quitter Caroline une fois pour toutes si je voyais par le hublot trois bateaux tout en bas sur l'océan. Confier une décision difficile à la réalisation objective d'événements aléatoires me semblait une bonne façon d'éviter les angoisses émotives. Je n'étais même pas certain d'avoir vu un seul bateau et ça m'a déçu.

Ils m'ont permis de sortir de Heathrow même si je devais n'y être qu'en transit, et j'ai fait le long trajet en métro vers le centre-ville. J'ai marché un peu pour m'assurer que je n'étais pas suivi. C'était tôt le matin et il y avait beaucoup de déchets et de mauvaises odeurs laissés par la foule du Tour de France, qui était étrangement passé par là la veille. C'était bien là le monde futuriste morne de Jane, un monde pourri et dangereux, plein de corruption et de dentitions blanches parfaites, saturé des résidus des largesses commerciales. On croirait qu'une ville du futur serait capable de se débarrasser des ordures rapidement, grâce à l'omniprésence de robots sophistiqués. Ils pourraient être utilisés pour punir au pistolet électrique les pauvres qui n'atteignent pas leur quota de ramassage de déchets.

Je suis entré dans Hyde Park par le Speakers' Corner où personne ne parlait et je suis allé au centre, là où l'herbe est si haute qu'on peut oublier qu'on est dans une grande ville, l'herbe où je crois que des amants, peut-être, pourraient trouver un peu d'intimité. Je me suis assis sur un banc, j'ai regardé autour de moi et je me suis senti en paix. Je me suis endormi la tête posée sur mon sac pour protéger mes possessions, puis j'ai été réveillé par l'envol d'une pie alors que Jane arrivait à bicyclette.

Nous nous sommes embrassés sur la joue, puis elle s'est assise près de moi. Elle a dit:

«Je ne peux pas rester ici très longtemps. Je suis venue te prévenir qu'il y a un homme très dangereux à Istanbul. Il travaille sous le nom de Joel Casablanca.»

Elle m'a montré sur son téléphone la photo d'un garçon svelte et élégant, avec des cheveux bouclés et de grands yeux. Un visage mémorable. Elle a continué:

«Il y a peut-être une certaine Joanna Luther qui travaille avec lui, mais nous n'avons pas pu l'identifier.

— Il trempe dans quel genre de combines?

— Chantage, trafic, et des choses bien pires. N'importe quoi, tant qu'on le paie.

— Spécialités?

— Il est rusé, il est maître dans l'art des illusions et il est armé. Il n'a pas l'air très fort physiquement. Il a un peu d'argent, et des hommes à sa solde.

— Faiblesses?

— C'est un parieur et il est vaniteux. Nous ne connaissons rien de ses amours.

— Qu'est-ce qu'il veut?

— Ah, mais la question à poser est: y a-t-il quelque chose qu'il ne veut pas?»

C'était en effet une très bonne question. Moi-même, je ne savais pas ce que je voulais ou ce que je ne voulais pas. Le visage intelligent de Jane et ses longues jambes fermes chantaient l'amour.

«Écoute, Jane, ça ne va pas très bien avec Caroline, et j'ai pensé t'en parler...»

Son téléphone a vibré. Elle l'a regardé.

«Merde. Il faut partir immédiatement. Toi aussi. Bonne chance.»

Elle a embrassé ma joue gauche et a sauté sur son vélo. Elle a montré le côté du sentier d'où j'étais venu.

«Va par là et sors de l'autre côté de la station Lancaster Gate.»

Et elle était partie.

Elle avait embrassé ma joue gauche, ce qui signifiait qu'elle ne pouvait pas tout me dire. C'était notre code à nous deux: parfois, on ne peut que se faire confiance, l'un et l'autre.

Par la ruse de nos ennemis, je suis donc parti sans en avoir beaucoup appris sur monsieur Joel Casablanca.

4

Le colloque se tenait à l'Université Koç, loin du
centre historique d'Istanbul. Arrivé de nuit après un
long voyage en taxi, je me suis inscrit aux résidences
universitaires et je me suis couché. J'ai découvert
au matin que l'université était non seulement loin
du centre, mais aussi complètement isolée : une île
de constructions nouvelles de marbre brillant dans
une forêt, avec la mer Noire au loin par-delà les
arbres. Elle était sinistrement vide, j'ai pensé parce
que c'était l'été. Les personnes déjeunant à la cafétéria étaient principalement des participants du
colloque. J'ai rencontré deux ou trois chercheurs
postdoctoraux qui m'ont dit que je devrais lire leurs
articles et qui m'ont demandé de transmettre leurs
salutations à mon superviseur.

Je me suis assis à l'arrière de l'auditorium alors
que l'organisateur du colloque commençait son dis-
cours de bienvenue. J'ai balayé la pièce du regard à la
recherche de Joel Casablanca, même si je doutais qu'il
y soit. J'ai pensé que Jane devrait arriver et s'asseoir à
côté de moi. La pensée même de sa présence me ré-
confortait. À ce moment précis, la plus jolie fille a pris
la place de Jane et a chuchoté :

« Bonjour, je peux m'asseoir ici ? Je m'appelle Diane. »

Elle souriait et m'a tendu une main enthousiaste, que j'ai serrée sans y croire. C'était comme si je l'avais fait apparaître. Évidemment, ce n'était pas le cas.

Elle avait prononcé *Diane* à l'allemande. Ses yeux bleus, pâles et lumineux, contrastaient joliment avec ses cheveux foncés. Nous ne pouvions pas vraiment discuter avant la première pause, mais elle m'envoyait un regard et un sourire de temps à autre. Elle a dessiné une étoile à trois pointes dans la marge de son cahier de notes pendant la première présentation.

La possibilité abstraite d'être infidèle à Caroline m'avait assailli de plus en plus fréquemment ; après tout, n'est-ce pas ce qui se produit aux congrès, et la raison pour laquelle les gens tolèrent les muffins médiocres et les salles de conférences dans les hôtels ? L'événement était toujours improbable, mais la possibilité ne me semblait plus si abstraite, parce que j'ai vu très clairement avec quelle facilité je pourrais tomber amoureux de Diane. Je n'avais pas de grandes idées d'amour envers Caroline, mais c'est ce qui rendait la fidélité importante : je restais avec elle et m'inventais des excuses parce que j'avais perdu l'Amour avec un grand A pour toujours, mais je pouvais toujours avoir l'amour avec un petit *a*, et un jour une maison et des enfants, parce que ça semblait être ce que les gens font pour être heureux. Si j'étais infidèle, alors ce serait la fin, tout serait brisé et ce n'était pas l'amour qui me ramènerait à elle.

Diane et moi avons rejoint la file qui se formait pour le café instantané à la première pause et nous avons échangé les informations d'usage des présentations universitaires. J'ai appris qu'elle venait d'Allemagne et commençait un doctorat avec un professeur très connu. Comme la plupart des Allemandes qui ont croisé mon chemin, elle parlait très bien français et voulait le pratiquer. Notre discussion a été coupée et ensevelie sous une avalanche de présentations. Je pense que Diane et moi recevions beaucoup d'attention à cause de nos directeurs de thèse célèbres. Mon porte-nom disait aussi *Harvard,* un genre d'affichage que l'on décrit parfois comme *larguer la bombe H.*

Nous nous sommes rassis ensemble pour la séance suivante, comme nous le ferions en fait toute la semaine, restant ensemble comme de vieux amis. Je voulais la connaître, mais je devais être patient, car nous avons passé le dîner et la pause de l'après-midi dans des petits groupes où avait lieu un autre genre de conversation, une conversation de routine ennuyante sur le travail et les voyages. Ce jour-là, nous avons rencontré Hazel et Sebastian, une chercheuse anglaise et un jeune professeur allemand. Je les ai aimés parce qu'ils semblaient ne pas vouloir parler que de la physique tout le temps.

Après la fin des présentations, cinq d'entre nous, soit Hazel, Sebastian, Diane, moi-même et l'un de ces gars bizarres qui vous suivent et ne disent jamais rien, avons pris un petit autobus qui s'appelle un *dolmuş* pour aller souper. Le trajet m'a paru très étrange, et ç'aurait été le cas même sans le gars bizarre. Diane s'est assise à côté de moi. Sur la banquette devant nous, Hazel s'est vite endormie et Sebastian s'est retourné pour nous parler. Il ressemblait curieusement à un journaliste québécois qui présentait les nouvelles du temps où j'étais au bac. J'avais donc l'impression qu'il m'interviewait, et il voulait certainement aller au fond des choses, puisqu'il était journaliste. Je n'avais rien de précis à cacher, mais je n'étais pas sûr de savoir où le fond des choses se trouvait, ou même ce qu'étaient les choses en question. Diane, toujours mystérieuse et incroyable, souriait et ne parlait pas beaucoup. Son sourire était unique. Il a rappelé Astrud Gilberto chantant *The Shadow of Your Smile* à ma mémoire, et ce titre, *l'ombre de ton sourire*, reste la meilleure description que j'aie pu trouver pour son sourire. Il était véritable et entier, mais semblait atténué ou hésitant, et je ne savais pas si c'était à cause des difficultés des études supérieures, si elle était en proie à un ennui plus primordial comme celui qui avait habité Marie-Hélène ou s'il y avait autre chose.

Nous nous sommes rendus à un restaurant riverain qui nous avait été recommandé par un professeur célèbre et y avons trouvé une grande table de collègues, dont ledit Professeur Célèbre. Nous les avons rejoints. Après avoir commandé, la plupart se sont levés pour aller admirer le paysage à partir du toit.

Ce n'était pas encore le coucher du soleil, mais la lumière se dorait déjà. De l'autre côté du Bosphore, nous pouvions voir l'Asie avec des collines vertes, un vieux fort, une ville moderne. Des bateaux de pêche étaient amarrés de notre côté. Il y a eu une pause des différentes discussions sur le toit alors que nous regardions tout autour ; j'ai pensé que c'était le bon moment pour placer tout naturellement une référence à Caroline, pour que Diane sache que j'avais une amoureuse. J'ai repassé dans ma tête mes histoires impliquant de l'eau et Caroline :

quand nous étions allés voir le Plymouth Rock ? Quand nous avions fait de la voile au MIT ? Je n'ai pas eu la chance de parler, car un insecte gigantesque venu du côté de l'eau a volé directement vers mon visage. Je n'ai eu qu'une fraction de seconde pour le voir et fermer les yeux. Le contact avec ma paupière a été bref, mais ça a fait mal et je me suis mis à enfler comme si j'avais été mordu ou piqué. Il y a eu un peu d'agitation sur le toit, donc je ne sais pas trop comment ils ont su, mais deux employés sont arrivés. Ils ont demandé si j'allais bien, se sont excusés (pour la faune de leur pays, j'imagine) et ont dit qu'ils ne savaient pas ce que c'était parce qu'ils n'avaient jamais vu une telle chose. Ils ont proposé d'appeler un taxi pour m'emmener à l'hôpital, mais j'ai refusé parce que je ne pensais pas que c'était grave. Diane est allée chercher de la glace avec l'un d'eux et ils m'ont laissé tranquille après son retour. Pendant que nous retournions à la table, Diane m'a dit, en français :

« Tu vas m'avertir si tu ne vas pas bien, d'accord ? Si tu veux partir tôt, je peux aller avec toi.

— Oui, bien sûr. Merci. J'apprécie vraiment ton aide. »

La table m'a accueilli avec des exclamations. Un postdoc américain avec de gros biceps a dit, le plus sincèrement du monde :

« Je ne comprends pas pourquoi tu es resté là. Moi, j'aurais plongé et roulé.

— Je n'ai eu le temps de rien faire.

— Non, vraiment, je suis certain que j'aurais roulé pour l'éviter. C'est peut-être seulement mes réflexes de judoka. »

Il a secoué la tête et haussé les épaules.

Diane me regardait dans l'œil.

Diane et moi sommes partis après le plat principal, alors que les autres restaient pour le dessert et le thé. Nous avions parlé avec Sebastian de visiter le centre-ville plus tard dans la semaine ; à l'aide de quelques indications de notre serveur, nous nous sommes donc rendus à un petit magasin à proximité et avons acheté six billets d'autobus, pensant qu'ils suffiraient pour un aller-retour pour trois.

Nous sommes rentrés à l'université en taxi. Diane m'a reconduit à ma chambre et y est entrée avec moi. J'ai examiné ma paupière dans le miroir. Elle était rouge, mais il n'y avait pas d'enflure, et je n'ai pas pu découvrir de trace de piqûre ou de morsure. J'ai expliqué tout cela à Diane. Elle s'est approchée et a regardé ma paupière. Elle a dit :

« Tout est beau. »

Elle a poussé un joli rire et a ajouté :

« La première fois que j'ai vu un insecte aussi gros, j'avais cinq ou six ans. Nous pique-niquions sur le bord d'une rivière, et dans les feuilles, j'ai vu une guêpe à longues pattes se battre et transporter et piquer pendant très longtemps une pauvre chenille qui se tortillait de douleur ou de désespoir. Ma mère m'a dit que la guêpe déposait ses œufs dans la chenille, et que les bébés guêpes allaient la manger vivante. Je n'ai jamais oublié ça. »

J'ai trouvé l'image de mon œil débordant de larves de guêpes étonnamment comique.

Nous avons parlé d'insectes pendant un moment, surtout dans des souvenirs d'enfance. Je me faisais piquer tout le temps, par des maringouins et des brûlots dans les champs, surtout la fois où j'étais allé près de la rivière pour cueillir des framboises, et par des frappe-d'abord. J'ai aimé me rappeler les différents insectes et les décrire à mon amie allemande, puisque la barrière de la langue empêchait la compréhension des noms eux-mêmes. Je n'avais pas vraiment pensé aux insectes depuis longtemps. Je me suis souvenu :

« Avec mon frère, j'avais capturé un bourdon dans un filet et je l'avais transpercé d'une épingle. Je ne sais pas pourquoi, mais je devais penser que c'était la façon de collectionner les insectes. Le bourdon s'était envolé après le retrait de l'épingle. Je regrette toujours ce geste. »

Elle avait regardé une araignée orange à sa fenêtre (ce n'est pas un insecte, nous le savions tous deux très bien) construire une toile et un cocon d'œufs, qui ont éclos. Elle avait rempli un seau de têtards (qui ne sont pas des insectes non plus) qu'elle avait laissé dehors pendant la nuit, pour découvrir que les oiseaux noirs en avaient fait un festin et qu'il ne restait plus qu'un seul têtard au matin.

« Et qu'as-tu fait avec lui ?

— Je ne m'en souviens même pas ! Disons que je l'ai rapporté à l'étang et qu'il a eu une descendance nombreuse, comme il était si adapté, dans un sens darwinien.

— Oui, c'est certainement ce qui s'est produit. »

Elle s'est assise dans le fauteuil, et moi sur mon lit. Nous sommes passés à d'autres souvenirs d'enfance, à nos chez-nous, à nos familles. Elle m'a même parlé de ses arrière-grands-parents d'un côté. Elle a dû rester à peu près une heure.

J'ai sorti mon ordinateur après son départ et j'ai pensé alors que je devais le garder caché parce qu'il portait un gros autocollant disant *Flirt Harder, I'm a Physicist*, soit *flirte plus fort, je suis un physicien.*

J'avais reçu un courriel de mon superviseur. Il disait :

(sans objet)

apparemment tu dis etre mon étudiant. arrete ça.

je t'ai seulement donné un problème que tu n'as pas encore résolu. viesn me voir quand tu auras des résultats originaux

J'étais découragé. J'étais sous l'effet du décalage horaire. J'étais amoureux. Je n'ai pas beaucoup dormi cette nuit-là.

5

Je n'ai pas vu Diane au déjeuner. En quittant la cafétéria, j'ai croisé un étudiant espagnol et un professeur
français qui fumaient dehors. Nous nous étions à
peine présentés, mais ils savaient que je parlais français. L'étudiant a dit, en français :

« Bonjour, ça va ?

— Oui, et toi ?

— Cette fille, Diane, tu la connais depuis longtemps ?

— Non, je l'ai rencontrée hier.

— Ah, c'est que t'es rapide, mec ! On verra bien ce
qui arrive. J'ai vu ce matin que sa chambre est à côté
de la mienne. Je vais voir si elle a besoin de compagnie
ce soir. »

Il semblait parler à l'autre plus qu'à moi. Le Français
a ajouté :

« Ah, elle est bien baisable ! Mais elle est peut-être
un peu trop vieille pour moi, si vous voyez ce que je
veux dire. »

Ils ont tous les deux ri d'un gloussement crasseux
semblable à ce que les Américains croient être le rire
français typique. Et je ne voyais pas ce qu'il voulait
dire. C'était un jeune professeur, mais il avait probablement une vingtaine d'années de plus que Diane. Ils

me dégoûtaient tous les deux, et j'ai senti mes joues brûler. Le Français a continué :

« Je me demande vraiment quel âge elle a. Est-ce que tu le sais ? »

Il me regardait. C'était en effet l'une des choses que j'avais déjà apprises de Diane.

« Oui.

— Quel âge ?

— Je ne le dirai pas.

— Pourquoi ?

— Mais voyons ! Révéler l'âge d'une femme, ça ne se fait tout simplement pas ! »

Mon explication les a fait sourire. L'étudiant espagnol a dit :

« Ah ! Voilà un homme, un vrai ! Je ne savais pas qu'il y en avait encore, de ceux-là. »

Nous sommes restés silencieux pendant quelques secondes désagréables. Puis ils ont tiré sur leurs cigarettes et je suis parti.

Assis à côté d'elle pendant les présentations du matin, je pouvais voir que Diane ne prenait pas de notes, mais écrivait d'une main triste d'interminables calculs de supersymétrie dans son cahier. Il n'a pas fallu beaucoup de temps pour que je m'ennuie aussi et que je ne prête plus qu'une attention minimale aux présentations.

Un professeur est arrivé en retard après la pause du midi, et son visage était rouge comme un homard. Il était probablement une personne correcte pour un physicien théoricien, mais j'aimais le haïr (et je supposais que plusieurs autres pensaient la même chose) parce qu'il était un peu arrogant dans ses interventions incessantes pendant et après chaque présentation. Je me suis approché de l'oreille de Diane et j'ai chuchoté, en français :

« Il s'est endormi au soleil. »

Elle s'est difficilement retenue pour ne pas rire, pinçant les lèvres, tremblant des épaules. Puis elle a respiré profondément et a chuchoté en retour :

« À la pause, on se casse. »

Nous avons trouvé un joli coin d'herbe désert de l'autre côté du campus. Ne pouvant pas m'asseoir par terre confortablement pendant de longues périodes, je me suis étendu sur le dos. Les nuages étaient de beaux cumulus ouateux. Elle a dit :

« Tu regardes les nuages ? »

Elle s'est couchée aussi, son corps loin du mien, sa tête plus près. Le ciel bleu pâle était un paysage vaste et intéressant. Elle a continué :

« Je ne pense pas avoir fait ça depuis des années !

— Moi non plus. J'ai travaillé dans la recherche en astronomie avant d'aller à Harvard et de changer pour la théorie, et à l'observatoire, je surveillais les nuages ou regardais les couleurs des nuages et du ciel au coucher du soleil, mais d'être étendu comme ça, je ne me rappelle pas la dernière fois que je l'ai fait. »

Nous avons parlé de ce que nous voyions dans la forme des nuages, mais nous sommes vite passés à une discussion plus anthropocentrique. Elle a dit :

« Les choses doivent bien aller pour toi. Harvard a l'air d'un bon endroit où étudier.

— C'est un bon endroit en effet, mais ça ne va pas bien pour moi. Il y a quelque chose qui ronge mon âme. »

Elle a tourné la tête vers moi.

« Je ressens la même chose. C'est nul. Ça ruine mon avenir. Je voulais être astronaute un jour, mais je pense que je ne pourrai pas parce que mes études ne vont plus bien.

— N'abandonne pas le rêve d'être astronaute pour la raison que ton directeur te donne un mauvais projet pour un an. En tant qu'astronaute, tu passeras la majeure partie de ton temps à ne pas aller dans l'espace, de toute façon. »

Nous avons ri. Elle a demandé :

« Comprends-tu pourquoi les études doctorales sont psychologiquement si difficiles ? Mon directeur est assez gentil, si j'essaie de juger objectivement.

— J'imagine que mon superviseur a aussi une belle personnalité officielle, mais à cause de sa façon d'agir avec les étudiants, plusieurs partent faire autre chose et c'est probablement ce qu'il veut. À tout le moins, ça lui donne plus de temps. Pour lui, mettre l'intérêt de la Science au-dessus de tout veut dire se mettre au-dessus de la plupart des autres humains parce qu'il est si bon en physique. Mais ce n'est pas tout. Je ne comprends pas tout. Je pense que mon problème est plus par rapport aux attentes sous-entendues que par rapport aux exigences officielles. Tu vois ce que je veux dire ?

— Peut-être. Peux-tu donner un exemple ?

— Bien, tu sais, la science est ce qu'il y a de plus important et le reste de la vie est plein de détails qui n'ont pas vraiment d'importance. Par conséquent, où tu habites n'a pas d'importance tant que tu peux continuer à travailler en recherche dans une université, probablement aux États-Unis, et la langue que tu parles n'a pas d'importance tant que c'est l'anglais, et peu importe combien d'enfants tu as et quels sont tes autres choix de vie, tant qu'ils ne t'empêchent pas de travailler quatre-vingts heures par semaine. C'est très subtil, mais une série de toutes petites décisions prises pour suivre ton rêve de comprendre l'univers peuvent t'amener graduellement à abandonner tes idéaux sociaux et la décence humaine. Le corps rejette ces changements avant que nous puissions vraiment comprendre ce qui se passe. Et nous sommes malheureux. Je me trompe peut-être sur tout cela. »

Elle a demandé :

« Connais-tu la loi d'airain de l'oligarchie de Michels ?

— Non.

— C'est que, par la nature même du pouvoir dans les sociétés démocratiques, les partis démocratiques évoluent en oligarchies bureaucratiques sur le chemin du pouvoir, à travers de petites décisions comme celles que tu décris. Peut-être que, par la nature même du pouvoir universitaire, certains professeurs deviennent des personnes qu'ils auraient eux-mêmes détestées dans leur jeunesse. »

J'ai dit : « Oui, c'est peut-être une façon d'exprimer ce que je crois. Mais le mot *bureaucratie* ne rend pas vraiment compte de ce qu'ils deviennent. Comme les physiciens théoriciens aiment écrire sur des tableaux, nous appellerons ce phénomène que nous commençons à comprendre la *tableaucratie*. Et ce que tu viens d'énoncer sera *la loi d'airain de la tableaucratie de Diane*. »

C'était là le premier de deux principes importants qu'elle a formulés cet après-midi-là. Le second est venu quand nous avons baissé la garde brièvement et avons parlé de physique. Elle m'a demandé :

« Tu connais le principe totalitaire ?

— Oui. Dans la théorie des champs, tout terme du lagrangien qui est permis par les symétries du système contribuera en fait à la dynamique.

— Oui, ou comme Murray Gell-Mann l'a dit, *tout ce qui n'est pas interdit est obligatoire*. J'ai cette idée dont je vais te parler parce que tu es gentil. Au-delà de la théorie des champs, il y a le riche réseau de dualités dans la théorie des cordes, celles entre différentes saveurs de la théorie des cordes, et aussi les correspondances de type AdS/CFT entre la gravité d'un côté et des théories de jauge de l'autre. Mon idée, c'est que la structure d'une théorie cohérente est peut-être si mathématiquement contrainte qu'il n'y a vraiment qu'une seule possibilité, et donc toute théorie cohérente peut y être associée par une correspondance.

— Comment est-ce que tu définis la cohérence ? »

Elle a dit : « C'est la question difficile et je n'ai pas de réponse : comment définir la théorie dynamique la plus générale possible, et ce qui la rend mathématiquement cohérente ou pas ? Là où je veux en venir, c'est que, par analogie avec le principe totalitaire et le principe de superposition en mécanique quantique, on peut imaginer que toutes les évolutions dynamiques possibles se produisent en même temps, et le monde et la physique telle que nous la connaissons émergent de cette superposition, en tant que seule possibilité effective.

— Comme la trajectoire classique émerge de l'intégrale de chemin de Feynman. Intéressant. Ça me semble être un plan ambitieux pour une carrière en recherche. Mais peut-être est-ce un bon plan pour toi.

— Ça offre un mécanisme par lequel le monde peut être apparu. En ce moment, cette idée est vague, mais elle est peut-être déjà meilleure que les autres possibilités, comme l'idée d'un créateur. »

J'ai dit : « Appelons-la le *théorème no-god.* »

Je n'ai pas fait référence à ma copine de tout l'après-midi. Nous avions déjà tellement parlé que j'ai pensé qu'il serait étrange de mentionner Caroline. Je me suis maudit de ne pas l'avoir fait le lundi soir.

6

Le colloque se terminait le jeudi après-midi, et nous étions quelques-uns à vouloir passer la soirée dans la partie historique de la ville : Diane et moi ferions le long trajet en autobus, alors que Sebastian et le Professeur Célèbre étonnamment gentil prendraient un taxi plus tard, car ils ne voulaient pas manquer les dernières présentations.

J'avais réservé une chambre d'hôtel dans la vieille ville à partir de cette nuit-là, pour trois nuits. Le vol de retour de Diane était le lendemain, en après-midi. Elle avait toujours sa chambre à l'université, mais elle voulait tout voir, et le temps de transport pour rentrer à l'université ce soir-là et pour retourner à la vieille ville le matin couperait ou bien son sommeil ou bien son temps de visite de façon inacceptable. J'avais voulu lui dire de trouver une chambre dans la vieille ville et de visiter avec moi, mais je ne l'avais pas fait par décence. Évidemment, elle était assez intelligente pour en avoir l'idée elle-même. Elle traînait tous ses bagages avec elle quand nous nous sommes rejoints pour aller prendre l'autobus. Elle a dit :

« Je vais voir s'il y a une chambre disponible à ton hôtel. »

Après plusieurs années maintenant, l'image mentale la plus nette que je garde d'elle est celle-ci : Diane assise dans cet autobus sur un siège face au mien, relax et inclinée de façon à ce que sa poitrine et son cou soient ouverts vers moi, ses yeux dans les miens pendant notre conversation sans fin.

Le chauffeur d'autobus a refusé les billets que nous avions achetés le lundi et nous a fait payer comptant des billets différents. Ça ne nous a pas dérangés au départ, mais après l'autobus, nous avons pris le Tünel, qui est un funiculaire à deux stations, puis le tramway ; toutes ces étapes exigeaient des billets différents, mais aucune n'acceptait les titres que nous avions achetés le premier soir. Nous étions intrigués.

Mon hôtel n'avait pas de chambre libre. Nous n'avions pas le temps de chercher ailleurs parce que nous devions aller rencontrer les autres, alors nous sommes passés à ma chambre pour déposer nos bagages. La chambre contenait un lit double ; à l'instant même où nous sommes entrés, Diane a dit d'une voix calme :

« Ah, mais c'est un grand lit. Je peux simplement rester ici ce soir. Voilà qui règle tout. »

J'ai pensé : *Non, ça ne m'arrive pas pour vrai.*

J'ai répondu : « Pas de problème. »

Elle a déposé ses bagages et a souri, satisfaite comme si elle venait de corriger une erreur de calcul : *Ah, il y avait un signe moins manquant ici. Les termes s'annulent et la réponse a du sens. CQFD.*

Il est effrayant de voir un désir involontaire et coupable se réaliser comme ça.

Nous nous sommes rendus à Sainte-Sophie, où Sebastian et le Professeur Célèbre nous attendaient. Ce bâtiment m'a beaucoup surpris : je n'avais pas compris, à partir des photos que j'avais vues, à quel point il est grand et carré et imposant. On le dirait fait de plusieurs couches, changements et additions, et il montre son âge ; il a donc quelque chose de biologique et commande le respect comme un vieil arbre. À l'intérieur, Diane regardait avec les yeux d'une enfant enthousiaste et marchait au hasard, contrairement à Sebastian et au Professeur Célèbre, qui voulaient être systématiques. Diane en clair-obscur habitait la lumière millénaire.

Après cette visite, nous sommes allés dans un magasin de bonbons où mes trois amis ont acheté chacun une grande boîte de *lokum* ; j'en ai acheté trois pour en donner en cadeau. (Il semble qu'on appelle cette confiserie *loukoum* en français, mais je ne la connaissais que sous le nom anglais de *Turkish delight*. En tout cas, ici comme plus loin, je n'essaie pas d'avoir l'air de connaître le turc. *Lokum* est un mot bonbon qui ne peut être désappris par quelqu'un qui en a mangé autant que moi. Les petits mots turcs que j'ai appris avaient une belle sonorité et étaient faciles parce qu'ils semblaient naturels, pour une raison ou une autre.)

Nous nous sommes ensuite rendus en vitesse au quai d'Eminönü, parce que Félix, un ami de Harvard, m'avait recommandé de prendre le traversier vers Kadıköy, du côté asiatique, au coucher du soleil. L'endroit grouillait de monde ; j'avais faim et l'odeur de sandwichs au poisson, *balık ekmek*, flottait dans l'air, et le soleil de fin d'après-midi éclairait les grands dômes des mosquées. Je me suis souvenu de Jane et me suis senti mal à l'aise, et j'ai compris que c'était exactement là que son histoire de science-fiction devait se passer : l'extrémité de l'Europe, le centre du monde d'un futur hypothétique. Et Diane se devait d'être un personnage de cette histoire, et elle montrerait une grande intelligence et de la sensibilité, et de la force malgré son travail de recherche déprimant. J'ai acheté un *balık ekmek* et j'ai été étonné qu'un sandwich au poisson puisse être si bon, alors j'en ai acheté trois de plus et les ai mis dans les mains des autres sans leur demander leur avis. Ils ont eu l'air surpris, mais ont dit merci et ont mangé en approuvant de la tête. Ils avaient acheté des billets ; Diane s'était informée, et ceux que nous avions achetés au petit magasin ne faisaient pas l'affaire. Elle a dit :

« Je pense que nous avons maintenant épuisé toutes les formes de transport en commun. »

J'étais joyeux et je voulais être seul avec Diane même si j'aimais bien les autres, alors, une fois sur le traversier, je l'ai emmenée marcher sur le pont. Jane me semblait de plus en plus proche, et Diane était physiquement de plus en plus proche, car la foule nous poussait. Je ne savais pas quoi faire, donc je me suis mis à lui raconter mon histoire policière de science-fiction tout en l'inventant, un peu par blocage verbal, un peu parce qu'elle me passait par la tête, et j'ai pensé que je pourrais comprendre quelque chose si je parlais comme un oracle. L'histoire allait être mélancolique et sombre et très sexy, mais je n'avais pas bien évalué la quantité d'informations préalables à donner avant de pouvoir expliquer le cœur de l'intrigue, et je n'ai donc pas eu le temps de me rendre au moment crève-cœur où Jane ne dit pas à son ami Jonathan, par ailleurs un personnage très secondaire dans l'histoire, qu'elle l'aime, parce qu'elle doit partir pour une mission dangereuse et qu'elle ne le reverra probablement pas avant des années.

« Alors tu vois, Diane, ce monde du futur n'est pas très différent du nôtre, sauf qu'il y a eu un premier contact avec des extraterrestres. Leur vaisseau est arrivé dans le système solaire et a été facile à découvrir parce qu'il était très réfléchissant et émettait un signal. Les humains ont établi un contact radio avec eux et ont appris leur histoire. Ils disaient que leur planète avait été en danger d'être déplacée vers une orbite défavorable ou éjectée hors de leur système parce que leur soleil interagissait avec une autre étoile. Leurs astronomes avaient découvert tout ça avec quelques générations d'avance; grâce à une technologie qui n'est pas si différente de la nôtre aujourd'hui, ils avaient eu le temps de construire des vaisseaux spatiaux primitifs, de les remplir de gens et de les envoyer vers d'autres étoiles en espérant qu'ils trouveraient une nouvelle planète. Ils avaient voyagé pendant plusieurs générations et les descendants demandaient à être sauvés. Ils avaient perdu tout contact avec leur monde et n'avaient pas assez de carburant pour se placer sur une orbite solaire raisonnable. Les humains ont donc répondu à l'appel et, après quelques années, un effort international de sauvetage les a emmenés sur Terre.

— C'est une idée intéressante pour un premier contact. Et ces extraterrestres, quel était le nom de leur peuple ?

— Que penses-tu qu'il pourrait être ?

— Hummmm… les Zorgs ?

— Non. Trop facile.

— Que dis-tu de… des Ekmeks ?

— Oui, super ! Les gens peuvent les appeler les Meks. *Les mecs* en France. Comme tu dois t'en douter, il y avait des préoccupations légitimes envers les Meks : peut-être n'étaient-ils pas des réfugiés, mais plutôt des colons, même sans le savoir. La vérité pouvait être encore pire. Après onze ans de négociations internationales, on leur a donné une petite île dans le Nord canadien et on les a placés sous tutelle internationale. Ils devaient tous faire l'objet d'un suivi, et les naissances, les besoins en ressources et tous les changements devaient être justifiés, prévus et approuvés par l'administration multinationale. Ça durerait jusqu'à ce que l'exploration spatiale humaine découvre le sort de leur planète d'origine ou un endroit où les reloger, ce qui prendrait au minimum plusieurs générations. Même s'ils étaient au fond ceux qui décidaient des modalités du confinement des Meks et qui tenaient les cordons de la bourse, les politiciens opportunistes du monde entier parlaient de la menace ekmek et certains se déclaraient préoccupés par la présence possible de Meks illégaux chez eux, aux États-Unis, ou en France, ou au Nigeria, enfin tu comprends, et des rumeurs circulaient toujours à propos des Meks illégaux, mais qui pouvait dire si elles étaient fondées ? Il y avait des rumeurs sur les enseignements religieux ekmeks, et les démagogues occidentaux réclamaient la présence de symboles chrétiens dans l'espace public pour contrer l'influence de la soi-disant Église du Volume Infini. En tout cas, il se passe quelque chose ici, à Istanbul, et Jane, mon personnage principal, a été envoyée pour enquêter. Son… son organisation, que je ne peux pas dévoiler pour le moment, ne croit pas à l'existence de Meks illégaux, mais a eu vent du fait qu'un groupe discret d'intellectuels sympathiques à la cause des Ekmeks a organisé un colloque de physique bidon pour emmener ses gens ici, en même temps qu'une puissante organisation criminelle locale mobilise si grandement ses ressources qu'elle doit demander un prix d'or pour les opérations d'import-export les plus communes.»

Elle a souri, paraissant satisfaite de ce résumé. Elle s'est exclamée:

«C'est si beau!»

Elle s'est tournée vers·le paysage et a frotté ses bras en les tenant près de son corps comme si elle avait froid. La vie est si injuste que je croirais au karma si je n'étais pas plus avisé. J'ai fait semblant de ne rien remarquer et je me suis senti idiot parce qu'il n'y avait rien que je voulais plus que de la prendre. J'avais été stupide de ne pas lui avoir parlé de ma copine. J'aurais dû le faire à ce moment-là, dans l'intérêt de Diane plus que dans le mien, mais il était trop tard et ç'aurait été bizarre. J'ai pensé que mardi aurait été le bon moment pour lui en parler, après tout.

En arrière du traversier, le soleil disparaissait derrière la silhouette des mosquées et des oiseaux. Des bateaux se tenaient en équilibre sur l'horizon au large dans la mer de Marmara, et en passant entre la vieille Europe et la vieille Asie sur les eaux antiques, nous avons vu un port moderne plein de conteneurs et la vieille station du train pour Bagdad. Félix avait dit que c'était le plus bel endroit du monde. J'étais d'accord de tout cœur et j'étais content de le voir si vierge, toutes choses étant relatives : le traversier de l'Istanbul dystopique du futur projetterait des publicités holographiques devant le paysage. Je pouvais voir la bannière holographique se dérouler et entendre la voix impossiblement masculine et enthousiaste de l'annonceur : « Cette vue du Bosphore est une gracieuseté de Pepsi. »

Nous sommes retournés là où Sebastian et Professeur Célèbre étaient assis. Ils venaient d'ouvrir une boîte de loukoums et en choisissaient chacun un avec soin. Jane était assise tout juste derrière eux, portant des lunettes fumées et feignant un air distrait ; elle s'est levée et est partie quand je me suis approché. Professeur Célèbre nous a salués en faisant la remarque que le pluriel de *lokum* devrait être *loka*. Ses yeux brillaient. Je me suis demandé s'il avait vu Jane.

La vieille Asie était pleine de jeunes gens. C'était de toute évidence l'endroit où aller le soir. J'ai pris la tête alors que nous nous frayions un chemin sur les trottoirs bondés. Joel Casablanca serait proche, pas au grand jour, mais tout près, pour pouvoir passer inaperçu et pour que ses hommes de main puissent l'avertir des gens débarquant du bateau. Ça signifiait que nous devions traverser le boulevard côtier et avancer de deux rues vers l'intérieur des terres ; j'ai donc fait semblant d'avoir vu une carte et de savoir qu'on y trouverait des restaurants. Comme j'étais occupé à repérer les individus louches et Jane et Casablanca, je ne parlais plus beaucoup. Professeur Célèbre était maintenant celui qui vibrait de joie, j'ai d'abord cru à cause de Diane, mais je me suis ravisé en pensant qu'il devait être plus sage et simplement enivré par la jeunesse, et il a parlé de ses jeunes jours à travailler sur un paquebot à vapeur, d'abord à pelleter dans la soute à charbon, puis comme serveur après avoir menti en disant au contremaître qu'il possédait des pantalons propres. Il s'était lié d'amitié avec l'homme qui occupait l'emploi le plus dangereux à bord, le projectionniste : c'était l'époque du film au nitrate explosif. Cet homme vivait intensément ; il avait une maison avec une femme et un enfant en Italie et une autre maison avec une femme et trois enfants aux États-Unis.

Professeur Célèbre nous a raconté qu'il devait quitter le bateau pour faire des courses pour tout le monde dans n'importe quel port où il se trouvait pour la première fois, et il devait souvent acheter des cartes postales et des petits cadeaux, comme des boucles d'oreilles, en doubles identiques pour le projectionniste. Pendant qu'il parlait, nous avons atteint une intersection qui avait l'air dangereuse à cause d'un angle inhabituel et de la circulation automobile dense, mais que nous avons finalement traversée grâce à deux passages pour piétons séparés et faciles. Il a arrêté son histoire pour lancer :

« C'est toujours bien quand l'amplitude se factorise ! »

C'était une blague de théorie des cordes que nous avons tous comprise. Personne n'a ri, mais sa juxtaposition avec l'histoire du paquebot prouvait encore une fois que la vie ordinaire est si aléatoire qu'elle en est merveilleuse.

Nous étions dans une rue pleine de restaurants et de cafés. Mon intuition me disait d'aller un peu plus loin, mais Diane s'est arrêtée devant une *lokanta* achalandée qui avait une table en train de se libérer dehors et a dit :

« Mangeons ici. »

Ce que nous avons fait. Deux bâtisses plus loin, un néon rose annonçait du *rakı,* la liqueur turque ; entre les rideaux ouverts de l'appartement à l'étage, j'ai entrevu Jane. Un jeune à l'air mauvais, adossé au mur de l'autre côté de la rue, regardait tout autour et mâchait une trop grosse gomme en essayant d'avoir l'air décontracté avec les mains dans les poches, mais sa tête tiquait trop, son cou était trop agité. Il était du genre à avoir un couteau. Jane m'avait dit un jour qu'ils en ont toujours au moins deux. J'espérais qu'elle n'avait pas de problème, mais je ne pouvais pas risquer de me démasquer en y allant seul.

Nous sommes rentrés du côté européen après souper et avons fini la soirée devant un thé turc dans un restaurant sur le pont de Galata. Sebastian et Professeur Célèbre retournaient à l'université et partaient tôt le lendemain. Professeur Célèbre a montré une émotion étonnante quand nous nous sommes fait nos adieux. Je pouvais voir qu'il la ressentait surtout envers Diane.

Diane et moi avons pris le tramway jusqu'à l'hôtel. Mon cœur battait de plus en plus vite. Nous avons convenu d'entrer dans l'hôtel en ayant une conversation active, de façon à ne pas avoir l'air suspects et pour ne pas laisser l'occasion au personnel de poser de questions, car, avait-elle fait remarquer, elle n'était pas inscrite et cela pourrait occasionner des problèmes. C'était là la reconnaissance de tout ce qui pouvait se passer dans la chambre, et ça n'a pas aidé mon pauvre

cœur. Nous sommes finalement arrivés à la chambre.
Je suais. La lampe du bureau était allumée. J'ai pensé
que c'était une belle attention du service aux chambres.

Diane a pris un de ses sacs et est allée dans la salle
de bains. J'ai entendu glisser la porte en accordéon
du garde-robe ; je me suis immédiatement tendu et
retourné, levant les poings, prêt à bondir comme un
fauve. En me tendant, j'ai coincé quelque chose dans
mon cou et j'ai dû pencher la tête de côté parce que
ça faisait mal. Je n'en paraîtrais que plus dangereux :
la douleur me faisait montrer les dents comme un
bagarreur confiant qui prend plaisir au danger. Jane
est sortie du placard, un doigt sur la bouche pour
me signifier de me taire. Elle portait une robe simple
couleur crème qui suivait sa poitrine et criait l'abondance sablonneuse de son corps. Elle a murmuré en
souriant :

« Je vois que tu es occupé ce soir.

— En effet, mais ce n'est pas ce que tu penses... »

Elle m'a fait un clin d'œil.

« De toute façon, j'étais surtout venue pour passer
le temps. Je te verrai demain. Quatorze heures près
des traversiers à Eminönü. Le plan B, si nécessaire, est
dix-huit heures près de l'entrée supérieure du Tünel. »

Jane est partie. J'ai mis mon pyjama, puis Diane est
sortie de la salle de bains dans un pantalon de jogging
et un grand t-shirt. Elle m'a souri. Toute la littérature
et tous les films et toute la société nous demandaient
de faire l'amour. Elle avait l'air calme, mais ça pouvait
vouloir dire n'importe quoi. J'ai pensé que je devais
lui annoncer que j'avais une copine, mais ç'aurait été
bizarre à ce moment, alors je n'ai rien dit et j'ai pensé

que l'inscription à l'hôtel ou le bateau auraient été de bons moments pour lui dire après tout. Nous avons discuté de notre itinéraire touristique du lendemain et nous nous sommes couchés.

J'ai été incapable de dormir pendant quelques heures d'agonie alors que tout mon corps était tendu et trop chaud et que mon cœur accélérait chaque fois qu'elle bougeait le moindrement. Et mon cou me faisait toujours mal. J'ai fini par m'endormir, puis je me suis réveillé en sueur comme au départ d'une fièvre. Je savais que nous ne ferions pas l'amour et c'était sans importance. Elle aurait pu être un bel amour comme Caroline l'avait été, mais un jour, j'aurais brisé son cœur et je l'aurais désertée pour quelqu'un comme Marie-Hélène. Sur le moment, j'étais rempli de joie, la joie pure d'aimer Diane et d'être avec elle, et la joie atavique d'être là pour prendre soin d'elle et la protéger. C'était un sentiment très spécial et plus qu'une illusion dans mon demi-sommeil.

7

Diane était joyeuse et rieuse au matin et ça m'a rendu heureux. Nous avons passé un moment agréable à déjeuner sur la terrasse du toit de l'hôtel, qui offrait une vue splendide sur Sainte-Sophie. Dans la rue, les vendeurs et les taxis nous abordaient comme si nous étions un couple. Certains nous ont demandé d'où nous venions et elle a répondu d'Allemagne, ce qui a entraîné une longue énumération de tous les membres de la famille du vendeur dans ce pays. Après la deuxième fois, elle disait simplement :

« Nous venons du Canada. »

C'était une belle romance que nous avions là.

Elle a décidé de notre chemin vers la mosquée de Rüstem Paşa par des rues commerciales. À chaque intersection, tous les commerces semblaient vendre la même chose. Soudainement, tous les magasins vendaient des soutiens-gorge et des sous-vêtements. Je lui ai demandé :

« Où est-ce que tu m'emmènes ? D'abord l'hôtel, ensuite ça ? »

Elle a ri. Dans le bazar aux épices, elle s'est montrée très excitée par les épices et les fruits secs qu'elle achetait. Sa joie était la plus belle chose que j'avais vue de ma vie. Elle m'a expliqué :

« J'ai ce sentiment unique quand je suis entourée de nourriture, de la bonne nourriture, pas chère, à l'état brut, à l'état d'ingrédients. Je me sens comme en extase. »

Nous avons visité la mosquée Süleymaniye, puis nous nous sommes dépêchés de rentrer à l'hôtel pour prendre ses bagages. J'ai reconduit Diane à l'arrêt de tramway, nous nous sommes donné l'accolade et nous avons promis de nous écrire au moment où elle embarquait. Je regrettais qu'elle n'ait pas pu rester plus longtemps.

Je ne suis pas allé au rendez-vous de quatorze heures avec Jane ni au rendez-vous plan B de dix-huit heures. Elle savait où me trouver. À la place, j'ai décidé d'être productif et d'en finir avec la partie la plus redoutable de mon voyage : acheter un cadeau pour Caroline. Il devait être spécial, donc je supposais qu'il coûterait cher, parce qu'elle serait déçue d'un cadeau trop ordinaire, et je serais alors dans de beaux draps. Pas un linceul, mais le genre de beaux draps où elle serait fâchée tout en ne disant rien et en se comportant de telle façon que j'aurais à lui demander s'il y avait un problème un bon nombre de fois avant d'obtenir une réponse. Après une série de petites décisions sincères, ma vie était devenue une caricature.

Je suis allé au Grand Bazar et je me suis donné tout l'après-midi, au besoin. J'avais l'idée que n'importe quoi de vaguement turc ferait l'affaire. J'ai regardé des boîtes en bois, des reproductions d'art, des foulards, des bibelots, des bijoux, des statues. Ces objets passaient sans fin devant mes yeux, les mêmes choses encore et encore jusqu'à ce que j'en aie mal au cœur, comme si j'étais dans un carrousel. Les vendeurs de manteaux de cuir et de tapis m'abordaient avec insistance à chaque coin de corridor. Les vendeurs de chaque échoppe me complimentaient en anglais, en français, en espagnol ou en portugais, selon ce que je leur lançais. «Oui, c'est mon meilleur article, vous avez très bon goût.» «Ça est très historique, vous très intelligent monsieur.» Toutes ces choses me rappelaient Diane ou Marie-Hélène, mais pas Caroline. Au bout d'une heure environ, j'ai tout à coup ressenti le besoin de m'enfuir et j'ai regardé autour de moi à la recherche d'une issue, mais je n'arrivais pas à trouver une enseigne indiquant la sortie parce que j'avais perdu le nord. Je me suis arrêté près du mur d'une galerie achalandée, j'ai pris une grande inspiration, puis j'ai fermé les yeux pour me calmer et penser. La seule chose dont j'étais certain, c'est que je voulais m'acheter une montre de poche ottomane, et j'ai décidé de ne pas le faire parce que je n'avais aucune connaissance des antiquités ou des bijoux. Caroline était lointaine et inconnue, pas une amoureuse aimée, mais une obligation sociale exigeante. J'ai décidé de faire le tour à nouveau, magasinant cette fois pour une copine américaine générique. Je n'avais vraiment aucune idée. Ce manège grotesque de fragments culturels douteux avait transformé les belles arches du Bazar en une grotte claustrophobe et sans heure.

J'ai pensé reconnaître Joel Casablanca dans la section des bijoux et j'ai commencé à le suivre, bousculant les gens dans la foule dense parce qu'il avançait vite. Puis je me suis mis à le rêver à tous les coins et je suis sorti dehors par la première porte. J'ai été étonné de voir le beau soleil d'après-midi. La journée ne faisait que commencer.

J'ai marché jusqu'aux quais et j'ai acheté un *balık ekmek*. Le soleil illuminait les grands dômes des mosquées et Diane, comme Marie-Hélène, était perdue pour toujours. J'ai pensé que je me devais de voir Istanbul l'hiver quand il y a de la neige, que la *hüzün* de la ville y serait à la hauteur de ma *saudade*. Jane était toujours dans mon cœur comme un autre moi. J'ai voulu écrire son histoire, alors j'ai pris le tramway jusqu'à mon hôtel, puis je suis monté à la terrasse qui regarde Ayasofia, apportant un stylo et mon carnet de notes du colloque. Je sais que j'ai commencé par *La trame du monde est faite de toutes ces rencontres et coïncidences,* parce que je sentais que j'allais découvrir quelque chose à propos du tissu de la réalité. Comment jamais expliquer ce sentiment ? Je percevais Jane comme quelque chose de grandiose et d'improbable dans le paysage des avenirs possibles, tout comme j'avais clairement vu cet avenir improbable dans lequel Diane partageait mon lit à l'hôtel, au moment où nous nous étions rencontrés. Je sais à quel point j'ai l'air nul en disant ça. Finalement, j'ai écrit tout ce dont je me souvenais à propos de Diane. J'en ai eu pour plusieurs pages, parce que notre discussion longue d'une semaine était encore fraîche à ma mémoire, et j'ai fini à la noirceur. J'ai écrit *L'histoire de Diane* en haut de la première page. Je n'ai pas osé relire ces notes depuis, même si je dois encore les avoir quelque part dans une boîte.

Le jour suivant était mon dernier à Istanbul. J'ai acheté quelques petites boîtes de loukoums de plus pour moi-même, ma famille et des amis, et une grosse boîte pour Caroline. Je suis allé au Café Pierre Loti ; en retournant vers le quartier de Sultanahmet, j'ai montré au chauffeur d'autobus les billets que Diane et moi avions achetés. Il ne parlait que turc et deux mots d'anglais. Il a pointé les billets du doigt en disant « *Yes yes yes* », puis a montré son autobus en disant « *No no no* ». J'ai conclu que je ne saurais jamais.

Je suis allé à Beyoğlu parce que mon guide de voyage parlait d'antiquités à Çukurcuma, qui m'attiraient sans raison. J'ai laissé ma carte dans mon sac à dos et j'ai dérivé de rue en rue, choisissant celles qui avaient l'air les plus vieilles, les plus étroites ou escarpées, pour avoir une petite aventure. Monter les rues calmes et anciennes me donnait un étrange sentiment de direction intérieure. Vers le bas.

Après plusieurs couches d'histoire, j'ai atteint une rue plus animée. Près d'un salon de thé, dans une ruelle, une poignée d'hommes turcs aux têtes grises étaient attroupés autour d'une partie de backgammon disputée par l'un des leurs et par Jane.

J'ai regardé par-dessus leurs épaules. Je n'avais pas la moindre idée des règles du jeu, mais j'avais l'impression que c'était une partie tendue, d'après la façon dont les spectateurs s'exclamaient et dont le vieil homme faisait sauter ses pièces. Calme, Jane était assise droite et croisait les jambes comme une sainte sur la petite chaise. Elle a levé les yeux vers moi. De minuscules dés étaient lancés à chaque tour, la foule participait, j'ai commencé à comprendre un peu ce qui se passait, puis elle a enlevé toutes ses pièces en premier, alors que son rival en avait encore deux, ce qui a suscité bien des rires et des exclamations parmi les spectateurs. Elle s'est levée et m'a rejoint. Nous avons salué les hommes et ils ont gesticulé par tristesse de la voir partir. Nous avons marché lentement, en silence, suivant une petite rue vers le bas. Un coup de vent froid dans la grisaille l'a fait serrer son long manteau autour d'elle et venir plus près de moi. Elle a dit :

« A-t-elle essayé de te prendre ?

— Diane ? Il ne s'est rien passé. »

Silence.

Nous arrivions à une rue principale. Un homme a traversé devant nous et j'ai remarqué ses petits pas. Même de côté, j'ai pu reconnaître monsieur Joel Casablanca. Jane a dit : « Suis-le, je dois me cacher ! », et elle a tourné dans la direction opposée, à droite. Lui, je l'ai suivi dans le Tünel, puis dans un tramway de Sultanahmet jusqu'à des bains publics. Une plaque à l'entrée disait que l'établissement avait été construit en 1584. De fil en aiguille, j'ai payé pour un bain et un massage : mon cou me faisait toujours mal après tout.

Mon masseur était un gros bonhomme aux gros bras et aux grosses mains. À plusieurs reprises, j'ai cru qu'il m'écrasait pour me tuer, certainement sur l'ordre de Joel Casablanca, qui avait dû voir que je le suivais. Heureusement, il a épargné ma vie et m'a laissé étendu sur la pierre chaude, où j'admirais les puits de lumière vieux de plus de quatre cents ans. Quatre cents ans, c'est long pour ces jeunes hommes qui sont envoyés à la guerre ou qui meurent pour un amour impossible, mais ce n'est pas si long pour ma grand-mère qui est morte à quatre-vingt-neuf ans et qui se rappelait s'être cachée de son bisaïeul centenaire quand elle avait cinq ans. Dans quatre cents ans, Jane vivra peut-être, et mes petits-enfants voyageront dans l'espace.

Marie-Hélène rêvait des Amériques où tout est neuf et en création et où le vieux a été tué et oublié. Je me suis dit : elle ne viendrait pas ici. Elle aimerait et comprendrait tout bien mieux que moi, mais elle ne penserait pas à venir ici.

Je me suis réveillé nu dans ma cabine privée. Dormir au hammam n'était pas prudent. Joel Casablanca avait eu une autre chance de me tuer. Mon visage fatigué et pas rasé dans le miroir m'a fait penser que j'avais besoin d'aller à mon hôtel et de dormir.

8

Je prenais un vol matinal vers Francfort; puis ce serait une longue journée, comme j'irais toujours vers l'ouest. L'aéroport était vide à mon arrivée. La fille turque au comptoir de Lufthansa a passé un long moment à taper à son ordinateur en fronçant les sourcils, mais n'a jamais réussi à obtenir ma carte d'embarquement. Elle m'a expliqué en anglais, avec un accent prononcé:

«C'est très étrange, vous n'existez pas dans l'ordinateur.»

Elle a fait confiance à la réservation que j'avais imprimée et, je suppose, à mon passeport canadien, et m'a écrit à la main une carte d'embarquement pour Francfort, me demandant d'y consulter la compagnie pour le reste de mon voyage. Je me souviens bien d'elle parce que son sourire était joli et authentique; elle n'était pas mécanique et obséquieuse comme les employés des compagnies aériennes peuvent l'être dans le monde de la classe économique.

À ma grande surprise à notre ère de terrorisme international, tout le monde a accepté ma carte d'embarquement sans rien dire, puis je me suis retrouvé à Francfort. Il était toujours tôt, mais l'aéroport grouillait déjà de monde. J'ai trouvé un comptoir de service et j'ai rejoint la file d'attente. Les quatre guichets ouverts étaient occupés par des employées étrangement similaires, avec les mêmes cheveux teints en blond, le même maquillage, la même minceur qui semblait exactement saine pour des femmes de cinquante ans. Elles ne souriaient pas, mais tous les clients dans la file, sauf moi, étaient des hommes d'âge mûr en complet d'affaires, et ils ne souriaient pas non plus.

Une femme plus jeune qui travaillait derrière les autres a attiré mon regard et fait battre mon cœur parce qu'elle ressemblait à Marie-Hélène. Elle a ouvert un nouveau guichet quand mon tour est venu et elle m'a indiqué d'avancer. J'ai pu la voir clairement et confirmer qu'elle présentait une ressemblance troublante avec Marie-Hélène. J'avais l'impression de l'avoir évoquée, comme j'avais peut-être évoqué Diane. Le porte-nom sur son uniforme disait *Marlene*.

Je lui ai donné mes documents et j'ai expliqué ma situation. Contrairement aux autres employées, elle souriait admirablement, sincèrement m'a-t-il semblé, et elle rougissait peut-être ; mais comme les autres, elle portait beaucoup de maquillage, alors je ne pouvais pas en être sûr.

Elle n'était pas un sosie exact de Marie-Hélène. Leurs traits, pris séparément, étaient différents, mais ils ne semblaient pas différents d'une manière accidentelle ou aléatoire. Peut-être avaient-elles une ressemblance de mouvement et d'expression que je pouvais percevoir mais pas bien formuler. Peut-être que j'étais en train de délirer, mais je ne le crois pas. Il y avait une sensualité subtile dans ses mouvements et dans son regard sur moi, et j'ai pu passer un long moment à la regarder parce qu'elle a passé un long moment à taper à son ordinateur. Elle avait de petites dents, et de petits seins qui étaient d'autant plus sensuels que la veste de son uniforme les épousait comme elle épousait la belle forme de son ventre. Je sentais vraiment que le temps s'écoulait plus lentement pour nous que pour les autres gens autour.

Elle a semblé essayer plusieurs choses à l'ordinateur, a secoué la tête, semblait être piquée par le système et répondait en touchant ses dents de sa langue, comme excitée. Elle s'est gratté la tête, m'a regardé et a dit :

«Je suis désolée, c'est très étrange... J'espère que l'ordinateur ne pense pas que vous êtes mort!»

J'allais faire la même blague, qui était drôle pour moi parce que justement j'avais peut-être été tué par Joel Casablanca dans un autre plan d'existence. Nous avons ri.

«Ah! Je sais quoi essayer.»

Je connaissais la même expression concentrée et joyeuse d'une bibliothécaire, à la bibliothèque Lamont de Harvard, qui déjouait le système informatique pour me donner les droits d'emprunt que je voulais, par exemple sur les documents en réserve. Je n'ai jamais su pourquoi elle le faisait pour moi, mais elle semblait toujours y prendre plaisir. Un état donné d'un document empêchait certaines transactions mais pas d'autres, et la chaîne des états et transactions était plus comme un réseau que comme une hiérarchie stricte, et elle pouvait donc atteindre un état voulu par une séquence de transactions appropriées, une séquence souvent longue puisqu'elle n'avait que les pouvoirs d'une libraire étudiante.

Tout ça pour dire que je pouvais voir la même chose chez Marlene; mon dossier existait probablement dans quelques limbes byzantins, et elle prenait plaisir à déjouer le système pour réussir à imprimer ma carte. Elle tapait furieusement, son sourire montrant sa concentration de pirate informatique, et au moment où je m'y attendais le moins, des cartes d'embarquement ont été imprimées. Elle les a regardées, a dit «Ça y est» et a suivi le scénario habituel selon lequel elle m'a rendu mes documents en m'annonçant à quelle porte me présenter et à quelle heure et en encerclant ces informations sur la carte. J'ai été surpris par cette fin abrupte. J'ai essayé d'être le plus gracieux possible en quittant une telle merveille et j'ai insisté un tout petit peu avec les yeux en lui disant «Merci». J'ai pensé qu'elle m'aimait bien.

Un voyageur en veston partait du comptoir en même temps que moi. En passant près de moi, il a regardé par-dessus son épaule et a dit: «Je baiserais ça n'importe quand.»

La mort a souvent été représentée comme une forme de bureaucratie dans la fiction, de la bureaucratie céleste chinoise au bureau des immatriculations dans *Beetlejuice,* où les morts ignoraient souvent leur trépas. Cela complétait mon histoire avec Jane: après le coup fatal asséné par Joel Casablanca, l'autre côté de la mort pour moi était le comptoir d'enregistrement de Lufthansa, et par la grâce d'un ange, je me suis rendu au cœur du monde souterrain, FRA, où une déesse m'a redonné la vie.

Tout de même, je ne savais pas quoi penser des événements réels, des nombreux cas de synchronicité.

Comment Diane cadrait-elle avec le reste? Marlene semblait plus facile à expliquer, d'une certaine manière: je me souvenais de la femme qui s'appelait aussi Marie-Hélène que Marie-Hélène et moi avions rencontrée jadis et qui lui ressemblait. Je crois que la vie arrive par hasard, et je sais qu'il est si facile de voir un sens profond là où il y a une jolie femme, mais je commençais à voir émerger un motif, qui n'existait probablement que dans mon esprit, mais un motif quand même. Un motif que certains appelleraient le destin.

ESCAPADE : L'AUTOROUTE

Après que nous eûmes tous bu de la coupe, Jésus dit : « Je vous le dis en vérité, je ne boirai plus jamais du fruit de la vigne, jusqu'au jour où je le boirai nouveau dans le royaume de Dieu. » Nous ne comprîmes pas alors ce que cela signifiait. C'était sa façon de nous dire qu'il mourrait, et pour ceux qui ont des oreilles pour entendre, que ce qu'il boirait avant sa mort ne serait pas du vin ni du vinaigre.

Évangile secret de Jacques, le frère de Jésus

9

Moira accompagnait certaines des chansons en chantant ; j'écoutais sa belle voix de contralto et j'étais amoureux. Je la regardais beaucoup, mais j'essayais aussi de regarder dehors une fois de temps en temps pour ne pas devenir écrasant. Le paysage était plutôt gris, et au premier abord il ne m'a pas semblé y avoir beaucoup à voir. Il y avait plusieurs de ces grandes mauvaises herbes qui étaient restées droites à travers l'hiver et que, pour une raison ou une autre, je n'aimais pas ; ici et là, il restait quelques tas de neige. C'était le début du printemps, un temps sale avant l'arrivée des fleurs, qui est la partie de l'année que j'aime le moins. Mais je me suis ouvert à l'humour secret de l'autoroute et je l'ai raconté à Moira alors que nous parlions. J'ai d'abord remarqué le camion d'une compagnie d'œufs dont le conducteur était chauve. Plus tard, la remorqueuse d'un garage annonçait fièrement « *Spécialité voitures américaines et importées* », avec des guillemets.

La circulation a ralenti alors que nous approchions de la sortie vers Hartford, dans le Connecticut ; comme nous allions la prendre, je savais que c'était la route vers New York, mais j'ai conclu tout haut que

Hartford devait être la ville la plus amusante sur terre parce que tout le monde y allait. Je n'avais pas cru exprimer là une observation mémorable, mais elle en a beaucoup ri. Le cadre de la plaque d'immatriculation d'un camion d'un magasin de meubles à bas prix disant *Jesus saves* se rapprochait dangereusement, puis s'éloignait avec l'arrêt et la reprise de la circulation. Nous étions très proches des gens tout autour et même intimes avec eux. Certains mâchaient de la gomme, d'autres se rongeaient les ongles. Plusieurs conducteurs avaient les yeux baissés vers leurs cuisses. J'ai deviné qu'ils regardaient leur téléphone, mais il était plus drôle de penser qu'ils étaient préoccupés par leurs organes génitaux. Dans un cas comme dans l'autre, ils me faisaient craindre un accident.

Sarah a dit : « Tu sais, John, si nous voulons aller jusqu'au bout, nous devons être prêts à toute éventualité. Si nous nous embrassons sur la joue gauche seulement ou nous donnons une demi-accolade avec le bras gauche, c'est qu'il y a quelque chose que nous ne pouvons pas dire. Nous avons aussi besoin d'un mot d'alerte, à utiliser de la même façon pour dire que quelque chose cloche ou qu'il faut parler, si nous sommes avec d'autres personnes. Ça devrait être un mot normal, mais que nous ne risquons pas trop d'utiliser par accident. Que penses-tu de *civilisation* ?

— Non, trop difficile à insérer naturellement dans une conversation. Pourquoi pas *koumis* ?

— Ou *ataraxie* ? »

J'ai dit : « D'accord pour *civilisation*. Écoute, je pense que tout ira bien, mais il est toujours possible que les choses tournent mal et que nous soyons séparés par des forces plus grandes que nous, par exemple si l'un de nous deux doit se cacher de la police.

— Je suis prête à partir n'importe quand.

— Nous ne pourrons peut-être pas choisir. Si ça arrive, nous aurons besoin d'une lueur d'espoir pour l'avenir. D'abord, il faudra attendre et laisser passer bien du temps. Ensuite, va voir le Chili. Il y a une petite ville sur la côte qui s'appelle La Serena. Tu t'en souviendras ?

— Oui. La Serena, au Chili.

— Il y a un petit café au centre-ville, qu'on ne peut trouver que lorsqu'on a assez bu. Je t'attendrai là.

— A-t-il un nom ?

— Je ne le connais pas. Bryan et moi y sommes allés par hasard un soir que nous étions sortis pour boire, et ils avaient le plus merveilleux des *pisco sour*. Nous savons dans quel quartier il est situé, et nous avons essayé de le retrouver à quelques reprises, mais sans succès. Chaque fois, nous sommes allés boire ailleurs, mais nous avons retrouvé le petit café plus tard, je suppose quand nous avions assez bu.

— Comment vais-je savoir que j'ai assez bu ?

— Tu le sauras quand tu me trouveras, évidemment. »

Après un moment de silence, elle a dit :

« Hé ! Je pensais qu'aller à l'observatoire était une affaire sérieuse, mais à t'entendre, tu as beaucoup de temps libre.

— C'est qu'entre de longs vols de nuit avec deux correspondances et plusieurs nuits passées à travailler, nous choisissons parfois une soirée de repos à La Serena. Et puis, les étudiants et postdocs aux endroits comme Harvard ont parfois la chance d'y aller plusieurs fois par année.

— Je trouve toujours ça incroyable, que ton travail te demande de regarder loin à travers l'univers. »

J'ai dit : « Et toi, quand tu travailles, tu regardes profondément dans la nature humaine.

— Je pensais justement à ça. À quelle distance peut-on voir ? Est-ce qu'il y a une frontière à l'univers ?

— L'univers pourrait avoir un volume fini sans avoir de frontière. Pense à la surface d'une sphère, comme la surface de la Terre. Elle a une aire finie, mais tu peux te déplacer partout et ne jamais arriver à un bout du monde. La même chose pourrait se produire avec l'univers, mais en trois dimensions au lieu de deux. Quant à la distance à laquelle on peut voir, elle est déterminée par la vitesse de la lumière, qui est finie : plus on regarde loin dans l'espace, plus on regarde loin dans le passé, à cause du temps que la lumière a mis à arriver.

— Oui, je savais ça, c'est la raison pour laquelle les astronomes mesurent les distances en années-lumière. »

J'ai dit : « Exactement. Il y a un temps, il y a treize milliards d'années, quand l'univers avait quatre cent mille ans, qui s'appelle l'époque de recombinaison. Avant cette époque, l'univers était plein d'un plasma chaud et dense qui absorbait la lumière et l'empêchait de se propager. Quand l'univers a refroidi, il est devenu transparent à la suite d'un changement de phase global. C'est ce changement qui est la recombinaison. C'est un nom un peu mélangeant, parce que les atomes n'avaient jamais été combinés avant. La lumière émise à ce moment-là n'a pas été absorbée, donc elle a pu voyager et nous l'observons toujours aujourd'hui ; on l'appelle le fond diffus cosmologique. On ne peut pas voir plus loin. Ce qui se trouve à l'intérieur est l'univers observable. Ce n'est qu'une petite partie de l'univers total. Le reste est inobservable.

— Est-ce que ça te dérange ?

— Non. À l'échelle humaine, notre voisinage immédiat est un champ assez vaste pour la découverte et l'exploration. L'échelle de notre système solaire et de notre galaxie et le nombre de corps célestes qui s'y trouvent sont déjà incroyables et excitants. Est-ce que ça te dérange que la plupart des documents et autres traces de l'histoire ancienne et médiévale soient perdus et à jamais inconnaissables ? »

Elle a dit : « Oui, ça me dérange. Est-ce que ça te dérange d'avoir déjà oublié la majeure partie de ta vie : tes pensées, ce que tu as fait, ce que les gens t'ont dit exactement, ce qui t'est arrivé ?

— J'avoue que ça me dérange un peu. Et toi ?

— Je n'en suis pas certaine.

— Ça me dérange parce que ça a peut-être de vraies conséquences sur ma vie. Marie-Hélène me hante et je pense qu'elle était vraiment spéciale, mais comme je ne peux pas me souvenir de tous les moments, ni même de la plupart d'entre eux, il y a une possibilité réelle que j'aie tort. Je ne sais pas. Peut-être n'était-elle que la jolie fille ordinaire qui était là au moment où quelque chose en moi se formait, un peu comme tout le monde aime la musique qui était populaire de son temps au secondaire ou à l'université, peu importe son mérite artistique réel.

— Pour toi, ce serait quelle musique ?

— Elle pourrait être plusieurs choses ; le point de vue le plus pessimiste ferait de Marie-Hélène le punk rock de la fin des années quatre-vingt-dix de ma vie amoureuse. Non, je ne veux pas y croire. »

Elle a dit : « Quand Dave est venu, nous étions dans l'auto de son cousin près de l'Université de Boston. Par la fenêtre, j'ai vu le plus triste des petits restaurants de pizza graisseuse. Il faisait froid dehors et c'était le milieu de l'après-midi ; une étudiante en pantalon de jogging gris et en chandail à capuchon y entrait, et j'ai été saisie d'une grande nostalgie, je voulais être cette étudiante, gelée et seule, mangeant de la pizza que je n'aimerais pas, mais toujours en devenir, pleine de possibilités. Quand tu termines le collège, on te dit que tu peux tout faire ; mais par la suite, entrer au doctorat a été comme traverser une ligne, et maintenant tout est figé. J'ai une identité professionnelle. Je travaille à devenir une experte, du moins d'après des critères arbitraires appartenant à l'intersection de ma sous-discipline et de mon université, une experte de rien de pratique en tout cas, et j'étudie quelque chose que j'aime, mais ça semble anéantir toutes les autres possibilités. Peut-être qu'au fond je ne sais pas vraiment ce que je veux.

— De plus en plus, je crois que les gens comme nous ne peuvent jamais savoir ce qu'ils veulent. Mais je connais certaines des choses que je ne veux pas. Je suis trop irrévérencieux pour travailler pour une compagnie, trop libre pour travailler à quelque chose qui ne me fascine pas complètement. Alors la recherche semble être ce qui me convient le mieux. Tout de même, chaque matin est une bataille. Je me traîne les pieds jusqu'à mon bureau parce que j'ai tant de travail à faire, je m'assois, et je sens un vide immense. Un abysse. J'utilise la partie rationnelle de mon esprit pour bouger mon corps comme une marionnette, parce qu'il est autrement sans vie. Les jours où je sais que je vais te voir, je me sens beaucoup mieux.»

Elle a souri et j'ai continué :

«C'est vrai. Et j'espère que nous ne le verrons pas, mais on ne sait jamais, nous allons peut-être croiser l'une des sources de mon vide à Chicago, l'une des personnes contre qui je collabore et qui est une incarnation de ce que j'appellerais le mal pur, Bert Collins.

— Tu m'en as parlé plusieurs fois. Mais le mal pur ? Qu'est-ce qu'il a fait pour mériter ce titre ?

— Il veut que je change toutes les virgules dans les articles que j'écris.»

Elle a acquiescé d'un signe de tête. «Je t'ai dit que la femme de Tom, Daria, je crois, est astronome à Chicago. Nous pouvons lui demander comment éviter ce Bert.

— C'est une bonne idée, mais ça ne garantit rien. J'ai cette malédiction qu'on appelle synchronicité : il m'arrive toujours plein d'affaires.»

10

Des pancartes sur le bord de l'autoroute annonçaient *picnic area,* une aire de pique-nique. Moira a dit :

« Ma mère m'a rappelé cette histoire récemment. Quand j'avais quatre ans, nous devions aller pique-niquer chez ma tante, et ça devait être une surprise. Je pense que mes parents voulaient garder le secret au cas où ce serait annulé à cause de la pluie. En tout cas, ils ont écrit *Pique-nique chez Deb* sur le calendrier dans la cuisine, et je me suis mise à en parler immédiatement. C'est comme ça qu'ils se sont rendu compte que je savais lire. »

J'ai dit : « J'étais très intéressé par les livres. Je me rappelle avoir demandé à ma mère de me montrer à lire, je devais avoir quatre ou cinq ans, et elle a répondu : *Tu apprendras quand tu iras à l'école.* C'est tout.

— Et tu ne l'as pas appris par toi-même ?

— Non. »

Elle s'est mise à rire et a dit :

« *Come on !*

— Tu ne peux pas blâmer quelqu'un pour ça. Et je ne pense pas avoir *essayé* de comprendre tout seul.

— Ne t'inquiète pas, tu ne baisses pas dans mon estime pour autant. Mais vraiment, ce n'est pas si difficile… »

J'ai ri moi aussi, avant de lancer : « C'est le reproche le plus ridicule qu'on m'ait jamais fait !

— Ce n'est pas un reproche…

— C'est une forme de critique. Je ne t'en tiens pas rigueur, mais à peu près n'importe qui trouverait que c'était gratuit.

— Tu n'es pas à peu près n'importe qui. »

J'ai souri et j'ai incliné la tête. J'ai dit :

« Et tu ne trouves pas que les mots de Jésus envers les villages qui le rejetaient étaient trop durs ? Il y a tellement de mendiants, de prêcheurs et de charlatans, et certains disent être des prophètes ou le Messie. Puis Dieu envoie le Messie comme l'un d'eux et les gens sont supposés reconnaître qu'il est le bon ? Ça me semble injuste. »

Elle a secoué la tête. « Plusieurs cultures anciennes accordaient une grande importance à l'hospitalité et l'élevaient au rang de vertu. Pour les Grecs, Zeus lui-même était le protecteur des étrangers et des mendiants. Et il y a plusieurs directives demandant d'aider et de respecter les étrangers dans les Écritures juives, bien que je ne sache pas à quel point elles étaient suivies sous l'occupation romaine. Donc une partie de sa colère n'était peut-être pas due à son traitement personnel, mais au fait que les gens n'aidaient pas tous les pauvres, alors qu'ils auraient dû le faire.

— Tu as peut-être raison pour ce qui est de leur donner à manger. Mais je ne crois pas qu'il faille écouter les enseignements de tous les voyageurs. Un vrai prophète serait d'accord avec ça.

— Des gens vertueux auraient accepté l'enseignement d'un vrai prophète.

— Je suppose que ça va de pair avec l'idée que Dieu est fâché et vengeur envers sa propre création, une idée que je ne peux pas comprendre parce qu'elle n'a aucun sens. »

Elle a dit : « Comment le saurais-tu ? Les voies du Seigneur sont impénétrables. Mais tu n'es pas le seul. Plusieurs chrétiens à différents moments dans l'histoire ont résolu ce problème de la relation entre Dieu et sa création en affirmant que le Dieu de la Bible était bien le créateur du monde, mais pas l'Être suprême. Je connais surtout les croyances dualistes médiévales, par exemple celles des célèbres cathares et bogomiles. Ils croyaient que Satan avait créé le monde matériel à l'intérieur duquel il avait emprisonné les âmes des hommes, qui appartenaient plutôt au royaume de Dieu. Pour eux, Jésus devait être entièrement divin et ne pouvait pas être en partie humain ou même en partie matériel. Mais comme nous nous intéressons à la tradition de l'Église ancienne pour l'*Évangile secret*, je devrais mentionner qu'il existe des textes beaucoup plus anciens contenant des idées similaires, par exemple un traité gnostique du deuxième siècle qui s'appelle le *Livre des secrets de Jean*.

— À entendre le nom, on dirait presque quelque chose que nous aurions inventé !

— C'est un vrai livre de la bibliothèque de Nag Hammadi. Je te raconte tout ça de mémoire, alors je vais peut-être oublier quelques détails, mais je pense que tu vas aimer cette histoire, parce qu'elle a une connotation platonique. Cette théologie gnostique se résume à quelque chose comme ceci : il y a un Dieu unique, suprême, parfait, éternel, mais il crée des entités inférieures, ou plutôt, son existence même implique d'autres entités. Comme il existe et pense, il implique l'existence du concept de sa Pensée consciente d'elle-même, et cette Pensée à son tour implique l'existence d'autres choses, ce qui entraîne une cascade de concepts et d'êtres, une sorte de catastrophe cosmique où un être inférieur est ultimement créé. Le *Livre des secrets de Jean* l'appelle Yaltabaoth. Yaltabaoth est ignorant ; il pense qu'il est le Dieu suprême et crée notre monde. Il est donc le Dieu de l'Ancien Testament.

— Et qui est Jésus alors ? »

Elle a dit : « C'est compliqué. D'une façon ou d'une autre, Yaltabaoth se laisse piéger et crée l'homme à l'image du Dieu suprême plutôt qu'à sa propre image. L'homme a donc une âme et Yaltabaoth n'a pas une emprise complète sur lui. Jésus est une entité envoyée par le Dieu suprême. Il est le serpent qui libère l'homme de sa captivité dans le jardin d'Éden et qui vient sur Terre en tant que Jésus de Nazareth pour enseigner aux hommes comment échapper à leur captivité du monde, le monde de Yaltabaoth.

— Intéressant. J'aime ça, il faudra que je le lise. De plusieurs façons, ce n'est pas si différent de l'idée contemporaine selon laquelle nous vivons peut-être à l'intérieur d'une simulation.

— Comme une simulation dans un ordinateur ?

— Oui. Et cette simulation pourrait être exécutée par toutes sortes d'entités, à toutes sortes de fins. Mais il y a le fait que plusieurs simulations complexes dans notre propre monde sont des jeux vidéo. De nos jours, une console de jeux vidéo peut générer une ville visuellement convaincante. Donc si nous sommes dans une simulation et qu'elle vient d'un monde un peu semblable au nôtre, il n'est pas impossible que notre monde ne soit qu'une sorte de jeu vidéo joué par un adolescent multidimensionnel dont le pseudonyme est Yaltabaoth. Je n'y crois pas personnellement, mais tout est possible. »

Elle a ri. « Oh ! Moi, j'y crois ! En fait, j'ai même la preuve que nous vivons dans une simulation.

— Et quelle est cette preuve ?

— Le seul sacrement des cathares s'appelait le *consolamentum*. Sur leur lit de mort, les cathares étaient *consolés* pour échapper au cycle mondain de la réincarnation. Je viens d'en comprendre la signification véritable : ils retournaient à la console de jeux vidéo. »

J'ai dit : « Félicitations ! Tu as gagné !

— Gagné ?

— Au jeu vidéo ! Tu as tout compris !

— Qu'est-ce que je gagne ?

— Qu'est-ce que les cathares ont gagné ? »

Elle a dit : « Merde. La croisade contre les Albigeois et l'Inquisition. »

QUITTER CAROLINE

Jésus dit : « Ne croyez pas que je sois venu apporter la paix sur la terre. De cinq personnes dans une maison, trois seront contre deux, et deux contre trois, le mari contre la femme, et la femme contre le mari. Je ne suis pas venu apporter la paix, mais l'épée. »

Évangile secret de Jacques, le frère de Jésus

11

J'ai rendu visite à Caroline à New York la fin de semaine suivant mon retour de Turquie. Dans le bus de
nuit insomniaque, j'ai pensé à la meilleure façon de lui
raconter ce qui était arrivé, pas les coïncidences et la
rencontre incroyable de Marlene, mais le fait objectif
que j'avais partagé un lit avec Diane. Je soupçonnais
que nous ne serions plus longtemps ensemble.

Caroline en pyjama rose à pois était super contente
de me voir, comme d'habitude. Elle nous a servi du café
dans la cuisine. Ses colocataires dormaient toujours.

J'ai commencé par : « Écoute, Caroline, j'étais attiré
par une fille au colloque... »

Elle a mis sa main sur la mienne et a souri avec
compassion. Puis elle a dit, d'un souffle calme :

« C'est normal. Nous sommes jeunes et entourés
d'autres personnes jeunes et attirantes. Je ne peux pas
te blâmer pour ce qui se passe dans ta tête, tant que tu
ne fais pas l'amour avec d'autres que moi. »

C'était assez pour bloquer le reste de ma confession. Je ne sais pas trop ce qui se serait passé si elle
avait utilisé les mots *tant que tu ne couches pas* à la
place. Nous avons donc enchaîné avec notre fin de
semaine déjà habituelle : une énorme quantité de sexe

entrecoupé de deux ou trois promenades plaisantes, de cuisine maison et d'un souper dominical commun avec ses colocataires Jina et Aimee. Elle n'a pas semblé très intéressée par les loukoums que je lui ai donnés, mais ils n'ont pas non plus posé de problème. Il n'a pas fallu beaucoup de temps après mon départ pour que je tombe dans la honte et le pessimisme, où je suis resté toute la semaine.

J'ai rencontré Caroline grâce à mon ami Olav Gerhardsen, un Norvégien de six pieds neuf pouces au franc-parler incisif qui connaissait la plupart des femmes inscrites au doctorat à Harvard et au MIT, déplorait que si peu d'entre elles correspondent à son idéal nordique et était souvent vu avec des Asiatiques amusantes.

Américaine d'origine asiatique au corps svelte, elle avait plus de grâce et de style que la plupart des étudiants ; mais elle était sans prétention et sa vigueur, qui frisait parfois la joie naïve, la rendait charmante ou, comme on dit en anglais, *sweet*. Quand Olav a dit son nom, le jukebox dans ma tête a fait *clic-ching* et s'est mis à jouer *Sweet Caroline* ; la chanson y est restée pendant des jours, les quelques mots que je savais se répétant comme sur un disque rayé. Les chansons nous font ça. Quelque part, dans son repaire secret, Neil Diamond rit d'un rire diabolique.

C'était le printemps où Olav avait gagné l'auto de Leo Veneziano au poker, pour une semaine. Il a essayé de nous emmener à Cape Cod, Tingting Peng, Caroline et moi, mais le tas de ferraille est tombé en panne sur la Route 3, alors nous avons dû passer la nuit dans un motel. Olav et Tingting ne voulaient pas sortir, alors Caroline et moi avons marché pendant des milles pour aller au Plymouth Rock, avons ri aux larmes en voyant le minuscule caillou, puis nous avons passé une soirée agréable en ville. C'était l'une des premières belles journées de l'année, où les gens s'habillent légèrement et s'excitent de voir la peau des autres comme de sentir la caresse secrète et indécente du vent sur la leur. Tout ça pour dire que c'était plutôt facile, nous sommes tombés amoureux et tout et tout.

Je n'ai pas mis bien longtemps avant de recommencer à penser à Marie-Hélène constamment. Cette infidélité mentale me dérangeait, mais Caroline était gentille et nous nous amusions bien ensemble, et dans tout ce qu'elle disait et faisait, je sentais qu'elle m'adorait plus que tout au monde. Je pensais ne plus jamais revoir Marie-Hélène, alors j'ai continué en trouvant ce genre d'excuse.

Ça a duré toute l'année suivante. Nous vivions dans les résidences universitaires et étions toujours ensemble. Nous avons tellement de beaux souvenirs. Nous, des amis tout autour, les soupers à Dudley House. C'était aussi l'année où j'avais changé de l'astronomie à la théorie des hautes énergies. J'éprouvais des difficultés avec mon superviseur et mes collègues, mais ça rendait le reste plus important. Puis elle a obtenu sa maîtrise en études régionales, a trouvé un emploi à Manhattan, et notre relation est devenue une relation à distance, avec des visites hebdomadaires. Un mois plus tard, je suis allé à Istanbul, puis je lui ai rendu visite à New York. La semaine d'après, c'est elle qui venait me voir pour la fin de semaine.

Ce jour-là, j'ai acheté des fleurs pour mon appartement, puis je me suis mis en route pour la rencontrer à South Station. Je suis sorti du métro dans Chinatown pour acheter deux gâteaux de lune à ma pâtisserie préférée de Beach Street. J'avais un peu de temps à tuer, alors je suis entré dans un magasin de babioles où une rangée de chats dorés tentaient vainement de me griffer à travers la vitrine.

Derrière des statuettes du Bouddha, des bambous de la chance et d'autres choses semblables, le mur à gauche portait un étalage d'éventails et de ces robes chinoises moulantes. Caroline avait un fantasme sexuel impliquant une telle robe orientale, et à sa grande exaspération, j'avais toujours refusé de m'y prêter: cela me semblait déplacé. Il y avait un escalier à droite, alors je suis monté.

Le deuxième étage était dédié aux équipements d'arts martiaux. Une grand-mère chinoise m'a souri de derrière le comptoir, entourée de couteaux dans un présentoir de verre et de toutes sortes de lames accrochées au mur, grandes et petites, la plupart du temps ornées de manière ostentatoire, probablement toutes mortelles. J'ai supposé qu'elle était ceinture noire en quelque chose et j'ai donc été très poli:

«Bonjour, madame.»

J'ai parcouru les quelques allées étroites, amusé par les armes extravagantes. Une jolie boîte de bois contenait une paire de ces armes que Raphaël avait dans *Les tortues ninja*, à un prix qui me paraissait raisonnable. J'allais y penser.

Me mettre à l'étude des arts martiaux m'a soudainement semblé être une idée intéressante, alors je me suis arrêté à l'étalage de livres au fond pour en choisir un. J'ai entendu une grosse voix tonner:

«Hé, le Blanc!»

Je me suis retourné et j'ai vu un grand Noir à la tenue négligée près du comptoir, au bout de l'allée, de l'autre côté de la pièce. Il tenait une épée et me regardait avec de grands yeux vitreux. J'avais espéré ne pas être *le Blanc,* mais son regard était clair, et le seul autre client était un Latino musclé très foncé avec une moustache. La petite vieille couvrait sa bouche de ses deux mains et s'affaissait dans le coin derrière son comptoir.

L'homme sale s'est avancé et s'est arrêté bien trop près de moi, même s'il tenait l'épée basse.

L'adrénaline est montée en moi, et avec elle, la pensée de Marie-Hélène. Plus que ça: Marie-Hélène m'habitait, chaque fibre de mon corps l'appelait.

J'étais prêt à sauter de côté s'il bougeait le moindrement. Certainement, en me manquant, son épée s'enfoncerait dans la bibliothèque derrière moi, ce qui me donnerait une seconde pour contre-attaquer. En une fraction de seconde, j'ai dressé la liste dans ma tête de mes meilleures attaques. Mes journées solitaires d'adolescence passées à chorégraphier des batailles de sabre laser dans le sous-sol de mes parents ne servaient à rien puisque je n'avais pas moi-même d'épée. Mon attaque favorite, le puissant coup de marteau dans le dos porté à deux mains du Capitaine Kirk, était aussi hors de question parce que je tenais mon sac de pâtisseries de la main gauche. Je devrais y aller pour le coup de hachoir au cou, asséné du tranchant de la main et toujours efficace dans les films.

Alors que celui que j'appellerai Big Dirty s'est mis à radoter des mots en apparence incohérents, l'autre client s'est approché et lui a dit :

« Wow ! Quelle épée super ! Je peux voir ? »

Il a pris l'épée de la main de Big Dirty, qui semblait ne pas comprendre ce qui arrivait et l'a laissé faire, la bouche ouverte. Puis il a regardé le tranchant de la lame et y a passé le pouce. « Très coupant. » Derrière le comptoir, la petite dame a décroché le téléphone et a gesticulé dans notre direction en souriant.

Big Dirty a repris son incohérence avec passion, mais il avait perdu son agressivité avec l'épée.

« … c'est écrit dans ce livre… très vieux livre… les Chinoises… conspiration… et Porto Rico… les Espagnols l'ont fait… »

Cela a duré deux bonnes minutes, et Danny Trejo et moi hochions la tête allègrement en disant « Oui, tu as raison » quand il avait l'air d'avoir terminé une phrase. Puis un Asiatique court et rond a émergé de l'escalier avec détermination, a pris Big Dirty par le bras et l'a emmené. Je pense qu'ils ne voulaient pas voir la police là.

Je me suis soudainement rappelé Caroline, alors j'ai remercié mon sauveur, j'ai salué la vieille en m'inclinant et je me suis dirigé vers South Station.

J'ai rejoué les événements dans ma tête en marchant. J'aurais pu me faire tuer par le fou. Cette pensée terrifiante m'est venue : dans ce cas, Caroline aurait appris ce qui s'était passé, aurait peut-être vu les robes au rez-de-chaussée, puis elle aurait supposé que j'étais allé lui en acheter une et aurait fait de moi un saint pour les siècles des siècles, alors qu'en réalité, dans mes derniers moments, je serais tombé sur les genoux, traversé d'une épée, enveloppé de visions d'une époque révolue, essayant de crier «Marie-Hélène!», mais ne réussissant qu'à cracher du sang. J'ai imaginé une fausse blonde perpétuellement étonnée présentant la nouvelle sur une chaîne locale: «Un étudiant de Harvard a été tué à l'épée aujourd'hui alors qu'il magasinait en prévision d'une grande nuit de jeux sexuels passionnés avec sa fiancée en visite.» Le journaliste masculin avec une voix grave aurait alors secoué la tête en ajoutant: «En effet, Glenda. Une histoire tragique et un geste d'une violence épouvantable, *et cetera, et cetera.*» C'était là une image difficile à supporter. J'en ai eu mal au ventre.

Je devais quitter Caroline. Je pensais que je n'en serais jamais capable, mais je l'ai fait, même après un bref moment de défaillance, quand je suis entré dans la station et que je l'ai vue me sourire comme si j'étais l'essence même de sa vie. Je préfère ne pas en dire plus, parce que je me suis senti comme si je la poignardais droit au cœur, et aucun étranger ne pouvait m'arrêter. Quelques minutes plus tard, je m'éloignais et elle pleurait.

J'ai erré dans les rues et j'ai fini par m'asseoir par terre près d'un mur, où j'ai mangé un de mes gâteaux de lune. Je me sentais méprisable, mais j'étais aussi ébahi par quelque chose que le danger avait fait ressortir: au fond de moi, je croyais toujours à l'amour.

Et qui sait, que je me suis dit, peut-être aussi à la révolution et à l'avenir de l'humanité avec ça.

Pendant que j'y étais, j'ai décidé que je ne me laisserais plus faire par personne. Je retournerais à l'astronomie.

J'ai mangé le deuxième gâteau de lune pour sceller la décision.

J'ai aussi décidé de me mettre aux arts martiaux et d'aller dans le Chinatown plus souvent.

ESCAPADE : MANHATTAN

Jésus dit : « Il y a beaucoup d'appelés, mais peu d'élus. Car quand peu furent appelés, il n'y a pas eu d'élus. »

Évangile secret de Jacques, le frère de Jésus

12

Nous sommes descendus par le West Side jusqu'à Midtown. Il était environ seize heures et le ciel s'était éclairci. J'ai remarqué à un coin de rue une femme qui aurait pu être Marie-Hélène, mais elle portait des bas de nylon au motif de dentelle et ce n'était pas son genre. Je n'avais jamais pensé à la chercher là dans le temps où je rendais visite à Caroline, mais Marie-Hélène pouvait vraiment être n'importe où, et tout le monde doit se rendre à New York un jour ou l'autre. Elle pouvait travailler dans quelque ONG ou à l'ONU. J'ai observé goulûment la foule sur le trottoir et j'ai pensé au mouvement perpétuel des gens transportés sous la terre. Le nombre de personnes offrait une concentration de la chance, la plus grande densité de synchronicité pouvant être trouvée.

Sarah se débrouillait dans la circulation comme un poisson dans l'eau et grugeait les centimètres de façon à ce que les taxis ne puissent pas nous couper. J'ai pensé que je devrais toujours la laisser conduire, parce qu'elle s'en tirerait certainement mieux que moi si nous étions pris dans une poursuite à haute vitesse.

Nous nous sommes inscrits à l'hôtel. Nous pouvions voir plusieurs toits de la fenêtre de notre chambre et ils ressemblaient beaucoup à ce que je vois dans mes rêves quand je vole au-dessus d'une ville. Nous avons mis nos beaux vêtements, moi, mon *tuxedo,* elle, la même robe rouge foncé et les mêmes bijoux qu'elle avait portés à la Valse d'hiver. Nous étions redevenus Moira et Jonathan. Nous étions trop chics, mais nous suivions nos propres règles. Nous avons marché sur la Septième jusqu'à Times Square. L'air froid, le ciel voilé et les lumières vives tout autour créaient une ambiance parfaite.

Nous avons soupé dans une bonne trattoria où je n'étais jamais allé avec Caroline. Le serveur était un personnage incroyable, un Italo-Américain authentique. Je n'avais aucune idée précise de ce qu'un Italo-Américain devait être, mais il faisait sentir qu'il était authentique. Mince et grisonnant, il décrivait le menu factuellement et d'une voix sèche, mais tout en semblant avoir sa nourriture profondément à cœur, un peu comme le vieux monsieur qui passait dans son camion blanc pour vendre des biscuits rejetés à l'usine quand j'étais enfant. Ce serveur était probablement un bon acteur, et il a donc peut-être vu clair dans notre jeu et nos fantaisies. Je n'ai pas pensé que ça poserait un problème, puisque nous étions liés par le secret professionnel que partagent les serveurs et leurs clients. Aussi, Moira et moi utilisions nos faux noms.

J'ai dit: «D'une visite à l'autre, je ne me rappelle jamais à quel point Manhattan donne une impression naturelle. Tu le vois dans le métro par exemple, il est biologique, il semble avoir grandi de la ville et avec elle.

— Oui, et le métro de Boston ne donne que l'impression d'être vieux. C'est une image biologique différente. Comme une aiguille violant la chair.

— Aïe, oui, vieux et dystopique, avec les mauvaises voix d'ordinateur et la poudre aux yeux sécuritaire. C'est tout de même mieux que de ne pas avoir de métro. Le métro de Montréal est bien. On s'y sent comme dans un grand projet social rétrofuturiste, et c'est en fait ce qu'il est, ou était. Mais je m'en allais ailleurs avec cette idée de biologie. Quand nous étions en auto, j'ai eu une nouvelle impression de la ville, et j'ai compris pourquoi tant de films et d'histoires se passent à New York. Ce n'est pas seulement que les scénaristes vivent ici. Le nombre de personnes fait que les rencontres et les interactions remarquables – par définition des événements rares, ce pourquoi ils sont remarquables – doivent se produire ici plus souvent que partout ailleurs. Est-ce que je t'ai expliqué l'idée de l'Église du Volume Infini ? »

Elle a dit : « Non. C'était dans *L'année de tous les hasards.*

— C'est vrai, je l'ai mise là-dedans. Je suis touché que tu te souviennes d'un si petit détail.

— Oh, ce n'est rien.

— Alors voici l'idée. Une des choses dont nous avons parlé aujourd'hui et que les astronomes comprennent mieux que la plupart des gens est la taille de l'univers. »

Elle a dit : « J'ai grandi avec les ciels étoilés. Quand j'étais chez mes parents pour Noël, je me suis rendu compte que je n'avais pas vraiment regardé le ciel depuis longtemps, alors je suis sortie de nuit et je me suis étourdie à voir tant d'étoiles, et le ciel si vaste, et à penser que chacune était un soleil, et que tu crois sérieusement que des humains y voyageront. Après un temps à imaginer, je les ai vues comme en trois dimensions et je sentais que je flottais et que j'aurais pu tomber dans le ciel. J'ai eu le vertige et j'ai fermé les yeux.

— Tu ne m'avais pas raconté ça.

— Parce que.

— Oh, ce n'était pas un reproche. Si tu veux, nous pouvons essayer de trouver du bon ciel cette semaine, sur la route.

— Ah oui, j'aimerais bien.»

J'ai repris : «Donc, aller à un endroit où le ciel sombre nous permet de voir des milliers d'étoiles et la Voie lactée est déjà époustouflant. Mais nous, les astronomes, nous pointons nos télescopes vers de petites régions du ciel, et partout où nous regardons, il y a des centaines et des milliers de galaxies. Et nous prenons des milliers d'images, et une seule personne ne pourrait jamais avoir le temps de toutes les regarder. À l'échelle humaine, la plupart des galaxies sont des petits points apparaissant pendant une seconde sur un écran d'ordinateur. Une galaxie contient environ cent milliards d'étoiles, et il y a cent milliards de galaxies dans l'univers observable. Et l'univers observable n'est qu'une petite partie de l'univers. Personne ne le sait vraiment, mais selon nos idées physiques à propos de la courbure spatiale et de l'inflation, le volume total de l'univers se situerait entre dix mille fois et un nombre inconcevable et exponentiellement grand de fois le volume de l'univers observable.

— Que dirais-tu de cent milliards de fois plus grand que l'univers observable ? »

Elle souriait.

J'ai dit : «Pourquoi pas ? Je te citerai dans mon prochain article.

— Et l'univers ne pourrait pas être infini ?

— Selon ce qu'on en sait, il pourrait avoir un volume effectivement infini. Mais ce qu'on en sait est bien peu, en fait. En tout cas, un univers infiniment grand aurait des conséquences logiques intéressantes. Si on considère l'arrangement exact des atomes qui constituent la Terre et toute l'histoire humaine comme le fruit du hasard, c'est-à-dire qu'il provient du hasard intrinsèque aux processus quantiques et aux interactions chaotiques d'un grand nombre d'atomes, alors on peut attribuer une probabilité à l'apparition de cet arrangement.

— Je pense que je ne comprends pas. L'apparition à partir de quoi ?

— La matière autour de nous a évolué à partir d'une distribution de matière et d'énergie très uniforme au début de l'univers, mais ce n'est pas important pour mon explication. Plus simplement, pense que tu choisis un point, un endroit au hasard n'importe où dans l'univers, et que tu regardes autour de ce point-là un volume qui a la taille de la Terre. Il y a une certaine probabilité que le contenu de ce volume soit identique à la Terre. »

Elle a dit : « D'accord, continue.

— Il est impossible de calculer cette probabilité avec une quelconque précision, mais il est facile de déduire, à partir du nombre d'Avogadro, que la valeur numérique de cette probabilité est si petite qu'on ne trouverait jamais le même arrangement, une terre identique, une seconde fois dans l'univers observable. Mais si l'univers est vraiment infini, on peut continuer à chercher dans un volume de plus en plus grand jusqu'à ce que l'arrangement soit trouvé. Alors, avec certitude, dans une région de l'univers très lointaine, inaccessible et causalement séparée de nous, il y a une autre terre où les mêmes prophètes ont dit les mêmes choses, où les mêmes empires ont prospéré, puis disparu, et où un Jonathan identique ressent un amour infini identique et une admiration identique pour une Moira identique.

— C'est une belle idée, n'est-ce pas? Un peu comme l'éternel retour.

— Oui, un peu comme l'éternel retour. Par contre, à cause du hasard inhérent aux processus quantiques et du chaos classique, ces deux mondes vont dévier à un certain moment, et des choses différentes vont se produire. Mais bon, ce n'est pas là que je m'en allais, parce que ça n'a aucun rapport avec l'Église du Volume Infini. Le nom peut prêter à confusion, je l'avoue. Ce que j'essayais d'établir, pour mon explication, c'est que l'univers est très, très grand.

— Ce fait est établi.

— Merci. L'univers étant si immense, je trouve difficile de croire qu'un être suprême l'aurait créé dans le but de prescrire leur diète à un ou à des peuples d'une petite planète et d'être vénéré par eux. »

Elle a dit: « Nous n'avons pas l'habitude d'y aller de main morte, mais c'est un point de vue plutôt réducteur de la religion!

— Ce que je suis en train d'expliquer tient même si on adopte une opinion plus indulgente de la religion. Tu ne trouves pas présomptueux de penser que les humains ont quelque chose à voir avec la raison d'être de l'univers? Et tout le reste, la quantité impensable de tout ce qui a été créé, alors ? Ce n'est rien ? Ce n'est pas une question impossible, la théologie pourrait expliquer n'importe quoi, mais j'entrevois une énorme pièce manquante dans le sentiment religieux traditionnel, parce que la théologie ne savait rien de tout cela, de l'univers, pendant des millénaires.

— L'autre choix, donc, est de dire que l'univers n'a pas d'objectif ou de créateur. »

J'ai dit : « C'est une possibilité, et c'est ce que je crois, mais…

— Mais on ne fonde pas une Église là-dessus.

— Exactement. Il y a une troisième voie : on peut supposer que l'univers a un créateur, mais que son intention nous est inconnue et qu'elle n'a peut-être rien à voir avec les humains. On peut alors essayer d'en apprendre un peu sur le créateur en regardant sa création. J'expliquais à quel point l'univers est immense. Qu'est-ce qu'un tel volume peut nous dire sur son but ? »

Elle a regardé de côté et cligné des yeux quelques fois.

« Je ne sais pas.

— C'est statistique : on a besoin d'un grand volume pour produire un événement improbable avec certitude. C'est ce que je disais sur New York. Il y a aussi cette image célèbre qu'un million de singes tapant à un million de machines à écrire vont finir par récrire tout Shakespeare. Il faudrait plus de singes que ça, mais l'idée est essentiellement correcte. Il n'y a rien de spécial à propos de chacun des singes, mais on en a besoin d'un grand nombre parce qu'il est peu probable qu'ils produisent la séquence de lettres requise en tapant au hasard. »

Elle a dit : « Alors le créateur a dû produire un univers aussi grand pour qu'un événement rare ait lieu.

— Exactement.

— Et quel est cet événement ?

— Je ne sais pas.

— La vie ? »

J'ai dit : « Peut-être, mais je pense que la supposition éclairée de la plupart des scientifiques d'aujourd'hui serait que la vie ne doit pas être si rare, à une échelle galactique. Elle l'est peut-être. Mais j'ajouterais que la vie est un ensemble de molécules complexes, et on pourrait penser que, pour un être capable de créer l'univers, la structure moléculaire, même complexe, ne serait pas hors de portée au point de devoir être laissée au hasard. Ce que le créateur cherche doit être quelque chose qu'il est incapable de créer lui-même. La vie intelligente ? Est-ce que les humains possèdent la sorte d'intelligence recherchée ? Est-ce qu'une émotion particulière est ce qu'il cherche à produire ? »

Elle a demandé : « Est-ce que c'est l'art ? Shakespeare. Alors la réponse serait que l'univers a littéralement le même but que le million de singes tapant au hasard.

— Peut-être. Le romantique en moi voudrait que l'événement improbable soit la production et la rencontre de deux êtres précis. L'auteur de science-fiction en moi pense que l'événement rare recherché par le créateur est quelque chose que nous ne pouvons même pas comprendre et qui n'a rien à voir avec les humains.

— Et qu'est-ce que l'Église du Volume Infini en pense ?

— Sa croyance centrale est simplement ce que nous venons de dire : il y a un créateur qui cherche à produire un événement rare. Certains membres pensent que cette croyance est par elle-même une forme de conscience de soi de la création, ce qui peut être l'événement improbable ; mais la position officielle de l'Église est une sorte de pari de Pascal, qu'il n'y a rien à perdre à chercher une réponse qui implique les humains. L'Église soutient la recherche scientifique en espérant deux résultats : la détermination de la taille de l'univers, ce qui est bien, et la création d'intelligences artificielles supérieures, ce qui pourrait être mauvais. Même très mauvais, selon certains. »

Moira semblait amusée. « Est-ce qu'elle a un symbole ?

— Comme la croix chrétienne ? Je n'y avais pas pensé, mais je devrais trouver quelque chose de choquant. »

J'ai essayé de trouver une variation sur la croix pendant quelques secondes. Elle a dit :

« Que penses-tu d'un dessin au trait art déco des organes sexuels copulant, où l'éjaculat représente la variété de possibilités d'où l'événement rare doit émerger ?

— Oui, c'est super ! L'aventure humaine s'élançant vers le divin ! »

Nous avons pris nos verres et avons porté un toast à l'aventure humaine. Nous étions joyeux.

Après le souper, nous sommes allés voir *Chicago*, la comédie musicale. Moira était très contente d'y être. J'ai aimé le spectacle plus que ce à quoi je m'attendais, étant donné que le théâtre musical m'était peu familier et que je ne connaissais pas les chansons, mais ce que j'ai aimé plus que tout était de me tourner et de regarder Moira. Ses yeux brillaient et ils étaient grands ouverts, les yeux impérieux d'une prima donna, et son sourire s'ouvrait d'émerveillement.

Après le spectacle, elle a dit : « Juste pour ça, le voyage en a valu la peine ! »

Nous sommes allés dans un bar et y avons bu des martinis. Puis nous avons marché jusqu'à notre hôtel dans la pluie fine et froide, passant silencieusement devant les magasins fermés. Nous voulions que la nuit ne se termine jamais. Nous avons regardé la ville de la fenêtre de notre chambre et avons fait l'amour au-dessus de la mer de lumières de Noël. Nous nous sommes réveillés tôt le matin, sans raison. Notre lit était chaud et soyeux et épidermique, et nous nous sommes levés tard. Puis nous avons rendu les clés et mangé des bagels avant de quitter la ville.

HELEN

Ses disciples lui demandèrent : « Quand viendra le royaume ? »

Jésus dit : « Le royaume ne viendra pas de lui-même ni à un moment précis. On ne peut dire : "Le voici" ou "Le voilà". Si le royaume était dans les cieux, alors les oiseaux du ciel vous y précéderaient. Si le royaume était dans la mer, alors les poissons vous y précéderaient. Le royaume est au-dedans de vous, et il est au-dehors de vous. Il est répandu sur la terre et attend d'être vu. Fendez du bois, et il est là. Soulevez une pierre, et vous l'y trouverez. C'est ainsi que le Père révèle le monde au monde lui-même. »

Évangile secret de Jacques, le frère de Jésus

13

Quelques semaines après avoir quitté Caroline et mon superviseur, j'ai trouvé un nouveau professeur qui voulait bien me prendre dans son groupe de recherche. Il m'a envoyé à la dernière minute à un congrès d'astronomie à la fin de l'été, à San Francisco, pour que je puisse bien m'initier à mon nouveau sujet de recherche. Les hôtels qui avaient des chambres disponibles coûtaient très cher, alors j'ai réservé à l'hôtel le plus abordable que j'ai pu trouver, dans le Tenderloin, en pensant que ce serait une petite aventure.

La nuit avant mon départ, j'ai fait un rêve merveilleux.

Depuis mon enfance, je rêve que je peux voler. Pendant longtemps, c'était un jeu à basse altitude, où je devais courir vite, puis lever les deux pieds ; je continuais ensuite dans la même direction pendant un temps, flottant comme si la gravité avait été désactivée, jusqu'à ce que ça arrête de fonctionner. La durée du vol était imprévisible, mais je pouvais toujours retourner à la marche sans tomber. C'était une chose normale dans mes rêves. Puis, vers ma dernière année de baccalauréat à Montréal, j'ai commencé à apprendre en rêve quelques trucs qui me permettaient de mieux voler. Par exemple, je pouvais gagner un peu d'altitude, puis me laisser tomber et reprendre de la hauteur grâce à la vitesse de la chute, volant ainsi dans des trajectoires en U. D'autres fois, j'avais des ailes qui ressemblaient à celles d'un démon, mais elles ne marchaient pas souvent bien. Dans un de ces rêves, une personne de mon village avait photographié ma silhouette alors que je passais devant la pleine lune. Les journaux m'avaient appelé *le démon de Bellechasse*. J'ai pensé que ce n'était pas très charitable, parce que, d'après cette seule photo, j'aurais aussi bien pu être un ange.

Puis le rêve d'avant le congrès s'est passé comme ceci :

J'étais avec Jane. Elle était une enfant, mais je savais qu'elle était Jane. Nous étions sur le coin ouest de l'entrée en asphalte craquelé devant la maison de ma grand-mère, près de la route. C'est à côté de chez mes parents, là où j'ai grandi, dans la ferme familiale.

Nous étions là pour que j'apprenne à Jane comment voler.

J'ai dit : « Regarde tout droit, comme pour fixer l'horizon, et imagine un point sombre tout juste au-dessus de l'endroit où tu regardes. Peux-tu voir le point sombre ? »

Elle n'a rien dit. Elle s'est approchée et m'a touché. J'ai vu à travers sa pensée qu'elle imaginait le point.

« Ne regarde pas le point avec les yeux, mais montes-y ton attention. »

Nous l'avons fait tous les deux. Nous nous sommes envolés verticalement, en nous tenant l'un à l'autre. Nous volions comme je n'avais jamais volé avant.

Notre altitude semblait croître exponentiellement avec le temps ; en un instant, nous étions montés très haut et les maisons et les pylônes de la ligne à haute tension paraissaient tout petits. Sans bouger les yeux, j'ai alors élevé mon attention au-delà du point sombre, pas verticalement, mais dans un arc autour de ma tête. Le monde autour de moi s'est rempli de gris, et j'ai volé à travers des voiles gris, la poitrine d'abord, et le gris devenait de plus en plus dense alors que mon attention s'éloignait du point sombre. Jane n'était plus avec moi, mais elle recevait toujours mon enseignement. En réalité, c'est moi qui recevais le sien. Je n'avais pas peur. L'endroit gris n'est pas un lieu physique. Je ne l'ai pas compris.

J'étais très content en me réveillant. J'avais toujours aimé voler en rêve et cette expérience représentait toute une percée ; j'espérais qu'elle reviendrait dans d'autres rêves. J'avais un peu de temps libre plus tard ce jour-là en attendant l'embarquement à l'aéroport, alors j'ai décidé d'essayer la procédure que je venais d'apprendre en rêve. Je ne croyais pas que je volerais, mais il fallait que je le fasse. Personne ne saurait ce que je faisais. Je me suis assis droit. Je me suis concentré, j'ai imaginé le point sombre que, dans ma tête, j'avais baptisé mon troisième œil. Quand j'y ai monté mon attention, j'ai ressenti une grande poussée d'adrénaline dans ma poitrine et à la base de ma gorge. J'ai été surpris et, en conséquence, j'ai immédiatement perdu le sentiment. C'était extraordinaire. Je l'ai refait. Et refait, et ça marchait chaque fois. Dans l'avion et plus tard dans le train, j'interrompais périodiquement la lecture de mon livre et je m'adonnais au truc du troisième œil parce que je le pouvais. Je me sentais tellement vivant, et mon cœur battait *Marie-Hélène, Marie-Hélène, Marie-Hélène!*

14

Pendant que je marchais vers l'hôtel pas cher, la peur qu'il soit miteux a grandi en moi. Il s'est avéré plutôt un *motel* miteux, ce qui était beaucoup mieux : exactement le genre d'endroit où les criminels se cachent dans les films et où ils se font tuer. C'était comme une version moins chère du parc Universal Studios, et sans les files d'attente.

La dame à la réception regardait une quelconque *telenovela* et n'a tourné les yeux vers moi que lorsque j'ai dit « Bonjour » après m'être tenu au comptoir pendant une minute. J'essayais de ne pas avoir l'air pressé, pour qu'elle ne prenne pas trop son temps. Elle m'a demandé à quel étage je voulais ma chambre.

« Avez-vous une recommandation ? »

Elle m'a regardé comme si je venais d'une autre planète.

« Non. »

J'ai choisi le deuxième étage : pas directement sur la rue, et peut-être plus facile à évacuer que le troisième.

La chambre était petite, mais avait l'aménagement habituel d'une chambre d'hôtel : un grand lit, une télévision et une salle de bains. Une chose que les films ne m'avaient pas révélée à propos de la vie en fuite est l'odeur d'un motel semblable : la moisissure. Du moins, c'est ce que j'ai supposé qu'était cette odeur. La moquette aussi était mémorable, épaisse, gondolante et renflée dans les coins comme si elle avait été hâtivement collée par-dessus le tapis précédent. Ou sur des générations de tapis. Il n'y avait pas de Bible des Gédéons. Un trou oublié même de Dieu. J'étais excité.

Puisque je me trouvais enfin seul, je me suis étendu sur le lit et je me suis mis à la tâche d'élever mon attention au-delà du troisième œil. Quand mon attention est montée loin autour de ma tête, le monde est rapidement devenu gris, d'abord à la périphérie de mon champ visuel, puis le gris s'est refermé sur le point sombre. Encore une fois, l'étonnement m'a immédiatement fait perdre la sensation. J'ai recommencé. Comme dans mon rêve, je ne pouvais voir que du gris, et je n'ai rien ressenti de particulier. Ce que j'ai observé plus tard est que, quand je m'adonne à cette méditation, mes yeux restent immobiles si longtemps qu'ils perdent la plus grande partie de leur vision. Je ne sais pas si ce phénomène se rattache aux yeux seulement ou s'il dépend du traitement dans le cerveau, mais il est difficile à maintenir longtemps. Un simple clignement des paupières, comme le plus petit mouvement involontaire des yeux, fait apparaître des contours d'images dans la pénombre.

Je suis allé au centre des congrès et me suis inscrit, ce qui m'a donné un porte-nom et une pile de papiers que j'ai jetés dès que j'ai trouvé un bac de recyclage. J'ai rejoint Bryan, un postdoc de mon groupe de recherche, et nous sommes allés souper avec une poignée de collaborateurs et d'amis à lui. La plupart d'entre eux étaient gentils, mais parlaient presque exclusivement de travail et de vie universitaire. J'ai souri et fait oui de la tête toute la soirée.

Au retour, à un coin de rue de mon motel, j'ai croisé un Noir mince qui était absorbé par le dépliage d'un grand foulard rouge. Il avait quelque chose d'étrange, et je me suis retourné après l'avoir dépassé. Il me faisait face et montrait sa poitrine par sa veste en jean ouverte, ses bras étendus étirant le foulard rouge sur son dos. Il avait l'air d'une vedette de glam rock crucifiée. Je me suis retourné à nouveau une fois rendu plus loin, et il avait disparu. Cette faculté qu'ont les prostitués et les vendeurs de drogue de disparaître au milieu d'un pâté de maisons après m'avoir accosté me fascine chaque fois, surtout qu'ils ont toujours l'air de flâner là depuis longtemps quand j'arrive. Pas étonnant que la police ait de la difficulté à combattre la guérilla urbaine, même en France, par exemple, quand la situation explose. J'ai pensé : *cool*. Puis je me suis rendu compte que, malgré mon habileté à disparaître dans la jungle urbaine, j'avais déjà été repéré.

Il y avait un homme sur la galerie à l'étage de mon motel. Du coin de l'œil, j'ai remarqué qu'il bougeait étrangement, mais j'ai simplement supposé qu'il était sorti pour fumer. Je suis monté jusqu'à ma porte et il est venu à moi alors que je sortais la carte-clé de mon sac. Il était très mince et pas grand, et portait des vêtements amples. Ses cheveux étaient tondus, ses yeux étaient fatigués de gros cernes et il tiquait nerveusement. Il ne semblait pas menaçant et il avait les mains vides, mais le souvenir de ma rencontre avec Big Dirty était encore frais et l'adrénaline est montée en moi, apportant la pensée de Marie-Hélène. L'homme s'est arrêté à un mètre de distance et a gratté son oreille gauche comme un chien qui a des puces. Il a dit rapidement :

« Est où Jane ? Est où Jane ? Est où Jane ? »

J'ai été surpris du nom, mais ça ne pouvait être qu'une coïncidence.

« Je ne sais pas de qui tu parles. »

En se grattant, il a continué : « Est où Jane ? Je veux voir Jane. Est où Jane ? Est où Jane ? »

Il a avancé d'un pas et j'ai reculé. Il a touché ma porte.

« Elle est là. Je veux voir Jane. Ouvre la porte. »

Je me souvenais de la facilité avec laquelle Big Dirty avait été distrait. J'ai dit :

« Wow, tu as un beau t-shirt ! Où est-ce que tu l'as acheté ? »

Il s'est gratté un peu plus et s'est frotté les yeux.

« Est où Jane ? Est où Jane ? Ouvre la porte. Je veux voir Jane.

— Recule et je vais ouvrir la porte. Tu verras bien qu'elle n'est pas ici. »

Tous mes biens de valeur étaient dans mon sac à dos, alors j'ai pensé que je n'avais rien à perdre. Il a reculé et j'ai ouvert la porte. Il s'est jeté à l'intérieur, a allumé la lumière, puis il est allé à la salle de bains et y a aussi allumé la lumière. J'ai entendu le rideau de douche glisser. Il a regardé sous le lit, puis derrière les rideaux. Il m'a semblé chercher de façon étonnamment efficace étant donné l'état, quel qu'il ait été, dans lequel il se trouvait. Il s'est planté au milieu de la pièce et m'a regardé en se grattant l'oreille.

«Est où Jane? Est où Jane?

— Je ne sais pas. Si j'étais toi, j'irais à la réception en bas pour demander.»

J'ai pointé le doigt vers la porte, puis vers le bas. Il est sorti au pas de course et j'ai fermé la porte derrière lui. J'ai tourné le bouton des deux serrures et j'ai mis la petite chaîne.

J'ai eu un sommeil trouble, agité par un cauchemar dans lequel il revenait. Au fond, ça faisait partie de l'expérience du motel. Quand je me suis réveillé au matin, j'ai constaté que j'étais toujours en vie et que la porte était toujours barrée, donc tout était bien, en fin de compte.

15

J'ai assisté aux présentations du matin qui étaient pertinentes pour moi. J'ai bien fait ça et j'ai écouté et je me suis présenté aux autres de la façon dont on se présente quand on a décidé qu'on est un astronome. À la fin de la matinée, j'avais de la difficulté à rester éveillé et j'ai conclu que je n'étais pas physiquement capable de passer plusieurs jours dans une salle sombre illuminée au PowerPoint. J'ai essayé le truc du troisième œil pour me réveiller, sans succès. J'étais probablement trop fatigué pour me concentrer adéquatement. Quand la pause du midi est venue, j'ai cherché Bryan, mais je ne l'ai pas trouvé parmi les milliers de personnes dans le centre des congrès. Alors j'ai pensé prendre un congé médical pour l'après-midi.

Jane et moi nous sommes rejoints dans une de ces rues délabrées qui se trouvent étonnamment près des grands hôtels, à l'ouest du centre des congrès.

« Salut.

— Salut. Heureuse de voir que tu es sorti vivant d'Istanbul. »

Elle avait l'air presque sale avec son vieux manteau de cuir, mais ses cheveux et son béret étaient les mêmes que toujours. J'ai demandé :

« Est-ce que l'enquête pour le trouver progresse ?

— Pas tellement depuis le rapport de la semaine dernière. Tu dois l'avoir lu. Mais j'ai découvert qu'une de ses autos était ici, dans le Tenderloin. Marchons par là, avec un peu de chance nous pourrons la voir. »

Nous marchions vite dans la rue déserte. Nous aurions pu être dans un monde post-apocalyptique. À part les sans-abri, nous étions les seules personnes dans notre bout de rue. Quelques bâtisses avaient l'air abandonnées et les commerces qui pouvaient sembler ouverts étaient décrépits. Le soleil brûlait et décolorait tout. Puis, dans ce rien brun et poussiéreux, une porte de garage était ouverte, et un coup d'œil rapide m'a permis d'entrevoir un petit entrepôt avec une quinzaine de voitures de luxe étincelantes. Nous avons continué à marcher. Elle a dit :

« Tu as vu la Porsche argentée dans le coin ? C'est la sienne. J'ai vu la plaque d'immatriculation quand elle est entrée. »

Si nous avions été des enfants espiègles, c'est le moment où j'aurais pris sa main pour que nous nous enfuyions en riant. Mais nous étions des professionnels.

Elle a dit : « Je pense que nous sommes suivis. Allons vers une rue plus passante. »

Je l'ai suivie dans une rue transversale et nous nous sommes éloignés de mon motel, marchant jusqu'à Haight Street. L'avoir à mes côtés rendait cette marche si agréable. Je lui ai parlé et lui ai raconté mon rêve, et le soleil brûlant m'a rappelé une vision ancienne d'elle sur les marches d'un édifice colossal face au soleil couchant. À un coin de rue, une murale montrait une immense femme géométrique, grotesque et multicolore. C'était Jane. Et c'était Marie-Hélène. Un million de choses me font constamment penser à Marie-Hélène, mais celle-là était spéciale : la femme avait un tentacule avec un pigeon dessus. Elle était une déesse de l'amour. Elle était une déesse de la destruction.

J'ai dit : « Elle est la Ville. Elle est le plus grand rêve romantique et érotique de tous les temps. Elle est ce que le toxicomane et l'homme d'affaires de passage à deux coins de rue poursuivent tous les deux. Elle est la seule et unique force derrière les criminels souhaitant le chaos et les politiciens déchirant leur chemise pour l'ordre, tout comme ces criminels et ces politiciens partagent les mêmes prostituées. »

Jane a dit : « C'est un peu pompeux, mais tu as mis le doigt sur quelque chose. »

Il y avait de plus en plus de piétons, et Jane a pris mon bras alors que nous entrions dans la foule des quidams pleins d'espoir qui se poussaient sur le trottoir comme les globules rouges dans les veines de la titane.

J'étais dans un drôle d'état d'esprit.

Nous avons dîné, puis marché, puis nous sommes allés prendre un café et nous avons encore marché et visité un autre café. En ressortant, j'ai demandé :

« Tu veux souper avec moi ce soir, Jane ? Nous pourrions aller dans un restaurant chic. »

Je l'imaginais dans sa robe rouge.

« Je suis désolée, j'ai déjà quelque chose, pour le travail, un souper avec un homme, c'est un politicien élu et il est marié. Je t'en ai déjà trop dit. Peut-être après-demain, avant ton départ ? »

Elle souriait, elle était sincère. J'ai accepté. Nous avons flâné encore un peu, puis elle a dû partir. J'ai traîné dans un autre café jusqu'à ce qu'il ferme, puis j'ai marché dans la direction générale du centre des congrès. Les sans-abri étaient si nombreux, pas à mendier, mais à vivre là, en quelque sorte. Être entouré de ces hordes d'humains émaciés, lents, vaguement menaçants et d'intelligence inconnue m'a fait comprendre la pleine résonance des films de zombies. Quand la nuit tombe sur la rue sale aux commerces barricadés à l'aide de grilles de fer et qu'on est seul avec une vingtaine d'entre eux, le parallèle est parfaitement clair. Je me serais senti plus en sécurité avec Jane. Elle connaît le karaté.

J'ai passé un peu de temps à m'ennuyer à Union Square, j'ai acheté quelque chose au Burger King, puis je suis rentré à mon motel.

Je me sentais vide. Dans le monde futur de Jane, le motel aurait la machine DFH (Disney-Facebook-Hefner Corp.) de suggestion des rêves, la version avec pub probablement, mais développer des associations positives avec des marques de premier plan serait une chose minimale à concéder, si je pouvais gratuitement effacer ma mélancolie avec de beaux rêves. Mais pas de chance pour moi, à notre époque.

J'ai allumé la télévision. L'émission de Noël de Charlie Brown est apparue. Qu'elle passe l'été à la télévision ajoutait à l'irréalité de ma situation. Je l'ai regardée en même temps que *Star Trek: The Next Generation,* alternant les deux chaînes du câble enneigé. J'aime Charlie Brown. Il n'est un perdant que parce que les autres enfants ne comprennent pas la beauté de l'arbre de Noël qu'il a choisi. Il est tout de même le metteur en scène de la pièce et il n'a jamais peur d'essayer. Un jour, il tournera la page sur son passé en changeant son nom pour Jean-Luc Picard et il deviendra un grand capitaine de Starfleet. Marie-Hélène s'est mélangée à mon bonheur télévisuel alors que je m'endormais.

Au matin, l'odeur du motel commençait à m'indisposer, et je me suis dépêché de sortir. J'ai marché pendant plus d'une demi-heure avant de me sentir assez bien pour déjeuner. L'odeur n'était pas tellement meilleure dehors que dans ma chambre, avec toutes ces autos. J'aurais presque voulu être un fumeur pour pouvoir changer le goût de mon air.

16

Le deuxième jour du congrès s'est beaucoup mieux passé que le premier. J'ai rencontré plusieurs nouvelles personnes et j'ai vu quelques vieilles connaissances. Je sentais que mon nouveau champ de recherche me réservait le succès. J'ai pris un train du BART vers Berkeley pour souper. « Parce que tu es maintenant célibataire », m'avait-il dit, Olav m'avait mis en contact avec une de ses amies, une jolie femme du nom de Beth. Étant donné les cas récents de synchronicité, je m'attendais à ce qu'elle soit très spéciale. Elle s'est révélée une bonne personne, mais nous n'avions pas beaucoup à nous dire, comme il arrive parfois, et soutenir la conversation demandait un effort constant. Après lui avoir raconté toutes mes histoires drôles sur Olav, j'ai pensé tant pis, et je lui ai tout dit sur mon motel et sur ma promenade dans la ville, reprenant parfois telles quelles les phrases que j'avais répétées cent fois dans ma tête en parlant à Jane la veille. À ma grande surprise, Beth n'a pas semblé me croire fou et m'a invité à la suivre à un *party* après souper, ce que j'ai fait. Elle y avait plusieurs amis, alors je me suis senti libre de ne pas lui tenir compagnie toute la soirée.

La fête avait lieu dans une grande maison ; celle-ci était meublée plutôt minimalement, mais les murs portaient des objets qui parlaient des colocataires, entre autres une bicyclette sur un support mural, un arc avec des flèches, une reproduction encadrée d'un manuscrit médiéval et une affiche montrant les oiseaux de la Caroline du Nord. Directement sur la porte de la salle de bains, quelqu'un avait écrit au marqueur :

Si ça ne vous dérange pas qu'on utilise la toilette quand vous êtes sous la douche, laissez la porte ouverte – nous n'avons qu'une seule salle de bains.

Il y avait au troisième étage une petite pièce qui était vide, sauf pour trois vieux matelas qui couvraient le sol.

« Leur bail leur interdit d'utiliser cette pièce comme chambre à coucher et ils ont assez de rangement au sous-sol, alors ils ont fait ça. Ils l'appellent la *chambre spatiale* parce qu'on peut sauter comme si on était sur la Lune. »

Le gars qui avait dit ça (j'avais déjà oublié son nom, probablement Dave ou Nick ou Matt, un de ces gars du Midwest qui ont adopté les sandales et le café haut de gamme) a alors sauté, jusqu'à ce que, évidemment, il renverse une partie de sa bière et se mette à rire. Nous avons parlé un peu et sa conversation était plate comme les prairies. Nous sommes retournés en bas et je l'ai présenté à Beth. J'ai papillonné encore un peu.

J'ai bientôt remarqué cette présence qui hantait la maison, une fille qui ressemblait tant à Marie-Hélène qu'elle aurait pu être sa jumelle ; elle différait donc sur ce point de Marlene. La naissance de ses cheveux était plus haute que celle de Marie-Hélène, l'expression sur son visage plus grave, mais ses pas gracieux semblaient plus légers et plus heureux. Ma rencontre récente avec Marlene et mes rêves à propos de Jane me faisaient douter de ma santé mentale ; en tout cas, je venais de passer tout un après-midi à imaginer Jane, alors voir cette fille était absolument étrange. L'alcool n'était pas responsable, puisque je n'avais même pas fini ma première bière. Je suis allé voir Beth et je lui ai indiqué le sosie de Marie-Hélène.

« Est-ce que tu la connais ? Elle a un air familier, mais je n'arrive pas à la replacer.

— C'est une des colocataires d'Oliver. » Oliver était l'ami qui nous recevait ce soir-là. Elle a continué : « Deux de ses colocataires étudient une science ou une autre, alors c'est peut-être comme ça que tu la connais.

— Peux-tu la décrire, s'il te plaît ?

— Comment ? Je ne comprends pas… »

J'ai dit : « J'en suis déjà à ma cinquième bière et je crois qu'elle ressemble à quelqu'un que je connais, mais je ne fais plus tellement confiance à mes yeux. Je veux t'entendre la décrire. Fais comme si j'étais aveugle.

— D'accord. Laisse-moi la regarder. Elle est à peu près grande comme ça. » Elle a levé la main pour me montrer sa hauteur. « Enfin, si tu étais aveugle, tu n'aurais pas vu quelle taille je viens de montrer…

— Ça va, continue.

— Elle est mince. Elle est blonde, je dirais naturelle. Elle porte un t-shirt unisexe, alors ça semble confirmer qu'elle est bien une scientifique. Elle porte des lunettes et elle est jolie. Je ne peux pas voir la couleur de ses yeux… Elle a l'air gentille… Je ne sais pas quoi dire d'autre…

— Merci, ça suffit. Merci beaucoup. Je sais que ma demande était inhabituelle.

— Ça va, Olav m'avait avertie que tu étais… original.

— Original ? Est-ce que c'est le mot qu'il a utilisé ? » Elle a ri. « Je ne suis pas certaine de ce qu'il a dit. »

Il n'était pas possible pour Beth de vraiment confirmer la ressemblance de l'étrangère avec Marie-Hélène, mais au moins je savais que je ne la rêvais pas entièrement. Tout en moi voulait aller lui parler, mais j'ai décidé d'attendre et d'y penser.

J'ai conversé pendant un moment avec une certaine Amanda gentille et décontractée qui travaillait en santé sexuelle auprès de Latinas, et nous avons eu une discussion intéressante au cours de laquelle je lui ai posé des questions sur la démographie de la région de la baie de San Francisco et elle m'a parlé de son expérience des manifestations et de l'activisme environnemental du temps pas si lointain où elle étudiait à Cal, l'Université de Californie à Berkeley.

Du coin de l'œil, je regardais la jumelle de Marie-Hélène. Une ou deux fois, je suis presque allé me présenter à elle parce qu'elle était libre, mais quelque chose en moi hésitait et je me suis retenu.

Il a été établi qu'Amanda et moi étions tous deux célibataires, et il m'a semblé que notre conversation prenait un peu trop l'allure d'une entrevue à propos de mon avenir et tout ça, alors je lui ai renvoyé les questions et je l'ai fait parler en agissant comme si j'étais aussi intéressé qu'elle. Après de nombreuses autres choses et quelques couches de conditionnel, elle a dit :

« Je veux avoir plusieurs enfants. Tu sais, les pauvres en font tellement, les personnes intelligentes comme nous doivent se reproduire aussi, si on veut sauver la planète. »

Je me suis presque étouffé avec ma bière et je l'ai sentie me remonter dans le nez. Quelle mauvaise personne ! Je n'ai pas pu m'empêcher de dire :

« Intelligentes ? Je ne pense pas qu'une personne intelligente dirait une telle énormité. Adieu. »

Je me suis éloigné d'elle. Je pense que tout cela est passé plutôt inaperçu. Je ne voulais pas avoir l'air d'un semeur de troubles avant d'avoir parlé au sosie de Marie-Hélène.

J'ai discuté avec Oliver, notre hôte, un Anglais mince et à la calvitie précoce étudiant les langues classiques. Il était très drôle et timide, de cette façon qui n'appartient qu'aux Britanniques. Si j'avais à parier, je miserais une grosse somme sur le fait qu'il n'a jamais utilisé la toilette quand une de ses trois colocataires était sous la douche, malgré la politique de la porte. Une de ses collègues d'un séminaire de latin nous a rejoints, une étudiante en théologie du nom de Janice. Elle était un peu plus vieille que la plupart des autres invités, mais son visage était jeune et joyeux.

Elle a posé une question d'ordre grammatical à Oliver à propos de leur lecture de la semaine, et il a répondu en récitant une phrase de Pline l'Ancien. Désirant peut-être m'inclure dans la discussion, il m'a demandé :

« As-tu lu Pline l'Ancien ?

— Non, on m'a dit qu'il n'était pas une source très fiable. »

Ils ont ri tous les deux, comme les gens font parfois quand je suis très sérieux, et Oliver m'a demandé :

« En passant, as-tu déjà goûté à la Marmite ? »

J'ai dit : « C'est un plat ? »

— Janice, tu te souviens quand nous parlions de la Marmite ? Allons tous les trois à la cuisine et je vais vous y faire goûter. »

Nous l'avons suivi, et il a mis de la Marmite, une gelée à la levure, sur un morceau de pain qu'il a divisé pour nous. Je n'ai pas pensé grand-chose du goût, mais Janice a dit :

« Ça goûte un peu la chatte. »

La bouche d'Oliver s'est ouverte et il a fixé le vide en silence tout en rougissant. J'ai ri. Elle a ajouté :

« Oui, vraiment, ça goûte le vagin, n'est-ce pas, Oliver ? »

Oliver a balayé la pièce d'un regard vide et a saisi la jumelle de Marie-Hélène qui se trouvait derrière lui.

« Je vous présente Helen, une de mes colocataires. Voici Janice, de mon séminaire de latin, et voici… Jonathan, je crois. »

Janice a dit : « Ce doit être très drôle de vivre avec Oliver.

— Pas tant que ça. » Helen parlait avec une belle voix qui a fait battre mon cœur ! Elle a continué : « La semaine dernière, il nous a joué un tour. Il a recouvert les deux côtés d'une assiette de beurre d'arachide et l'a mise dans le lave-vaisselle… »

Oliver riait déjà d'une manière incontrôlable.

«Notre coloc l'a trouvée, et quand elle en a parlé à Oliver, il n'a pas pu répondre pendant un bon bout de temps parce qu'il riait trop, puis il a dit *whoops-a-daisies, j'ai dû oublier de la rincer.*»

J'ai dit : «En tant que scientifique, je voudrais tester la pleine puissance nettoyante du lave-vaisselle. Mais ça me semble être un test un peu extrême.»

Oliver a répliqué : «Ce n'était pas extrême. C'était du crémeux, pas la sorte avec les morceaux croquants.»

Helen m'a demandé :

«Qu'est-ce que tu étudies ?

— Les exoplanètes.

— À Cal ?

— Harvard. Et toi ?

— Berkeley Physics. Je travaille en plasmas.

— En fait, je suis au département de physique, moi aussi, pas à celui d'astronomie.»

Comme il est d'usage, nous avons passé un moment à nous lancer des noms de collègues de nos départements, mais sans réussir à découvrir un ami commun. Puis j'ai eu à expliquer que j'étais en visite pour un congrès, et où je logeais. Je trouvais que c'était une première conversation horriblement banale à avoir avec elle, mais au moins ça nous a isolés des autres : Oliver et Janice se sont tournés vers d'autres invités.

Il me semblait que je connaissais si bien le visage de Helen. Elle était de bonne humeur, mais je pouvais voir qu'elle était fatiguée. Je devais faire attention de ne pas me pâmer devant elle. Mes mots devaient être durs et factuels. J'ai dit :

«Tu es fatiguée.

— Oui, j'ai soupé avec une amie photographe. Elle m'a montré la collection à partir de laquelle elle choisit les photos pour une exposition, eh bien, il y en avait trop… Les couleurs m'ont fatiguée.

— Est-ce que tu es synesthète ?

— Qu'est-ce que ça veut dire ?

— Certaines personnes associent les sensations d'un sens à celles d'un autre. Par exemple, elles peuvent rattacher des couleurs aux sons, aussi aux lettres, aux nombres, aux jours de la semaine, à d'autres mots. »

Elle a souri.

« Oui, je fais ça. Et toi ?

— Non. De quelle couleur est mercredi ?

— Jaune. »

Pour une raison ou une autre, plusieurs des femmes importantes dans ma vie étaient synesthètes. *De quelle couleur est mercredi ?* est une question que j'ai posée à Marie-Hélène, aussi à ma coloc et à une autre amie proche quand j'étais au bac, et à Caroline. Chaque fois, elles répondaient si vite à une série de questions qu'on aurait dit qu'elles inventaient et répondaient au hasard, mais elles répondaient toutes avec la même attitude, alors je croyais que c'était sincère.

« Et jeudi ?

— Un vert pâle, comme une émeraude délavée.

— C'est de la synesthésie. Les jours n'ont pas de couleur pour la plupart des gens. »

Elle s'est tournée vers Oliver et l'a tiré vers nous.

« Oliver ! De quelle couleur est mercredi ?

— Quoi ?

— De quelle couleur est mercredi ?

— Est-ce que c'est un mauvais tour ? Parce que, quand j'étais adolescent…

— Non. Quelle couleur ?

— Je… je ne sais pas. Ça n'a pas de sens.

— Merci. »

Elle l'a repoussé là où elle l'avait pris.

Elle a souri et est restée pensive un moment.

« Merci, je ne savais pas que ça avait un nom. Comment as-tu su ?

— À cause de la façon dont tu as parlé de la surcharge visuelle qui t'a fatiguée et des couleurs. J'avais une amie, son nom est Marie-Hélène, qui était synesthète et qui se fatiguait de la même façon. Elle écoutait beaucoup de musique, mais elle y atteignait également un point de saturation.

— Oui, ça m'arrive à moi aussi. »

Nous avons parlé de musique. Elle aimait beaucoup de choses, entres autres la bossa-nova, Bob Dylan et Aznavour. Je lui ai donné quelques recommandations de musique québécoise et elle m'a fait écrire *Sylvain Lelièvre* sur sa main. Nous étions près de la table à rafraîchissements et j'ai remarqué que quelques personnes buvaient du Perrier. Je lui en ai parlé alors que nous allions chercher une nouvelle bière ensemble :

« Je ne pense pas avoir remarqué de Perrier aux fêtes privées près de Harvard. C'est courant ici ? »

Elle a regardé autour, comme pour s'assurer qu'il n'y avait pas d'oreilles indiscrètes, et a dit :

« Non, mais une de nos colocataires est à la Business School, et c'est ça, *de l'eau,* pour elle.

— Elle boit le Kool-Aid de la haute société.

— Oui. Tu devais blaguer à moitié, mais c'est vrai. L'eau minérale est parmi les armes les plus puissantes des élites dirigeantes, et l'une des plus subtiles aussi. Boire de l'eau est l'un des dénominateurs les plus communs du fait d'être humain – ou même animal ou plante…

— Vivant.

— Vivant! Boire de l'eau minérale est plus qu'un symbole de statut social. Remplacer l'eau ordinaire par un liquide qui a un autre goût est un acte personnel très symbolique, un rituel en quelque sorte, à travers lequel le corps est transformé. On pourrait dire territorialisé. »

J'ai dit: « Comme le nectar et l'ambroisie des dieux.

— Exactement. C'est une idée que même les anciens comprenaient. C'est à travers des détails comme celui-là que la plupart des individus de l'élite sont absorbés dans le statu quo social.

— Prenez, et buvez-en tous, car ceci est mon sang. »

Nous avons cogné nos bouteilles de bière. Que nous buvions ensemble voulait dire quelque chose pour moi.

Elle a souri. « Très bon. Je n'avais pas pensé à celle-là. »

Peu après, une amie est venue la trouver et Helen s'est excusée en disant: « À plus tard, Jonathan. »

17

Plus tard, donc, je suis passé près de Helen, qui parlait avec quelqu'un. Elle a fait un pas vers moi en s'exclamant «Enfin! Je te cherchais!» d'un air ravi, a pris ma main et m'a tiré à travers la foule jusqu'à l'escalier. Elle a dit:

«Excuse-moi de la prise de contrôle, mais j'avais vraiment besoin d'échapper à ce gars-là.

— Oh, ce n'est rien, c'est un plaisir de t'aider.

— D'habitude, je n'ai qu'à dire que je suis doctorante en physique pour repousser l'attention indésirable, mais celui-là est dans mon département. Tu sais ce qu'on dit à propos du fait qu'il y a beaucoup plus de gars que de filles en physique, n'est-ce pas?

— Non, je ne crois pas le savoir.

— *Les chances sont bonnes, mais après ça, bonne chance!*» (C'est ma façon de rendre le jeu de mots *The odds are good, but the goods are odd.*) J'ai ri. Elle a enchaîné: «Allons voir s'il y a du monde en haut et dans la chambre spatiale, tant qu'à être ici. Tu connais la chambre spatiale?

— Oui, j'y étais plus tôt.

— Je vais peut-être la fermer, il se fait tard.»

Il n'y avait personne au deuxième étage. Nous sommes montés à la chambre spatiale. Deux personnes copulaient sur le matelas du centre. La femme était Janice. Nous sommes immédiatement redescendus au deuxième. Helen n'était pas contente.

«Incroyable! Reste ici pour que personne ne monte…»

Elle est descendue en vitesse et est revenue quelques secondes plus tard en tirant Oliver par le bras.

«Ton amie est en train de baiser dans la chambre spatiale. Tu vas aller t'en occuper.

— Qu'est-ce que tu veux dire, m'en occuper? Je n'y peux rien. Si je les dérange, ça ne va qu'empirer les choses…»

Il avait raison, mais je me devais de prendre le parti de Helen, et j'ai pensé que de le voir s'empêtrer dans la situation serait drôle. Alors je l'ai poussé en haut de l'escalier. Helen est restée derrière.

Nous sommes entrés dans la chambre spatiale. Le gars, sur le dessus, a détourné le regard alors que Janice le repoussait en disant «Reste, reste en dedans.»

Elle était complètement nue et, en poussant le gars, elle nous a révélé ses seins. Elle s'est tournée vers nous et a dit aussi amicalement que quand elle nous avait parlé en bas:

«Salut, les gars. Comment ça va?»

J'ai poussé Oliver, qui a bredouillé:

«Salut, Janice, je… hum… Je vais bien, merci… Je ne veux pas t'interrompre, je ne veux rien vraiment, j'imagine que je voulais vérifier que tout allait bien parce que, bien, c'est un peu inhabituel, tu vois, mais évidemment nous avons parlé maintenant et on dirait que tu vas bien…

— Tout va très bien, merci. Jim, ne le perds pas !»

Jim a bougé un peu, faisant osciller ses seins à elle. Je ne l'aurais pas cru possible, mais Oliver a rougi encore plus.

«Donc… nous allons partir, à moins que tu n'aies besoin de quelque chose… des condoms, oui, je ne sais pas, nous pouvons probablement en trouver, mais il est peut-être trop tard… Je ne sais même pas pourquoi je dis tout ça, je vais y aller…»

Elle a souri. «Vous pouvez rester, si vous voulez.»

Je retenais difficilement mon rire.

«Non, je vais te voir en bas, ou au séminaire demain…

— Ah ! En passant, y avait-il un changement de local ? Le professeur Smith a dit quelque chose là-dessus.»

Jim a bougé un peu plus et a semblé décider de ne plus s'occuper de nous.

Je pense qu'Oliver était sur le point de s'évanouir.

«Je… euh… hum… Je vais t'écrire. Bye.»

Nous avons fermé la porte derrière nous et avons rejoint Helen au deuxième. Nous nous sommes assis sur la première marche, tous les trois, bloquant le passage. Jim-en-sandales a fini par descendre et il est passé entre nous en ne nous adressant qu'un drôle de sourire. Quelques minutes plus tard, Janice est apparue.

«Salut, tout le monde ! C'est un *party* vraiment super, n'est-ce pas ?»

Nous étions tous d'accord.

«Oliver, excuse-moi d'avoir à partir maintenant, mais je me suis beaucoup amusée. J'aurais vraiment aimé que mon mari puisse venir. Peut-être la prochaine fois.»

Oliver a fait une tête que je paierais pour revoir. Janice lui a donné l'accolade, puis elle s'est éloignée. Quand elle a disparu, Helen a pris une grande inspiration en se couvrant le visage des mains. Je me suis mis à rire et Helen aussi. Oliver est allé à sa chambre et a fermé la porte. Nous avons ri un bon moment.

J'ai demandé: «Veux-tu que j'aille parler à Oliver?

— Non, laissons-le tranquille.»

Helen et moi sommes redescendus et nous sommes assis sur l'étrange canapé du salon, auquel il manquait peut-être des coussins; en tout cas, nous étions pas mal affalés. Je lui ai raconté en détail ce qui s'était passé en haut et nous avons ri aux larmes. Puis nous avons parlé de nos histoires. Elle a remonté quelques générations de la branche canadienne de son arbre généalogique en me racontant des histoires de famille. Elle s'est arrêtée soudainement pendant qu'elle parlait de ses arrière-grands-parents; elle a secoué la tête comme pour remettre son contenu en place et elle a dit:

«Pourquoi est-ce que je te raconte ces choses-là? Excuse-moi, ça ne doit pas être très intéressant pour toi.

— Mais oui, ça m'intéresse.

— Je peux te poser une question étrange?

— Oui. Demande-moi n'importe quoi.

— Marie-Hélène. Tu l'aimes.

— Oui.

— Elle est où, maintenant?

— Je ne sais pas. La dernière fois que je l'ai vue, c'était à Montréal. En réalité, la dernière fois, je n'étais pas là, mais elle n'était probablement pas là elle non plus, alors tu vois à quel point nos adieux étaient ratés.

— Je suis désolée. »

Après une courte pause, elle a repris : « J'ai une question encore plus étrange.

— Vas-y.

— Quel est ton rêve ? »

Sa voix avait une touche de mélancolie. Ou alors c'étaient mes oreilles.

« Le voyage spatial. Pas nécessairement pour moi, mais pour la race humaine. C'est à ça que je pense quand j'ai besoin de motivation pour me mettre au travail. Je me dis que, d'une façon très petite, peut-être infinitésimale, mon travail va préparer le chemin pour que les gens du futur puissent vivre dans l'espace, sur la Lune et sur Mars, et un jour même réussir un passage interstellaire. »

Elle a souri. « Tu devrais faire de la physique des plasmas.

— Tu me tentes, mais j'imagine que je ne devrais pas changer mon champ de recherche une deuxième fois cette année. Nous pouvons en parler plus longuement si tu veux, mais je veux ajouter que, dans ma tête, l'idée de l'exploration spatiale à grande échelle a un côté social. J'imagine que nous ne pouvons pas, collectivement, y dédier les ressources nécessaires sans résoudre d'abord nos problèmes sur terre, comme éliminer la guerre. C'est une libération humaniste très large de l'homme et de la femme naturels. Et pour ce qui est d'un rêve personnel pour moi, c'est banal, tu sais, je rêve d'un grand amour.

— Et l'amour, comme l'exploration spatiale, est un geste politique.

— Oui, tu as compris. »

Une femme est venue s'asseoir près de Helen. Elle s'est présentée comme sa colocataire. Elle a pris la télécommande, a allumé la télévision et zappé un peu, puis s'est arrêtée sur un genre de film romantique avec Jennifer Aniston. Je me suis rapproché de Helen pour lui parler sans être entendu par d'autres :

« Ce film a joué sur un vol que j'ai pris plus tôt cet été, et encore une fois sur mon vol de Boston il y a quelques jours. Je n'ai pas mis les écouteurs pour l'entendre, mais les images m'ont été imposées par les écrans de la cabine. Tu vois déjà d'un simple regard qu'ils vont finir ensemble après une longue série d'événements sans importance. C'était très étrange, la deuxième fois dans l'avion, parce que les images se répétaient non seulement dans ma mémoire, mais aussi à la pop art sur les nombreux écrans dans l'allée centrale de l'avion, si bien que seul un petit effort de l'imagination était nécessaire pour les voir répétées dans des milliers d'avions, des centaines de cinémas, projection après projection et jour après jour, et des millions de téléviseurs, et j'ai compris que c'est un grand crime moral que de faire des films comme celui-là.

— Peux-tu me donner d'autres exemples marquants de ton système moral ?

— Hum, laisse-moi y penser. Je ne programme qu'en Python. »

Elle a souri. « Je pense que je comprends.

— Et approuves ?

— Oui. Ça me fait de la peine que la plupart des gens confondent des idées politiques superflues avec la décence humaine de base dont tu parles. Après ça, ils finissent par avoir des principes, qu'ils soient moraux, républicains ou révolutionnaires. C'est un peu pour ça que le monde est aussi mêlé. »

J'ai dit : « Je vais boire à ça. »

J'ai levé ma bouteille. Elle a semblé contente de se joindre à moi et j'ai dit : « Et puisque tu l'as mentionnée, à la révolution !

— À la révolution ! »

Je me suis rendu compte avec un certain vertige que c'était comme le jour où j'étais vraiment tombé amoureux de Marie-Hélène : le sourire de Helen était devenu comme le soleil couchant, calme, complet, en or. Il y avait vraiment eu la lumière du soleil sur le visage de Marie-Hélène, mais ça ne change pas mon sentiment.

Oliver est arrivé dans le salon et s'est mis à ramasser. J'ai compris que la fête était terminée et je me suis souvenu que j'étais loin de mon motel, alors j'ai dit au revoir à tout le monde. Beth n'était plus là. Helen m'a raccompagné à la porte, d'où elle a fait au revoir de la main en disant : « *Goodbye.* » Nous n'avons pas échangé nos noms de famille ni nos adresses de courriel, mais ça ne voulait peut-être rien dire, parce qu'il était évident que nous pouvions facilement nous retrouver.

La recherche en psychologie démontre que la mémoire humaine n'est pas fiable. J'aime donc parfois me fier à des faits connus plutôt qu'à mon souvenir de sentiments. Je vais énumérer quelques faits ici parce que j'ai revécu ma rencontre avec Helen si souvent dans ma tête que j'ai de la difficulté à séparer mes sentiments des pensées qui me sont venues plus tard.

J'ai passé la matinée suivante au congrès, puis je suis retourné sur Telegraph Avenue, à Berkeley, pour dîner et y passer l'après-midi. Je me suis assis dans un café pour écrire dans mon journal. Je voulais écrire à propos de Helen et de Marie-Hélène et des quelques autres auxquelles elles étaient liées dans ma tête et j'ai pensé peut-être composer un poème sur Helen, mais je n'ai pu écrire que quelques phrases:

Qu'ont-elles en commun? On pourrait dire que c'est quelque chose comme la jeunesse, mais qu'elles ne perdront jamais.

Je soupçonne qu'elles existent en grand nombre.

Helen, de toutes les rencontres par hasard, tu étais la plus probable.

Le soleil, un lac, une vitre-miroir.

J'ai écrit cette dernière phrase en imaginant que tant de sosies ne pouvaient exister que s'il y avait une source quelconque, comme le soleil, et que chacune de ces femmes brillerait non pas comme le soleil, mais comme un lac sur lequel le soleil est réfléchi, ou une porte en verre reflétant le lac reflétant le soleil. Quelle était la place de Jane dans cette image?

Plus rien d'intéressant ne m'est arrivé pendant le reste de mon voyage. J'ai plié bagage tôt le lendemain matin. La dame à la réception du motel était certaine que j'avais logé dans la chambre 232.

J'ai dit: «Non, 207.

— Tu veux dire 232.

— Deux zéro sept. »

Elle a dit : « Non, 232.

— Non, j'insiste sur le fait que j'étais au 207. Je m'en souviens. »

J'ai écarté les stores horizontaux de la fenêtre et j'ai pointé le doigt vers la chambre. Elle m'a regardé avec de très gros yeux. J'ai demandé :

« Qu'est-ce qu'il y a ?

— Rien », qu'elle a dit, mais elle avait encore l'air inquiète. Plus tard, dans l'avion, j'ai pensé qu'elle avait peut-être mal dirigé quelqu'un qui me cherchait. Femme ou homme de main, je ne le saurai probablement jamais.

ESCAPADE : L'AUTOROUTE

Les disciples dirent à Jésus : « Qui devrons-nous suivre comme notre meneur quand tu nous auras quittés ? »

Jésus dit : « Où que vous soyez, et quoi que ce soit dont vous ayez besoin, allez vers Jacques le Juste, mon frère. »

Évangile secret de Jacques, le frère de Jésus

18

Notre coin du garage était mal éclairé, alors avant de partir, j'ai pensé vérifier comment la voiture s'illuminait quand elle roulait dans le noir, les feux éteints. Elle avait des feux de stationnement qui donnaient une petite lumière orange plaisante. J'ai expliqué à Sarah :

« Nous faisons souvent ça, à l'observatoire, quand nous conduisons de nuit sur la montagne. Pour éviter la pollution lumineuse ou même une lumière directe qui pourrait affecter les télescopes, nous éteignons les phares, mais il reste toujours les feux de stationnement pour nous éclairer. Puis, en conduisant à basse vitesse, nous freinons à l'aide du frein à main pour éviter les feux de freinage à l'arrière. Ça marche bien, sauf que nous ne voyons pas vraiment les dos d'âne. Une autre chose, c'est qu'il faut toujours se stationner de façon à ne pas avoir besoin de reculer pour sortir, pour éviter les feux de recul blancs ; c'est un peu maudit parce qu'il faut y penser quand on se gare de jour, pour que l'auto soit prête pour la nuit.

— C'est pratique. Penses-tu que nous en aurons besoin ?

— On ne sait jamais. C'est pour ça que je t'en parle. »

— Je vais faire de mon mieux. Il y a d'autres facteurs à considérer en se stationnant, comme cacher l'auto et prévoir une sortie rapide. »

Puis nous avons eu une matinée de musique sur la route de Buffalo. Elle conduisait et a choisi l'orgue électronique des Doors pour sortir de la ville. J'ai fait jouer *Radar Love* parce que cette chanson était aussi sur ma cassette du secondaire. Elle a mis du reggae, et moi, Aznavour. Je l'ai écouté attentivement, en essayant d'oublier le vieux saint à la télévision, pour entendre plutôt le jeune homme chantant qu'il a des emmerdes.

J'ai repris mon observation des voitures et des gens que je trouvais étrangement intéressante. Je me suis pleinement rendu compte que je n'avais pas beaucoup voyagé en auto dans les dernières années. J'ai dit à Moira :

« Quand je prends l'autobus ou le métro, je suis souvent content de voir la diversité de la foule, et maintenant, je la vois sur la route. Des autos propres et sales, des gens de tous les âges, tous différents et tous beaux, des Américains et des Asio-Américains et des Afro-Américains. Tous américains. »

Elle a dit : « Le grand melting-pot ! Je suis contente qu'il y ait encore de quoi être fière à propos de mon pays.

— La paix dans la diversité est certainement quelque chose dont on peut être fier. L'égalité dans la diversité, la justice sociale, ça serait mieux. Au Canada, nous avons le multiculturalisme. À quel point c'est semblable à ce que vous avez ici me trouble un peu. Canadiens français et Canadiens anglais et Sino-Canadiens et les

Premières Nations. Tout le monde est canadien. En quelque sorte.

— Est-ce qu'être canadien signifie plus qu'une citoyenneté ?

— Être un Canadien français est toujours important pour moi, mais la signification d'être canadien commence à s'user. Je pensais aussi que je ne pourrais jamais m'établir aux États-Unis, mais je ne sais plus, maintenant que je les ai vus à travers toi. »

Moira était toute l'Amérique, exubérante et mythique.

Nous avons fait jouer les Carpenters, dont *Calling Occupants of Interplanetary Craft,* qui est l'un des plus grands enregistrements de l'histoire et que nous avons mis deux fois parce que la première a été interrompue. Ce qui est arrivé est que Sarah a baissé le volume et a dit : « Fais comme si de rien n'était. Cette auto derrière nous, est-ce qu'elle nous suit ? Elle est là depuis un bon moment. »

J'ai regardé dans le rétroviseur extérieur de mon côté. Il y avait une Volkswagen rouge et une Mazda grise derrière. Je ne voyais pas bien leurs conducteurs.

« Je ne sais pas. Ils aiment peut-être comment tu conduis un peu au-dessus de la limite de vitesse. Nous verrons s'ils sont toujours là cet après-midi. »

Sarah a accéléré un peu. Comme les autos derrière nous s'éloignaient, une Buick LeSabre carrée avec une mauvaise suspension et quatre très gros hommes s'est insérée juste derrière nous. Elle y est restée quelques minutes. L'idée que ces hommes pouvaient être à nos trousses était terrifiante : tout le monde sait que les armoires à glace peuvent recevoir des coups de poing dans le ventre et ne rien sentir. Sarah est revenue à la limite de vitesse et ils nous ont dépassés, ce qui nous a permis de mieux les voir. Les quatre très gros hommes immobiles et l'auto usée à la corde offraient une scène mémorable. J'ai dit :

« J'ai toujours pensé que je m'achèterais une Ford Taurus 1987 quand je deviendrai un écrivain sans le sou, ou une très grosse auto avec les côtés en faux bois, pour transporter les caisses de livres invendus, mais j'achèterais cette auto-là n'importe quand, parce qu'elle raconte une histoire. »

Elle a souri. « Et quelle auto auras-tu si tu restes en astronomie ?

— Subaru, évidemment, pour la conduite en montagne. Je n'apporterais pas ma propre voiture au Chili, à Hawaï ou en Arizona, mais je voudrais montrer au monde que je conduis en montagne. »

La serveuse au restaurant où nous nous sommes arrêtés le midi me rappelait Magali, la collègue de Marie-Hélène, à la fois physiquement et à la façon dont elle ne semblait pas se soucier de bien travailler ou non. Je l'ai dit à Moira, puis j'ai expliqué :

« Magali et moi ne nous sommes jamais entendus quand Marie-Hélène était là ; c'était en 2005. Je trouvais Magali superficielle et elle me trouvait probablement pédant. Son ex a participé à une émission de téléréalité récemment, ça s'appelle *Occupation double* et c'est un peu comme *The Bachelor,* mais avec plusieurs hommes et femmes ; c'est le genre de personne qu'elle était. Mais je l'ai revue il y a un an et demi et, étonnamment, nous nous sommes bien amusés.

— Tu l'as rencontrée par hasard ?

— Oui, à moitié par hasard. Peu de temps après avoir quitté Caroline et rencontré Helen, j'ai écrit un courriel à Marie-Hélène. Je ne lui avais pas écrit depuis mes tout premiers jours à Harvard, après nos au revoir manqués. Toute l'histoire me semblait être un désastre, et j'ai écrit brouillon après brouillon, et tout ce que j'écrivais me donnait l'air d'avoir été saoul en écrivant, mais j'avais le doigt dans l'engrenage et je devais lui écrire, tu sais comment nous sommes tous avec l'amour et tout ça.

— Évidemment.

— J'ai donc passé trois nuits à écrire et à récrire mon message et à être anxieux, mais à peine quelques secondes après que je l'ai envoyé, le *mailer daemon* sans tendresse m'a informé que son adresse n'était plus valide. Je l'ai cherchée sur Internet et n'ai trouvé qu'une mention d'elle, de son implication dans un projet au Guatemala qui avait été organisé par une ONG de Montréal. Dès que j'ai pu, j'ai pris l'autobus pour Montréal et je suis allé leur rendre visite. J'ai parlé à un gars qui l'avait rencontrée au Guatemala. Il a cherché des informations sur Marie-Hélène dans ses dossiers, mais il n'a réussi qu'à produire la même adresse que j'avais et qui n'était plus bonne. Quant à lui, il l'avait perdue de vue. J'étais déçu et je suis allé au café où elle avait travaillé, mais les employés qui étaient là ne l'avaient pas connue. Par chance, Magali était assise à une table comme cliente, et je l'ai reconnue et je suis allé lui parler. Elle se demandait aussi ce qu'était devenue Marie-Hélène et avait essayé de la retrouver. Je ne sais pas si elle a essayé très fort. Elle ne savait rien de plus que moi. Nous nous sommes raconté des histoires sur Marie-Hélène, et à travers ça nous avons ri et étions un peu des amis.

— Lui as-tu parlé de Helen et de Marlene, et de tes rêves?

— Non.

— Et si elle avait vécu des choses similaires?

— Je pense qu'elle en aurait parlé d'elle-même. J'ai peut-être eu tort de ne rien dire. Mais ce n'était pas la direction dans laquelle ses questions allaient. Elle était plus intéressée par les détails intimes de ma relation avec Marie-Hélène.»

Moira a levé un sourcil. J'ai continué:

«Notre discussion avait quelque chose d'étrange. Magali portait du parfum et sentait fort la rose, et son odeur se mélangeait avec une odeur terreuse qui était probablement une combinaison de café et de l'air d'automne, le temps était pluvieux, et tout ça me rappelait les roses que ma grand-mère avait près des fenêtres, dans les chambres d'en haut qui étaient froides et où nous allions jouer à Noël après le déballage des cadeaux. Les roses étaient vivantes mais toujours mourantes, en train de se faner, la terre dans leur pot était couverte de pétales tombés, et il y avait plusieurs grosses mouches mortes près de la fenêtre gelée. Pour moi, c'est ce que Magali sentait ce jour-là, des grosses mouches mortes juteuses. J'ai beaucoup parlé, comme je peux le faire, et peut-être que je me fais des idées, mais elle avait ce quelque chose dans les yeux, et elle m'a invité chez elle pour souper et prendre un verre. À ce moment-là, j'ai senti que c'était trop, le parfum et la façon dont son string était visible, et j'ai refusé en prétextant que je devais prendre l'autobus. Et c'était l'histoire de Magali.

— Et moi, qu'est-ce que je sens ? »

J'ai dit : « Tu es incroyablement fraîche.

— Fraîche ?

— Oui, simplement fraîche, je ne sais pas comment l'expliquer. Quand mon visage est entre tes seins, j'aime prendre une grande inspiration, c'est comme inhaler de l'air en montagne. »

Elle a ri et a dit : « La montagne de myrrhe et la colline d'encens ! »

Notre serveuse n'était pas loin et parlait avec une autre serveuse qui était grande et forte et vitale. Nous avons entendu la grande dire : « Je pense que c'était une mauvaise idée pour toi d'aller à cette émission de téléréalité. » Nous avons essayé d'entendre leur conversation. Moira a ri un peu, mais moi je n'ai pas compris grand-chose.

19

Moira avait un air pensif après le dîner. Nous roulions depuis environ une heure quand j'ai remarqué une Mazda grise deux autos derrière nous. J'en ai informé Moira et elle a répondu :

« Et qu'est-ce qu'elle a, cette Mazda grise ?

— Bien, nous devrions garder l'œil ouvert. C'est difficile, il y a tellement d'autos grises sur la route. »

Elle a arrêté la musique et a dit : « Il y a un détail que je veux ajouter à notre *Évangile secret*. Tu sais déjà plusieurs des choses que je vais dire, mais je ne fais que penser tout haut. Une chose intéressante à propos de Jacques, le frère de Jésus, est qu'on sait de plusieurs sources qu'il était important dans l'Église primitive. Paul parle de lui dans ses lettres, dit que Jacques a vu Jésus ressuscité, et il le nomme même comme un des trois piliers de l'Église à Jérusalem avec Pierre et Jean. Tout de même, il est seulement mentionné en passant dans les évangiles canoniques et il apparaît en quelque sorte à un moment donné dans les Actes. Je trouve intéressant que, dans l'*Évangile selon Thomas*, Jésus désigne Jacques comme chef de l'Église après son départ. Ça semble plus conforme au Jacques historique que l'absence de mention, même si ça va à l'encontre de la tradition selon laquelle Pierre est choisi comme leader. »

J'ai dit : « Et le texte, pas seulement la tradition. Je pense que Jésus choisissant Pierre comme chef de l'Église est chez Matthieu et chez Jean. »

Elle a fait non de la tête. « Ces passages sont plutôt ambigus. Ils t'ont été racontés par des catholiques d'une façon qui supporte les institutions catholiques. La signification originale pouvait être bien différente. Évidemment, les protestants interprètent le passage différemment depuis longtemps.

— Vraiment ? Pourtant, je viens tout juste de les relire…

— L'épisode dans l'Évangile de Jean survient après la résurrection. Jésus demande à Pierre trois fois s'il l'aime. C'est parallèle aux trois fois où Pierre renie Jésus, alors cette histoire est seulement la conséquence et la réparation de ce reniement. »

J'ai dit : « J'avais remarqué la structure parallèle.

— Dans cet épisode, Jésus dit des choses comme *pais mes brebis* qui pourraient laisser croire que Pierre est le nouveau berger. Mais Jésus continue et dit quelque chose comme *tu étendras les mains et un autre t'habillera et te mènera où tu ne voudras pas aller,* ce qui est habituellement vu comme une prédiction du martyre de Pierre, ou plutôt une référence puisque l'Évangile a été écrit après la mort de Pierre. Peu importe comment on lit ce passage, je ne crois pas qu'on puisse conclure que Pierre en ressort comme le leader, à moins qu'il ne l'ait déjà été, parce qu'alors il serait rétabli en tant que tel. Mais la partie disant *sur cette pierre je bâtirai mon église* ne se retrouve pas dans l'Évangile selon Jean. C'est chez Matthieu. Et même là, le sens n'est pas clair. C'est un jugement favorable envers Pierre, mais est-ce que ça fait de lui le chef après le départ de Jésus ? Il y a aussi un jeu de mots à l'œuvre parce que le vrai nom de Pierre est Simon, et Jésus le surnomme Céphas, qui signifie roche, mais il n'est pas absolument clair quels mots étaient utilisés dans la langue originale et s'ils désignaient de grosses roches ou de petites roches.

— Je vais te croire jusqu'à ce que je puisse relire le passage moi-même. Si une partie importante de la doctrine religieuse dépend d'un mot d'une langue morte désignant une petite ou une grosse roche, il y a quelque chose de pourri dans la religion. En français, le jeu de mots marche parce que Céphas et roche sont tous les deux rendus par le mot *pierre*. J'imagine que Caillou aurait pu être une autre traduction pour Céphas, mais l'histoire en a décidé autrement. Le français est une langue catholique. »

Elle a dit : « C'est une bonne idée ! Caillou est phonétiquement plus proche de l'araméen Kepha que Pierre ne l'est.

— Mais j'ai changé de sujet. Tu allais dire que, dans notre livre, Jacques devrait être le chef désigné de l'Église plutôt que Pierre ?

— Presque. Dans l'*Évangile selon Thomas,* les disciples demandent à Jésus qui sera le leader après son départ ; ils poseraient probablement cette question après la résurrection. Pour les besoins de notre histoire, nous pouvons imaginer qu'à ses débuts Jésus est un prédicateur plutôt humble, mais il devient plus égoïste quand il trouve des partisans avides d'un côté et qu'il fait face au rejet de l'autre. Quand Pierre déclare qu'il est le Messie, même s'il n'y croyait pas lui-même au début, Jésus se laisse emporter et fait de Pierre un apôtre important. Après la trahison et la mort de son autre frère et de Judas, il comprend tout ce qui a mal tourné et nomme Jacques comme chef après son départ, Jacques qui est humble et pieux et qui sait tout ce qui s'est passé, contrairement à Pierre qui pense que le même Jésus est mort et est ressuscité.

— Super. Ça marche bien avec notre histoire. »

J'ai réfléchi un peu et j'ai eu une idée superbe. J'ai dit :

« C'est génial, en fait ! Comme tu le sais, j'ai lu tout ce qu'il y a sur Jacques dans le Nouveau Testament. D'après les lettres de Paul, il y avait un arrangement selon lequel Pierre, Jean et Jacques devaient convertir les Juifs, tandis que Paul et Barnabas devaient convertir les autres nations. Mais par la suite, quelque chose se passe ; dans les Actes, on dit que Pierre a une vision, puis veut aller vers les autres nations. Paul explique que Pierre se rend à Antioche et y mange avec les païens, mais quand un envoyé de Jacques arrive, Pierre agit différemment et se sépare des païens parce qu'il craint l'opinion de Jacques. Ça met Paul en colère et ça mène au concile de Jérusalem décrit dans les Actes. À ce concile, Jacques parle en dernier et il a le dernier mot, même après Pierre. C'est donc Jacques qui est le chef de l'Église à Jérusalem.

— Je suis d'accord avec ton argument, mais tu oublies que Pierre avait été arrêté par Hérode Agrippa, et c'est normalement ce qui est considéré comme la raison de son départ. Mais l'idée de tensions avec Jacques est intéressante. Peut-être que Jacques est trop strict et juif, et Pierre préfère parler de Jésus.

— Oui, c'est ce que j'allais dire. Les Évangiles tiennent beaucoup de la tradition pétrinienne à travers Marc, alors cette tension pourrait expliquer que Jacques en soit absent. Et peut-être que Pierre n'aime pas être le numéro deux et peut facilement devenir le numéro un en s'en allant ailleurs. Comme tu le sais, Pierre et Paul ont fondé l'Église à Rome et les successeurs de Pierre ont formé la lignée des papes. L'idée que Pierre n'était que la deuxième tête ouvre la possibilité d'une lignée de successeurs à la première tête, les successeurs de Jacques. »

Elle s'est exclamée : « Aaaah ! »

J'ai continué : « Ce seraient ceux qui se sont transmis l'*Évangile secret de Jacques* à travers l'histoire. Ils ne seraient pas nécessairement des évêques, parce que le secret sur Jésus que cet évangile contient n'encourage pas vraiment la piété. Je ne sais pas quelle serait leur motivation pour perpétuer cette connaissance dans le secret, mais certainement que Léonard de Vinci aurait été l'un d'eux, un des successeurs de Jacques. Ça explique pourquoi il connaissait l'histoire de Jude et l'a mise dans *La Cène*.

— Fantastique. Maintenant nous avons un vrai lien avec Léonard ! Qui d'autre aurait été dans cette lignée ? »

J'ai dit : « Toi. Et tu publies maintenant l'*Évangile secret*.

— Non, il faut que ce soit un homme. Toi.

— Tu es celle qui est sainte. Je m'agenouille et m'incline devant toi tout le temps.

— Je te rappelle que c'est toi qui as eu des stigmates !

— Nous n'avons pas besoin d'être directement dans la lignée. Nous pouvons écrire une préface disant que nous avons obtenu le manuscrit… d'un professeur à l'université ? Un vieux savant, un homme de lettres à la barbe blanche serait le détenteur parfait d'un si vieux document, soit après l'avoir reçu directement, soit après l'avoir découvert quelque part.

— Oui, bonne idée ! »

La Mazda grise était toujours derrière nous. Je n'en ai rien dit de plus. Il était normal que plusieurs autos suivent la même autoroute.

HARVEY

Jésus dit : « Béni soit le lion qui est mangé par l'homme, car il devient homme, et maudit soit l'homme que le lion mange. »

Évangile secret de Jacques, le frère de Jésus

20

Après avoir rencontré Diane et Marlene et Helen dans l'espace de moins de deux mois, et après ce rêve incroyable qui m'a révélé la méditation et le vol onirique, j'ai pensé que des événements extraordinaires semblables continueraient à se produire et que quelque chose de grand et de mystique m'arriverait, peut-être même trouverais-je l'amour ou serais-je réuni à Marie-Hélène. Rien de tout cela n'est arrivé. J'ai beaucoup voyagé pendant l'année suivante pour utiliser des télescopes au Chili et pour rendre visite à des collaborateurs à Chicago. Pendant ces voyages, j'ai rencontré des gens intéressants et je me suis amusé, mais les rêves de Jane et de Marie-Hélène m'ont déserté, et il n'y a plus eu de synchronicité remarquable. Le jeu d'imaginer Jane s'est mis à me faire sentir creux et je l'ai abandonné.

En parallèle, plusieurs nouveaux étudiants sont arrivés à Harvard pour l'année scolaire. Ne vivant plus dans les résidences sur le campus, je n'en ai pas rencontré beaucoup. Je me sentais seul dans mon appartement et mon bureau, alors je me suis impliqué dans la vie étudiante après quelques mois de déprime et j'ai recommencé à manger avec Olav et les autres à Dudley, même si je ne logeais plus dans les résidences. J'ai fait la connaissance de bien des gens et, ayant abandonné l'idée d'avoir autre chose qu'un amour exceptionnel, je me suis ouvert aux femmes de tous les âges et de toutes les apparences, ne sachant pas où ni quand je trouverais le grand amour. Je ne l'ai pas trouvé. Mais la sincérité est comme un muscle qui s'étire, et j'ai trouvé la sérénité et l'amour dans mes interactions avec tous. Je travaillais aussi beaucoup.

Je suis devenu un Dudley Fellow l'année suivante, ce qui veut dire que je participais à l'organisation d'activités sociales à Dudley House, le centre de la vie étudiante pour les étudiants des cycles supérieurs. Avant le début de la session d'automne, il y a une petite foire d'information sur les groupes étudiants et les activités sociales, culturelles et sportives; elle a lieu en août maintenant, mais elle était alors en septembre, suivant l'ancien calendrier de Harvard selon lequel les cours s'étendaient de la fin de septembre au congé de Noël, et les examens finaux étaient en janvier. La foire de cette année-là s'est donc déroulée un peu plus d'un an après ma rencontre avec Helen. Je me suis porté volontaire pour habiter pendant quinze minutes le costume et l'esprit de la mascotte de Dudley House, un lion nommé Harvey à la tête sphérique et aux yeux protubérants.

Il y a des mascottes qui parlent et d'autres qui ne parlent pas, et j'étais d'avis que Harvey, autrement pas trop bien défini comme personnage, ne devait pas parler. Certaines des filles qui ont porté le costume avant moi parlaient et la voix haute et caverneuse était si déplacée que j'en ai grimacé et que j'en ai parlé à

Andy, un autre Dudley Fellow. J'ai parlé sur un ton plutôt moralisateur pour être drôle, mais mon objection avait un fond de vérité. J'ai dit des choses comme :

« Il est important d'avoir des règles bien définies pour les mascottes. Par exemple, on ne peut jamais enlever la tête. Dans le temps où je vivais à Montréal, je suis apparu déguisé en vache à une fête, et plusieurs petits enfants se sont mis à pleurer immédiatement. Une des mères a crié comme un caporal d'armée : *Enlève la tête ! Enlève la tête ! Enlève la tête !* Je suis ressorti immédiatement ; le reste des enfants aurait peut-être pleuré si j'avais enlevé la tête. »

Andy a dit : « Avec une grande tête vient une grande responsabilité. »

Mes quinze minutes de gloire féline sont venues. J'ai fait un câlin à deux personnes, puis j'en ai pourchassé une autre. Pour des raisons qui m'échappent, un nombre étonnant d'étudiants doctoraux à Harvard sont réticents à interagir avec les mascottes. Puis je me suis retourné, et soudainement elle se tenait devant moi, souriante. Je ne l'avais pas vue arriver parce que le champ de vision est limité à travers la gueule du lion. Elle n'était pas Marie-Hélène, mais elle lui ressemblait et a déclenché en moi les mêmes émotions profondes que Marlene. Elle était l'Amour. De ce que je savais alors, elle aurait pu être Marlene elle-même. Elle a dit :

« Salut ! Tu es un lion. Tu vis ici ? »

Elle a pointé vers Dudley House. J'ai hoché la tête du mieux que je le pouvais et j'ai rugi avec enthousiasme, mais peut-être un peu faiblement :

« Yaaarrrrrrrr ! »

Elle a froncé les sourcils et a dit : « Yaaarrrrrrrr ? On ne dirait pas un lion, c'est plutôt ce que les pirates disent ! »

J'ai improvisé un rugissement inspiré qui a roulé au fond de mon nez et de ma gorge. De l'intérieur de la tête, il était plutôt impressionnant :

« Roaaaaar !

— Pas mal. Que sais-tu faire d'autre ? »

J'ai tenté de l'éblouir en levant la jambe toute droite et en touchant ma main étirée avec le pied comme Bonhomme Carnaval à Québec, puis j'ai joué le mignon en mettant les mains sur les yeux et en faisant des coucous. J'ai mimé que je plantais une graine et l'arrosais, puis lui ai offert la fleur qui en a grandi. Elle était contente.

« Danses-tu aussi ?

— Roaaaaar ! »

Je lui ai donné les pattes et je me suis mis à valser de gauche à droite. Elle m'a suivi. Nous avons tourné un peu en dansant.

« C'était charmant, merci ! J'espère te revoir un jour.

— Roaaaaar ! »

J'ai hoché la tête abondamment et j'ai rugi à nouveau. Elle m'a donné l'accolade et a dit au revoir. Quel malheur que d'être muet et prisonnier d'une bête. Une autre personne est venue se faire prendre en photo avec moi, et quand j'ai été libre de nouveau, je ne voyais plus mon amie. Mes quinze minutes n'étaient pas encore terminées, mais je suis rentré pour enlever le costume et reprendre mon identité civile. J'ai cherché tout autour de la foire et à l'intérieur de Dudley

House, puis j'ai traversé Harvard Yard en courant jusqu'aux résidences et je suis revenu par un autre chemin, mais je ne l'ai pas retrouvée. Je ne l'ai pas vue non plus aux différentes fêtes avant le début des cours, alors j'ai pensé qu'elle n'était peut-être pas une étudiante doctorale. Il était même possible, quoique peu probable, qu'elle n'ait été qu'une touriste de passage.

ESCAPADE : UN MOTEL

Pilate fit remettre le corps de Jésus à un homme riche d'Arimathée nommé Joseph. Joseph déposa Jésus dans un tombeau neuf dans un jardin près du lieu où il avait été crucifié. Suivant le plan de Jude, j'allai trouver le jardinier et le payai de la bourse que Judas m'avait remise. À l'aube du premier jour de la semaine, comme il faisait encore sombre, le jardinier nous aida, Jude et moi, à prendre le corps de Jésus, et nous l'enterrâmes dans un lieu secret avec l'aide de Marie et de Salomë.

C'est alors que Jude partit pour nous précéder en Galilée. Nous savions que les disciples écouteraient Marie parce que le Seigneur l'aimait plus que tout autre. Alors Marie alla voir les disciples et leur dit que le Seigneur était vivant et qu'il les verrait en Galilée, sur la montagne où il aimait à se retirer.

Évangile secret de Jacques, le frère de Jésus

21

Nous avons écouté Dylan pendant un moment. J'ai arrêté la musique après *Shelter from the Storm* et j'ai dit : «Parlant d'abri, nous arriverons bientôt à notre motel. Prochaine sortie. C'est maintenant ou jamais. Tu veux toujours nous inscrire sous un faux nom ? »

Elle a dit : «Oui, bien sûr.

— Tu devrais peut-être mettre un peu de maquillage avant d'entrer. Je te préfère sans, mais si nous voulons qu'ils pensent que tu es une prostituée ou une maîtresse quelconque, tu dois cacher ta vitalité. »

Nous avions déjà parlé de la façon d'obtenir une chambre sans carte d'identité ni carte de crédit, mais elle m'a encore taquiné :

«Jouer le rôle d'une pute est décevant. Je pensais que nous y allions plutôt avec une histoire à la Bonnie and Clyde. Fais attention qu'ils ne te voient pas, parce que tu n'as pas l'air de pouvoir te permettre ce que je coûterais. »

Nous avons quitté l'autoroute. J'ai remarqué une bâtisse qui ressemblait à un restaurant ; un peu plus loin, une enseigne qui avait connu de meilleurs jours nous annonçait :

MOTEL
vacancy
air conditioned cable

Sarah y a tourné et a dépassé le premier groupe de chambres. Elle a reculé à côté d'une camionnette de services paysagers et a coupé le moteur. Elle a dit :

« Stationnée ici, l'auto ne doit pas être visible de l'accueil. Et tu vois, elle est prête à partir dans le noir.

— Je n'aurais pas mieux fait moi-même. »

Elle a mis du rouge à lèvres et a arrangé ses cheveux devant le miroir, puis a mis ses lunettes fumées et son béret. Ses lèvres étaient absurdement rouges.

« Souhaite-moi bonne chance !

— Bonne chance, ma petite ! Ne souris pas et aie l'air d'être fatiguée. Autrement, tu auras l'air d'être amoureuse. »

Je travaillais encore à enlever le rouge à lèvres de mon visage quand Sarah est revenue dans l'auto et m'a lancé une clé, chambre numéro cinq. Elle a souri et a dit :

« C'est fait. Un jeu d'enfant. Le vieux pervers n'a rien demandé, et ça ne m'a coûté que dix dollars de plus. Tant de plaisir pour si peu d'argent ! » Elle a ri sincèrement, puis elle a ajouté : « Je suis un peu déçue qu'il n'ait rien écrit. J'allais dire que nous étions monsieur et madame Barrow.

— Et vous ne portez pas votre alliance, madame Barrow ? »

Moira et Jonathan avaient dit que le voyage ne serait pas qu'une longue escapade sexuelle, mais apparemment Sarah et John en ont décidé autrement quand ils se sont retrouvés seuls dans la chambre. Nous avons fait l'amour en beauté et en lumière. Elle bougeait exactement comme on s'imagine qu'une vedette de l'âge d'or hollywoodien faisait l'amour quand elle était amoureuse; sa taille me semblait plus fine et son corps plus généreux. Puis nous sommes restés étendus sur le lit un moment, nous caressant et riant des traces de doigt accidentelles de sang menstruel sur les draps blancs.

Nous avons décidé de travailler d'abord et de souper tard, parce que nous avions hâte de travailler et qu'il valait probablement mieux pour nous de ne sortir qu'à la noirceur de toute façon. Je nous ai préparé une collation, puis j'ai pris la Bible des Gédéons et j'ai relu les passages où je croyais que Pierre était désigné comme leader, alors que Moira s'est mise à l'écriture de la préface. Elle avait raison sur toute la ligne. Puis j'ai vu quelque chose et je me suis mis à rire.

Moira m'a demandé: «Qu'est-ce qu'il y a? C'est généralement un bon signe quand tu te mets à rire en lisant la Bible.

— Quelqu'un, le traducteur ou Matthieu ou Jésus, s'est amusé avec les jeux de mots. Dans cette traduction au moins, les jeux de mots continuent après le *tu es Pierre et sur cette pierre...* Je suis d'accord avec tout ce que tu as dit plus tôt. On pourrait croire que Pierre a une place privilégiée d'après quelques versets de Matthieu pris seuls, mais dans les versets qui suivent immédiatement, Pierre s'oppose à ce que Jésus ait à souffrir et à mourir, et Jésus l'appelle *Satan*. Étrangement, la tradition n'a pas cru que ça voulait dire quelque chose de crucial à propos de Pierre, contrairement à ce qui se passe aux versets précédents. Ce sont les mots que Jésus utilise qui m'ont amusé : *Arrière de moi, Satan ! Tu m'es un obstacle.* La pierre est d'abord une pierre de fondation, mais elle est ensuite une pierre d'achoppement ! »

Elle a ri aussi et m'a embrassé. « Laisse-moi voir dans le grec commenté. J'ai déjà ouvert le document quelque part. » Elle a cliqué quelques fois à son ordinateur. « Oui, c'est un jeu de mots en grec. Le commentaire le note et dit aussi que plusieurs traductions utilisent le mot *scandale*, qui vient du mot grec pour *pierre d'achoppement,* comme dans *tu m'es en scandale.*

— Et le jeu de mots est alors pratiquement masqué. Merci, c'est bon à savoir. »

Elle a soupiré. « La préface n'est pas aussi facile à écrire que je le pensais. J'imagine que la personne qui nous a montré l'*Évangile secret* est morte et que c'est pour ça que nous pouvons le publier ?

— Oui, ça va de soi. Nous n'avons pas besoin d'être plus précis là-dessus. Nous pouvons dire quelque chose comme : *Nous avons appris l'existence de l'*Évangile secret de Jacques *d'un mentor universitaire peu avant sa mort et présentons notre traduction du texte grec que sa veuve nous a gracieusement permis d'utiliser.* »

Elle a tapé un moment, en appuyant souvent sur la touche de retour arrière, puis elle a dit :

« Qu'est-ce qui arrive au texte grec alors ? Si nous l'avions eu avec l'intention de le publier, nous l'aurions apporté à un musée pour préservation et pour étude. Que penses-tu de : *Nous avons appris l'existence de l'*Évangile secret de Jacques *d'un mentor universitaire peu avant sa mort et avons examiné le manuscrit* en grec ancien. *Nous présentons cette traduction du grec, que nous avons été capables de sauver de ses effets personnels. Nous n'avons pas réussi à apprendre ce qui était arrivé au document en grec de son exécuteur testamentaire ni de sa famille.*

— C'est parfait. »

22

Nous sommes sortis à pied pour trouver à souper, pour ne pas avoir à nous soucier de conduire en état d'ébriété. Le restaurant que j'avais vu sur la route était ouvert. En après-midi, le bois terni de la façade m'avait fait penser qu'il était peut-être fermé, mais c'était un endroit invitant dans le noir. Une femme solide derrière le bar nous a salués à notre entrée :

« Salut. »

L'endroit était plutôt calme. Un homme assis au bar tenait une bière et semblait regarder la télévision. Le côté du bar face à la porte portait un écriteau disant *pas de pets* où un bonhomme allumettes éjectait un nuage de gaz de son arrière-train au-dessus d'un tabouret de bar. Je me sentais le bienvenu.

« Bonsoir. Servez-vous de la nourriture ?

— Oui, des hamburgers et des fish and chips. Assoyez-vous. »

Choisir une chaise était difficile, et j'étais incapable de répondre à tous mes besoins : ne pas voir la télévision, n'être pas trop visible pour les autres clients et être assis dos à quelque chose de façon à ce qu'on ne puisse pas me surprendre. J'ai remarqué que la télé était à une chaîne de nouvelles en continu, donc j'ai décidé que ma sécurité n'était pas tellement en péril et j'ai fait du premier besoin une priorité.

La serveuse nous a apporté des menus et s'est présentée comme étant Patti. Nous avons commandé chacun une bière. Puis elle a demandé : « Vous venez de quel coin ? »

Nous nous attendions à ce genre de question. J'ai laissé Sarah parler, parce que je n'ai pas l'air de venir de quelque part quand je parle anglais.

« Nous travaillons à Baltimore, mais je viens de Dallas.

— C'est loin ! Où allez-vous ?

— Nous serons au Canada demain. Ce sera un hamburger pour moi, cuit à point. »

J'ai dit : « Même chose pour moi, mais bien cuit. Et nous partagerons une salade verte aussi. »

Sarah était bonne à ce jeu. Parce que c'est un pays différent, les gens acceptent souvent le Canada comme destination, même si c'est une réponse presque aussi vague que de dire que nous allons aux États-Unis.

Il y avait dans le bar quelques citations encadrées qui semblaient avoir été imprimées à la maison et mises dans des cadres achetés à la pharmacie du coin. L'une d'elles disait : *Suis toujours tes rêves, ils accompliront ta destinée.* Un autre cadre, près de la porte et de l'écriteau *pas de pets,* portait un angelot pastel et la mention *À la mémoire des bébés anges au Ciel.* Nous avons bu à leur santé, qui qu'ils soient. Les pensées sur les rêves semblent souvent être affichées par des gens que je n'aurais pas soupçonnés d'avoir des rêves. La nature humaine est une surprise toujours renouvelée pour moi. J'ai demandé : « As-tu des rêves dont tu ne m'as pas parlé ? »

Elle n'a pas eu le temps de répondre avant que Patti n'arrive avec des ustensiles, puis du ketchup, puis des verres d'eau, puis nos repas. Nous ne parlions pas quand elle était si proche. Nous avons commencé à manger et Sarah est allée aux toilettes. Patti est venue me voir pendant son absence.

« Comment est le hamburger ?

— Très bon, merci.

— Elle est très jolie. C'est ton amoureuse ?

— Je l'aime.

— Tu vas la demander en mariage aux chutes du Niagara ? »

Je me suis demandé si cette implication avait traversé la tête de Sarah. Je me suis penché au-dessus de la table et, prenant un air nerveux, j'ai dit comme en confidence :

« C'est sûr que j'y ai pensé, mais il faudrait qu'elle divorce de son mari d'abord, et ça, c'est pas demain la veille. »

La porte de la salle de bains s'est ouverte. Patti m'a tapoté le bras, puis m'a jeté un regard compatissant alors qu'elle retournait à la cuisine. Il faut croire que le mariage n'est plus ce qu'il était. Je me suis senti mal d'avoir été snob et d'avoir ri de ses cadres. Sarah m'a embrassé d'une manière à peine acceptable dans un endroit public. J'en ai conclu que Moira avait parlé avec Dave au téléphone.

« Tu m'as demandé si j'avais un rêve. Si nous pouvions tout recommencer, je veux dire si nous avions une vie différente, sans les polices et sans éducation, j'aurais quitté ma famille avec toi quand j'étais beaucoup plus jeune. Tu sais, à seize ans, j'ai été la reine de la course aux barils à la foire du comté, et ce soir-là je portais un costume vraiment joli et un nouveau chapeau de cow-boy, et je t'aurais rencontré à la danse et nous nous serions amusés comme des fous, et j'aurais laissé mes parents et mon imbécile de frère pour te suivre sous la pluie, et j'aurais perdu ma virginité ce soir-là avec toi et nous nous serions établis dans un autre État, où nous aurions pris des jobines dans des fermes et élevé nos enfants blonds. »

J'ai essayé de ne pas m'irriter face à son humour, sans penser que c'était peut-être une réponse sincère de la part de Moira, alors j'ai porté un toast à notre histoire imaginée et j'ai changé de sujet. Comme je peux être stupide : je me suis dit peu importe, elle est américaine, alors elle ne comprend pas vraiment ce dont je parle quand je parle de révolution. Je savais que mes pensées étaient injustes, alors j'ai inspiré et je me suis calmé.

« Dis-moi, John, comment ton ami J a-t-il rencontré cette fille, Moira ? »

Pendant notre repas, deux autres personnes sont arrivées, qui se sont assises au bar et ont parlé ensemble distinctement mais calmement. Puis un couple dépareillé est entré. La femme était fatiguée et trop maquillée, et sa camisole ample laissait peu de place à l'imagination. Elle avait probablement été débridée et populaire au secondaire, trente ans plus tôt. Elle était accompagnée d'un adolescent qui aurait pu être son fils, ou son petit-fils, portant un pantalon ample et bas sous la taille, des chaussures de sport trop grandes et délacées, un t-shirt trop grand, une grande casquette à la hip-hop, une question perpétuellement indéterminée sur le visage. Je me demande toujours si ces gars-là se rendent compte que c'est l'incommodité de leurs vêtements qui montre vraiment leur place et leur aspiration sociale. Sarah a chuchoté : « Appelons-le Baby Face Nelson. »

Ils se sont installés à une table, et la façon dont Patti les a traités montrait qu'ils n'étaient pas les bienvenus. La femme a commandé deux bières, et Patti a répondu :

« Je vais devoir voir sa carte.

— T'en fais pas, les deux bières sont pour moi. Un Coke pour lui. »

La femme s'est mise à parler sans arrêt, bruyante et difficile à suivre, et le garçon restait silencieux. Une fois, j'ai risqué un regard et il avait la main sur sa cuisse à elle, et il avait tout bu, alors qu'elle prenait son temps et parlait.

« … ce gars-là était un trou du cul, je veux dire, je me suis réveillée le matin, j'avais faim et j'avais pas d'argent, et il a dit qu'il avait pas de nourriture, de toute façon il voulait que je parte. Quand il est allé dans la chambre de bains, j'ai fouillé dans sa cuisine et j'ai trouvé deux beignes dans la boîte à pain. Peux-tu imaginer le crisse de menteur, le radin, il a dit qu'il avait pas de nourriture, mais il avait pas un mais deux beignes ! Incroyable. Je les ai pris et je suis partie. Je suis pas le genre de personne qu'on peut rouler comme ça. Je suis vite et je me venge… »

C'était un peu divertissant mais dérangeant et triste, alors nous avons essayé de les ignorer autant que possible. J'ai eu l'impression que c'était interminable, mais ça doit n'avoir duré que quelques minutes. Il a payé et ils sont partis.

Quand nous sommes retournés au motel, Baby Face Nelson fumait en faisant les cent pas dans le stationnement. Une porte s'est ouverte, à deux chambres de la nôtre. La femme est apparue et a crié :

« Rentre en dedans, petit con ! »

Nous approchions, nous devions passer près d'eux. Elle a continué :

« Peut-être que vous ne respectez plus rien, mais on est aux États-Unis, crisse, dans mon temps on saluait le drapeau et on savait ce que ça voulait dire… »

Le garçon l'a ignorée et s'est avancé vers nous. Il a demandé :

« Vous voulez quelque chose ? *Weed, pills, rocks* ? Je peux vous trouver d'autres choses aussi. »

Elle a lancé sa cigarette vers nous et a claqué la porte. Comme je commençais à répondre confusément « Non, merci », Sarah a dit :

« Nous avons déjà tout ce qu'il nous faut. »

23

Sarah m'a réveillé doucement, mais avec insistance. Je devais sortir d'un sommeil profond, parce qu'il a fallu longtemps avant que mes yeux veuillent rester ouverts. La lumière de la salle de bains illuminait la chambre. Sarah était tout habillée.

« *Come on, Johnny,* partons. Je n'arrive pas à me rendormir et nous avons beaucoup de route aujourd'hui. »

J'ai plissé les yeux pour lire le radio-réveil : 4:36. Je me suis souvenu que nous avions à traverser Cleveland et que ça devait être dur pour elle.

J'ai dit : « Il va falloir que tu conduises.

— Bien sûr. Nous partons dans dix minutes. »

Je me suis levé, j'ai utilisé la salle de bains et je me suis habillé. Pas le temps de me raser. Debout près du lit, elle a écarté les jambes et mis sa main sous sa jupe. J'ai dû prendre un air perplexe, car elle a expliqué :

« De la poudre pour bébé, pour éviter que mes cuisses ne soient collantes quand le temps est humide. »

Elle a continué et de la poudre est tombée sur le tapis. J'ai ri. « Du sang sur les draps, des condoms dans la poubelle, puis des traces de poudre blanche. Que vont-ils penser quand ils vont nettoyer la chambre ?

— Ils vont se dire : *business as usual.* »

Nous avons laissé la clé sur le lit. L'auto était froide, mais le petit matin était splendide, comme il l'est toujours. Sarah nous a sortis du stationnement du motel avec les feux de stationnement, se servant du frein à main plutôt que de la pédale de frein pour faire l'arrêt avant de rejoindre la route, comme si elle l'avait fait toute sa vie. Après quelques secondes sur la route, elle a allumé les phares. J'ai sorti mon lecteur de musique et j'ai mis Simon and Garfunkel, en commençant par *Somewhere They Can't Find Me.*

L'HISTOIRE DE MOIRA

Le jour où Jésus annonça que nous partions pour Jérusalem, Thomas dit aux autres disciples : « Allons-y nous aussi, pour mourir avec lui. »

Évangile secret de Jacques, le frère de Jésus

24

J'ai rencontré Moira une journée autrement peu mémorable. Je ne me souviens pas avec qui j'étais et pourquoi j'étais de passage dans les résidences universitaires, ni quels ont été les mots échangés dans la cuisine commune de l'étage. Mais je me souviens de son sourire et de m'être dit : *Ça, c'est un visage que je pourrais aimer pour toujours.*

C'était au début de la session d'automne, peu de temps après mon tour dans la mascotte. J'ai revu Moira à une fête chez une connaissance quelques semaines plus tard. Nous nous sommes rendu compte assez tôt dans la soirée que nous avions tous deux grandi dans une ferme laitière, elle en Iowa et moi au Québec. Les enfants d'agriculteurs, comme les Afro-Américains d'ailleurs, étaient étonnamment rares dans nos cercles sociaux à Harvard. Par conséquent, je crois qu'elle m'a vu comme l'un des siens, et elle a immédiatement été amicale et spontanée avec moi, plus que les filles ne le sont normalement avec un étranger. Pendant un bon moment, elle s'est assise très près de moi, sur le côté court de la table de la cuisine ; puis Maddie, une amie et collègue de séminaire, est venue nous saluer, en pensant que je devais être le frère de Moira. Nous avons parlé longuement dans la cuisine, et elle était gentille et sincère ; elle a mentionné son copain, ce qui voulait dire qu'elle ne tomberait pas amoureuse de moi, et c'était bien comme ça parce que j'étais encore empêtré dans mes vieilles histoires. J'allais proposer à Moira d'aller prendre un café ensemble dans la semaine, mais j'ai vu le mot *Guatemala* écrit sur un sac de café sur le comptoir et ça m'a fait penser à Marie-Hélène. C'est idiot parce qu'il y a un million de choses qui me font penser à elle tout le temps, mais je me suis senti nostalgique et je n'ai pas essayé de rester en contact avec Moira.

Nos chemins se sont croisés à nouveau un soir de novembre. Je me rappelle l'endroit exact dans Oxford Street. Les trottoirs pavés dans la nuit noire et froide resteront à jamais l'une des images principales de mon temps à Harvard. Nous ne nous sommes presque pas arrêtés, mais elle a dit :

« Salut, ça va ? »

Je n'avais pas encore assimilé la convention américaine de toujours répondre *oui* ou *ça va ?* peu importe la vraie réponse, alors j'ai dit :

« Non. Les études doctorales rongent mon âme. Et toi ? »

Elle s'est arrêtée et a souri.

« On pourrait dire que les études doctorales rongent mon âme. J'ai du travail, mais j'ai besoin de sortir un peu, alors je vais voir un film. Tu viens avec moi ?

— D'accord. Je te suis. »

J'ai tourné sur un pied en cabotin pour atterrir à côté d'elle. Elle m'a présenté le bras comme un gentleman, et je l'ai pris par-dessous d'une main lente et timide.

Nous sommes allés au Brattle, un cinéma d'art et de répertoire local où je n'étais jamais allé, mais dont je deviendrais un habitué. Le film que Moira pensait voir avait été annulé à la dernière minute et remplacé par *The Red Shoes* (*Les chaussons rouges*). Moira a trouvé que c'était une belle surprise et nous sommes restés.

Au moment du film où Lermontov ignore Vicky, qui est alors mise dans un coin avec d'autres aspirantes, j'ai dit :

« C'est comme le doctorat, n'est-ce pas ? »

Moira m'a fait signe de me taire ou a approuvé ou s'est seulement étirée vers moi, et ses cheveux doux ont touché ma joue et j'ai senti son odeur, et je l'aimais déjà.

Le film était très bon, et touché et captivé par la chorégraphie, je me suis mis à rêver de petits rêves de danse glorieuse malgré le reste de ma vie, malgré ma situation où je devais tout abandonner pour la science. À la fin du film, j'ai dit :

« Maintenant, je veux tout laisser et devenir danseur de ballet. Ça peut sembler ridicule, mais qui sait, la représentation des scientifiques au cinéma et à la télévision a probablement joué un grand rôle dans mon choix de carrière. »

Elle a dit : « J'ai suivi un cours de ballet pour débutants à la session dernière. J'ai beaucoup aimé. »

Je voyais qu'elle avait plus à dire alors j'ai attendu. Elle a ajouté :

« Je veux vraiment être sur les planches, au point que ça me semble absurde. Je ne me sens jamais aussi vivante que quand je joue ; c'est ironique, parce que c'est vraiment vivre une autre vie.

— On pourrait dire que quand tu joues, tu ne remplaces pas ta vie, mais tu en vis plusieurs simultanément, parce qu'une seule ne te suffit pas. Tu veux prendre un thé ou un café et jaser ?

— Avec plaisir. »

Nous sommes allés à côté, au Café Algiers, que j'aime pour échanger de grandes idées. La plupart des clients à l'étage étaient en paires ou en groupes, sauf deux personnes seules : près du puits au centre, un jeune au teint foncé tantôt écrivait frénétiquement sur son ordinateur portable, tantôt regardait vers le haut dans son imagination ; dans le coin, une fille écrivait dans un carnet d'une main triste. Ils avaient tous deux l'air d'étudiants du premier cycle espérant devenir des artistes bohèmes en portant la bonne sorte de foulard. Après avoir commandé, je les ai montrés du regard. Moira a souri et a dit :

« J'espère que nous les verrons se parler.

— Eh bien ! On dirait qu'il te reste un peu d'âme après tout.

— Ça va aller. Le résumé de ma situation est tellement parallèle au film que c'en est embarrassant. Mon copain Dave étudie la médecine dentaire à Cleveland et aimerait que j'aille y vivre avec lui, et je ne suis pas certaine de vouloir faire le doctorat ni même d'avoir confiance en Bob. Bob est mon superviseur. Je viens d'arriver, cette session, mais il m'a demandé : *En quelle année es-tu, déjà ? Oh, et en passant, peux-tu compiler les références bibliographiques pour mon chapitre de livre et trouver et numériser deux cents pages pendant que je vais en Europe impressionner les demoiselles avec mon titre de professeur à Harvard ?*

— Wow, tu es rapide. D'habitude, les gens ont besoin de toute une année ou même deux avant de se rendre compte que c'est ce qui se passe.

— Et toi ?

— Oh, tu sais, j'aime l'astronomie, mais je me sens frustré du quotidien où j'ai à travailler avec des outils informatiques inadéquats, et la plupart des articles sont mauvais et ils sont tous trop longs. L'article que je suis en train d'écrire finira comme ça lui aussi, parce que mes collaborateurs viennent de lire mon brouillon et ont répondu quelque chose comme : *Attends, tu n'as pas écrit tout le verbiage habituel, certainement tu manques d'expérience et tu ne comprends pas comment écrire un article de recherche.* L'un d'entre eux m'a aussi envoyé par erreur un message destiné à son étudiant lui demandant d'ignorer ma requête pour des données auxquelles j'ai droit. J'ai presque démissionné, mais ça fait une semaine maintenant et je pense que je vais m'en sortir. Aussi, de temps en temps, je suis un peu mélancolique. Je suis incapable d'aimer quiconque sauf cette fille que je n'ai pas vue et de qui je n'ai rien entendu depuis plus de trois ans, et que je ne reverrai probablement jamais. J'ai quitté ma dernière copine à cause de ça. »

Le garçon et la fille étaient toujours là. Je suppose qu'ils étaient relativement séduisants. Moira, elle, était belle. Elle les a indiqués de la tête et a dit :

« Je me demande ce qu'ils écrivent. Probablement des histoires épiques et des poèmes sincères d'amour impossible, alors qu'en fait l'amour qu'ils désirent est ici dans cette pièce.

— C'est ce que j'aime croire, mais ne cherchons pas à savoir. Nous pourrions être déçus si c'est un travail pour un cours, ou une fanfiction qui croise *Atlas Shrugged* avec *Twilight*.

— Ça n'exclurait pas nécessairement ce que j'ai dit. Surtout pas la fanfic!» Son regard s'est promené un peu, puis est revenu à moi. Elle a dit: «Tu sais, parfois je veux écrire.

— Quel genre de texte?

— Quelque chose qui ressemble à un roman historique, mais avec des scènes de sexe naturalistes et très explicites. Je ne lis pas de pornographie, mais les choses qui sont les plus cachées dans la vie demandent qu'on les exprime.

— Je pense que les gens appellent ça de la *littérature érotique,* ça a un air plus respectable que *pornographie.*

— Qui a dit que je voulais écrire des choses respectables?»

Nous avons ri tous les deux. Elle ne semblait pas embarrassée le moins du monde.

J'ai dit: «Moi, j'écris parfois.

— Vraiment? Qu'est-ce que tu écris?

— Quand je m'assois, je veux écrire de la science-fiction, mais mes histoires finissent par être de la fiction semi-autobiographique glorifiant ma vie amoureuse qui ne mène à rien.»

Elle a dit: «J'aimerais lire une de tes histoires, s'il y a quelque chose que tu voudrais partager.

— Ce sera une joie de partager un texte avec toi. Je n'ai pas grand-chose, tu sais, quand je suis capable d'y consacrer deux heures dans une semaine, c'est une victoire, et ça veut dire que l'écriture d'une nouvelle peut s'étendre sur toute une session, et que mes grands romans sont toujours en dormance. Si possible, je vais prendre un peu de temps après mon doctorat pour être un écrivain sans le sou. »

Nous avons entendu l'ordinateur du garçon se fermer, et celui-ci a ramassé son sac à dos. Je voulais suggérer à Moira que nous travaillions notre écriture ensemble, mais je ne l'ai pas fait, parce que mon expérience limitée me disait que les femmes refusent ce genre d'invitation, y voyant un prétexte pour un rendez-vous romantique. Elle a dit :

« Tu veux échanger des histoires et qu'on se voie pour en parler ?

— Que dirais-tu de demain ?

— Que dirais-tu de dimanche ?

— C'est d'accord pour dimanche. »

Le garçon est parti. La fille écrivait toujours dans son coin. Moira a bougé les yeux et fait une moue. J'ai dit :

« Deux bateaux dans la nuit. Comme dans la vraie vie. »

Elle a offert un sourire vague à mon humour obscur et elle a dit :

« Parlant de vraie vie, j'imagine que je devrais rentrer. Je dois lire sur la mythopoétique de la sémiosphère pour le séminaire de Bob. Ah, aussi un article à propos d'une référence médiévale vague à un groupe hérétique mineur et à ses croyances au sujet de la Résurrection. »

Ne pensant pas à autre chose qu'à plaisanter, j'ai dit :

« Évidemment, ils avaient tort, à moins qu'ils n'aient compris que Jésus avait un jumeau. »

Elle a froncé les sourcils ; son regard distant et ses paupières clignotantes ont semblé chercher dans sa mémoire pendant quelques secondes.

Elle a demandé : « Fais-tu référence à une secte ou à un texte en particulier ?

— Non, c'était une blague ratée… C'est que, de toute évidence, l'apparence de résurrection devient facile à expliquer si Jésus avait un jumeau.

— C'est drôle parce qu'en fait il en avait peut-être un. Tu connais l'apôtre Thomas, eh bien, le nom de *Thomas* vient du mot araméen pour jumeau. Il est aussi connu comme *Didyme,* du grec pour jumeau. Quelques traditions anciennes et textes non canoniques parlent de Thomas comme de Judas Thomas, ou Jude le frère jumeau… de Jésus.

— Je n'en avais jamais entendu parler. »

Elle s'est tue quelques secondes, puis elle a levé l'index droit et a lancé : « Thomas l'incrédule ! Ça ne marche pas pour expliquer la résurrection, parce que Thomas est celui qui a touché les blessures du Christ après sa résurrection.

— Justement, tu ne trouves pas que c'est une histoire un peu trop pratique ? »

Ses yeux ont encore bougé et cligné en pensée et en mémoire. Elle a fait oui de la tête, ajoutant : « Il faut vérifier tout ça. Viens avec moi. »

La fille au carnet dans le coin nous a regardés quand nous nous sommes levés. Je lui ai souri.

25

Nous sommes allés à la chambre de Moira dans les résidences des cycles supérieurs. Elle avait une petite chambre dans Perkins Hall, comme j'avais eue à ma première année. Ces chambres sont officiellement appelées «petites chambres» par l'administration et elles sont effectivement petites. Perkins Hall a été construit vers la fin des années mille huit cent; la moitié des chambres étaient destinées aux étudiants, ont un foyer (maintenant scellé) et un banc de bois près de la fenêtre et sont assez grandes pour qu'on y tienne une fête, alors que les autres chambres étaient pour les serviteurs et sont à peine assez larges pour un petit lit et un bureau contre le mur. J'ai inventé cette histoire, mais elle pourrait bien être vraie, car je n'arrive pas à m'expliquer la taille des chambres autrement. La chambre de Moira était joliment décorée, avec des coussins colorés sur le lit et une petite table sur laquelle étaient posés un ensemble à thé et une bouilloire électrique, un objet interdit dans les résidences par peur du feu. J'ai compris qu'au fond elle était une anarchiste, le genre de personne qui traverse la rue sans attendre le signal du feu pour piétons. Une grande affiche froissée montrant *La Cène* de Léonard de Vinci garnissait le mur au-dessus du bureau à gauche du lit.

Elle m'a donné une Bible, prise dans la bibliothèque près de la porte.

«C'est pour toi. Tu peux t'asseoir sur le lit. Si ma mémoire est bonne, l'histoire de Thomas se trouve dans l'Évangile selon Jean, mais pas dans les autres.»

Elle a apporté une pile de livres à son bureau et s'est mise à les feuilleter.

J'ai trouvé l'histoire de Thomas chez Jean et j'ai vérifié qu'elle n'était pas dans les autres Évangiles. J'ai aussi confirmé mon souvenir que l'Évangile de Jean parle de la résurrection de Lazare, mais pas les autres, ce qui commençait à me sembler douteux. Elles étaient loin dans ma mémoire, mais je connaissais toutes les histoires parce que j'ai reçu une éducation catholique; j'ai même lu les Évangiles plusieurs fois à l'école secondaire avec une dévotion réelle parce que j'étais un bon petit gars. Moira tapait à son ordinateur. Elle s'est retournée et a dit:

«Elaine Pagels a avancé l'idée que l'histoire de l'incrédulité de Thomas avait été inventée comme contre-argument au gnosticisme, mais je n'ai pas trouvé de référence à ta théorie. Elle est peut-être trop littérale ou trop simpliste pour que les universitaires en débattent?

— Peut-être, tu le saurais mieux que moi. Il semble que l'histoire de Lazare est aussi chez Jean et pas dans les autres Évangiles?

— Oui, c'est exact.

— Les gens qui ne sont pas physiciens mais qui ont une théorie sur la physique sont souvent fous, et je ne veux pas que tu me trouves pénible comme ça, alors je t'avertis que ce que je vais dire peut marcher comme théorie littéraire, un jeu avec des éléments vrais et faux présents dans les Évangiles, mais je ne me réclame d'aucune véracité historique.

— Très bien, vas-y.

— Je pense que l'explication habituelle du fait que les différents Évangiles racontent des histoires différentes est que Jésus a fait tellement de choses qu'aucun livre ne pourrait toutes les contenir. Je pense que c'est même écrit quelque part dans les Évangiles. Mais s'il avait vraiment ramené un homme du tombeau à la vie... Je ne crois pas aux miracles, alors disons plutôt que s'il avait vraiment été réputé avoir ramené un homme à la vie, alors ce miracle aurait surpassé toutes les autres choses et aurait été inclus dans tous les Évangiles. »

Elle a dit : « Les autres Évangiles ont des mentions de résurrection des morts, mais ce sont des histoires moins spectaculaires que celle de Lazare.

— Oui, et les autres Évangiles ont aussi d'autres histoires moins spectaculaires à propos de Marie et Marthe, qui sont les sœurs de Lazare, mais qui sont beaucoup plus importantes que lui pour les autres évangélistes, pour une raison ou une autre. Ça nous donne une raison de soupçonner que l'auteur de l'Évangile selon Jean a inventé l'histoire et l'a rattachée à Marie et Marthe parce qu'elles étaient importantes. Ça veut dire qu'il n'est pas une source fiable et que tout ce qu'il dit peut avoir été inventé. Alors, supposons que Jésus et Thomas étaient des jumeaux et que l'un d'eux est mort sur la croix ; donc Jean a peut-être inventé l'histoire de l'incrédulité de Thomas pour avoir un argument décisif en faveur de la résurrection. En fait, je viens de relire l'histoire et, selon Jean, Jésus est d'abord apparu à un groupe de disciples duquel Thomas était absent, et l'épisode du doute de Thomas se passe pendant une deuxième apparition. On peut donc voir de façon assez transparente le débat, où quelqu'un dit : *N'est-ce pas étrange que Thomas n'ait pas été là quand Jésus est apparu ?* À quoi Jean répond : *Oui, en effet c'est arrivé, mais tu vois il y a eu une autre fois où Thomas était là et tu sais quoi, nous en sommes certains parce que nous nous rappelons qu'il a touché les blessures de Jésus.* »

Elle semblait amusée et elle me laissait parler, mais je n'étais pas sûr de ce qu'elle dirait si je m'arrêtais là. Elle était peut-être en train de décider si elle me trouvait drôle, ou fou, ou banal. Je voulais tellement qu'elle soit mon amie que j'ai continué à parler pour essayer de me rendre à un point où ce que je disais était intéressant. Je jouais le tout pour le tout.

« Jésus et Jude sont donc des jumeaux. Jude est plutôt intellectuel et, d'une façon ou d'une autre, il quitte sa famille pour s'instruire. Il y a quelque chose dans la tradition à propos de Jésus allant en Égypte, alors Jude pourrait avoir visité Alexandrie, par exemple. Jude voyage pendant des années, il apprend la médecine et la philosophie grecque et, comme tous les autres philosophes, il admire Socrate. Quand j'ai appris l'histoire de Socrate, comment il parlait à ses concitoyens de vérité et de vertu et comment il a été mis à mort, j'ai pensé : quelle histoire christique ! Évidemment, ce n'est pas la bonne chronologie, et c'est l'histoire du Christ qui est socratique. Jésus a de la repartie et il est socratique dans certains de ses enseignements, par exemple quand on lui pose la question de savoir si on doit payer des taxes, qu'il répond en demandant qui est représenté sur la monnaie et offre le célèbre *rendez à César ce qui est à César...* Comment dit-on en anglais ? »

Elle a dit : « Le plus souvent, on dit *render onto Caesar the things that are Caesar's.*

— Bon. Jude a donc appris la médecine et la philosophie grecque, mais il est aussi un Juif très pieux. Il veut retourner à son peuple et lui parler de Dieu et de vérité et de vertu, et réformer ce qu'il voit comme des mœurs corrompues, mais il sait qu'ils n'accepteront pas son enseignement parce qu'il est maintenant un *outsider,* étant donné son éducation hellénistique. »

Tout en parlant, je feuilletais les Évangiles à la recherche d'inspiration. Je l'ai trouvée et c'était génial, exactement le miracle que j'espérais. *Nul n'est prophète en son pays.*

« Alors il retourne dans sa famille qui vit toujours à Nazareth, où Jésus est un homme adulte, peut-être même marié. C'est sans importance, oublie le bout où il est marié. Parce qu'il est nouvellement venu, les gens de Nazareth, qui connaissent Jésus depuis toujours, appellent Jude *le jumeau,* c'est-à-dire Thomas. C'est pour cette raison qu'il y a cette asymétrie entre leurs noms. Jude enseigne à Jésus et le convainc qu'il doit emprunter son identité pour prêcher, parce qu'autrement il ne serait pas accepté. Ils voyagent un peu, et quand Jude prêche, il prétend être Jésus de Nazareth, fils du pays, et Jésus le suit en tant que Thomas. Un jour, ils viennent à la synagogue de Nazareth, et ils ne peuvent pas échanger leurs identités parce que les villageois savent les distinguer. Jésus a souvent entendu Jude prêcher, alors il essaie d'enseigner comme Jude, mais il n'est pas aussi éloquent et vif d'esprit, il ne les impressionne pas, et ils s'offusquent de son enseignement. Il ne peut pas non plus faire les miracles médicaux que Jude accomplit. De là vient le *nul n'est prophète en son pays.* »

Une lueur s'est allumée dans ses yeux et j'ai arrêté de parler. C'est là que mon histoire s'arrêtait dans ma tête de toute façon.

Elle a dit : « Oui, ça marche, ça explique entièrement cette histoire ! Et ça explique aussi pourquoi Jésus ne veut pas recevoir sa mère et ses frères quand il enseigne à la synagogue à Capharnaüm et dit : *Qui est ma mère, et qui sont mes frères ?* C'est parce qu'ils verraient que ce n'est pas Jésus qui enseigne, mais Jude !

— Oui, super ! C'est excitant. Je suis sûr qu'on peut trouver plus pour appuyer cette histoire. Je n'ai pas lu les Évangiles depuis des années. »

Nous sommes restés silencieux un moment. Je la regardais en souriant.

Elle a dit : « Tu es bon.

— Je ne suis pas bon. Je suis le meilleur. » Nous avons ri. J'ai ajouté : « Je ne veux pas t'être désagréable en te le rappelant, mais tu avais des lectures à faire.

— Oui, j'imagine que je ne peux pas y échapper. Je vais te voir dimanche, n'est-ce pas ?

— Oui, réglons les détails par courriel. Je vais rentrer chez moi maintenant et travailler toute la nuit à une tâche terriblement ennuyeuse par solidarité avec toi. Bonne nuit.

— Bonne nuit. »

Je suis rentré chez moi et j'ai commencé une fastidieuse comparaison de catalogues astronomiques dont j'avais besoin pour ma recherche. J'ai travaillé jusque tard dans la nuit.

26

J'ai passé le plus clair du reste de la semaine à réviser une histoire que je voulais partager avec Moira, à lire les Évangiles et à chercher en ligne la théorie de la résurrection que j'avais esquissée. Parfois, la science peut attendre. Il ne faut pas s'étonner que certains doctorats prennent tant d'années.

Le dimanche, nous nous sommes rejoints à un salon de thé dans Church Street. C'était le plus beau des matins pluvieux. Nous nous sommes assis et avons sorti des paquets de feuilles imprimées sans dire un mot. Puis elle a demandé :

« Alors, sur quoi est-ce que tu travailles ?

— Tout récemment, j'ai travaillé sur une histoire d'horreur qui s'appelle simplement *Télescope*. L'observation astronomique d'objets peu lumineux exige qu'on évite la pollution lumineuse, alors les observatoires sont situés dans des endroits isolés et très sombres, avec à peine quelques lumières discrètes pour marquer les routes et les bâtisses. Il est très étrange de sortir de la salle de contrôle du télescope la nuit, parce que l'obscurité te semble complète jusqu'à ce que tes yeux s'y habituent, mais tu sens l'air et entends que tu es dehors, pas dans une pièce sombre. Alors tu te sens aveugle. Pendant un voyage d'observation au Chili en août, l'idée m'est venue qu'un télescope est l'endroit parfait pour un film ou une histoire d'horreur, parce qu'on y trouve l'isolement, l'obscurité et la tension sexuelle.

— La tension sexuelle?

— Oui, par la présence de jeunes astronomes attirants des deux sexes et d'un professeur établi qui veut abuser de son influence pour obtenir les faveurs de mon héroïne. J'ai commencé à l'écrire comme un best-seller et je dois donc tenir mon lecteur en haleine sur tous les fronts. Ce n'est vraiment qu'un exercice de style pour le moment. Mais j'aime mon héroïne; je pense que les femmes en astronomie sont spéciales et je veux en parler. As-tu vu le film *Contact*?

— Oui, mais je ne m'en souviens pas en détail.

— Ils ont visé juste avec le style de Jodie Foster, avec une queue de cheval et un t-shirt, pas coquette ni à la mode, mais tout de même féminine. Elle peut coucher avec le *dude* théologien sans le rappeler, pas parce qu'elle est inapte à l'amour, mais parce que c'est ce qu'elle veut. Elle pourrait avoir meilleur goût en matière d'hommes, mais là n'est pas la question. Elle a une force intérieure très saine. De l'extérieur du moins, les filles en astro semblent bonnes dans ce qu'elles font, elles aiment leur recherche, terminent leur doctorat et trouvent un emploi. Je suis sûr qu'en réalité c'est souvent difficile, mais il y a un contraste réel avec le département de physique où nous sommes plusieurs, et surtout des femmes, je crois, à avoir passé un moment à nous faire bousculer et abandonner de façon active par le système. Je ne t'ai rien apporté de cette histoire. J'ai apporté une histoire qui résume mes premières années d'études ici, avant que je ne retourne à l'astronomie et que je ne laisse celle qui est maintenant mon ex-copine. Ça s'appelle *L'année de tous les hasards*. La voici pour que tu puisses la lire, et la commenter, mais seulement si tu en as envie. »

Je lui ai donné l'histoire. Je l'avais imprimée à deux pages côte à côte par feuille et j'avais agrafé le tout au centre pour en faire un petit livre.

« Merci ! C'est très joli.

— Merci. Sur quoi travailles-tu ? »

Elle a dit : « Je me suis intéressée à deux choses récemment. D'abord aux mariages arrangés et aux mariages qui ne sont pas faits par amour, dans une société traditionnelle. Dans le meilleur des cas, le mari et la femme veulent tous deux remplir leurs obligations et faire en sorte que le mariage marche bien, mais même dans ce cas, leur relation est fondamentalement inégalitaire : la mariée est probablement très jeune, l'homme a l'autorité, et seule la femme peut être stérile. Les façons dont ces conventions peuvent être brisées sont aussi intéressantes ; par exemple, il y a un modèle récurrent et socialement accepté de l'épouse abusive et du mari soumis. En tout cas, je m'intéresse aux sentiments réciproques des époux et à la façon dont ils agissent, pas en public quand d'autres regardent, mais dans l'intimité de leur foyer, ou plutôt dans leurs moments les plus intimes, puisque leur maison peut parfois ne pas offrir beaucoup d'intimité. L'autre chose qui m'intéresse est d'explorer comment une personne se sentirait si elle était convaincue que son mari, ou sa femme, est un prophète ou un saint, ou comment on vivrait avec un grand sentiment de piété alimentant un amour sensuel envers quelqu'un que l'on croit être un prophète.

— Penses-tu à un prophète en particulier ? »

Elle a fait glisser quelques pages vers moi.

« Ce n'est qu'un premier jet et c'est un peu embarrassant, mais voici. Ne le lis pas devant moi. »

Le titre de son texte était *Marie de Magdala*. Je l'ai mis dans mon sac.

« C'est d'accord. Merci de ta confiance. Je suis touché. »

Nous avons siroté notre thé. Nous savions tous les deux où notre rendez-vous nous emmenait. Elle a dit :

« J'ai pensé un peu plus à ta théorie sur Jésus.

— Et qu'as-tu pensé, à propos de notre théorie sur Jésus ? »

Elle a souri.

« Que c'est une bonne histoire. Elle pourrait trouver sa place dans un roman, par exemple. Selon mes recherches sur Internet et dans les livres, plusieurs personnes ont déjà pensé qu'un jumeau aurait pu remplacer Jésus après sa mort, mais je n'ai trouvé personne qui avait un argument ingénieux comme le tien. »

J'ai dit : « J'étais arrivé à la même conclusion et je suis content de t'entendre la confirmer. J'ai aussi trouvé d'autres théories, comme l'hypothèse dite de l'évanouissement, selon laquelle Jésus ne serait pas mort, mais serait tombé dans une sorte de coma, de façon intentionnelle ou non, pour être ensuite ranimé par l'air frais du tombeau. Il y a des gens qui en ont fait des histoires vraiment complexes et ingénieuses, mais je pense que nous pouvons en créer une plus simple et plus réaliste.

— Je pense qu'un personnage-clé pourrait être l'homme que la tradition connaît comme *Jacques, le frère du Seigneur*, vraisemblablement un frère de Jésus. Il était surnommé Jacques le Juste et a été le premier évêque de l'Église de Jérusalem. Je ne sais pas si tous les apôtres auraient été au courant de l'échange d'identité entre Jésus et Jude Thomas, mais Jacques, le frère de Jésus, l'aurait certainement été.

— Nous pouvons lui trouver une place. Si Jude convainc Jésus au point que Jésus veut mourir pour lui, il aurait pu convaincre un autre de ses frères aussi. »

Elle a dit : « Je suis d'accord. Je viens de lire sur Jacques, et le peu qui est connu de lui le rend étonnamment facile à utiliser pour l'histoire de la substitution. Il est pieux et moral d'une façon très juive, et pas si fervent à propos de la divinité de Jésus. L'Épître de Jacques, dans le Nouveau Testament, n'a peut-être pas été écrite par lui, mais elle ne mentionne tout de même Jésus que très peu, ce qui cadrerait avec sa connaissance d'une falsification.

— On dirait que cette histoire s'écrit d'elle-même. Comment Jacques meurt-il ? Car il se pourrait que, sur son lit de mort, il ait eu une confession extraordinaire à faire : l'*Évangile secret de Jacques, le frère de Jésus*.

— Il est mort dans les années soixante. Il a peut-être été arrêté et lapidé avec d'autres chrétiens… »

En anglais, « lapidé » se dit *stoned*, qui peut aussi signifier « drogué ». J'ai donc plaisanté :

« Drogué dans les années soixante ? »

— Tu es drôle, pas les années mille neuf cent soixante, évidemment. Il est aussi possible qu'il soit mort d'une autre façon inconnue pendant le siège romain de Jérusalem. »

Nous avions parlé plutôt bas tout ce temps, mais nous avions baissé la voix encore plus. Nous voulions instinctivement tout garder pour nous. Un court silence nous a permis de remarquer à quel point nous étions penchés au-dessus de la table. Nous avons éclaté de rire.

Elle a dit : « Allons ailleurs. »

27

Nous nous sommes retrouvés dans sa chambre, assis sur le lit. Elle a pointé le doigt vers son affiche de
La Cène de Léonard de Vinci.

« Je l'ai trouvée dans un bac de recyclage de mon
département. C'est drôle, un ami m'a dit hier qu'elle
avait appartenu à Bob. Je ne sais pas pourquoi il l'a
jetée, c'est une belle affiche. Bob a des théories un peu
folles sur Léonard et sur ce tableau, entre autres.

— Folles ?

— Il voit une abondance excessive de symbolisme
féminin dans les détails du tableau. Par exemple, il dit
que Jean est en fait Marie Madeleine ; pourtant, cette
représentation est conforme à l'iconographie historique de saint Jean. Mais ce qui me dérange vraiment
est qu'il essaie d'en faire un argument à propos de
Jésus et des traditions chrétiennes plutôt qu'à propos
de Léonard. Et il dit au moins une chose qui est certainement fausse. Un de ses arguments repose sur le fait
que la main tenant le couteau ne serait pas reliée à un
corps visible et appartiendrait donc à un personnage
caché, alors qu'elle est clairement rattachée à Pierre. »

Elle m'a montré le couteau, que l'un des apôtres
tenait sur sa hanche, pointé vers l'arrière comme s'il

faisait attention de ne pas couper personne accidentellement, un peu comme quand on demande aux enfants
de tenir les ciseaux par les lames. L'angle du poignet
était inhabituel, mais l'ensemble, sans équivoque.

J'ai dit : « Et il est tout de même professeur à Harvard.

— Oui… Je constate de plus en plus que certains
des jeunes professeurs les plus en vue, et des plus
vieux aussi, en histoire, en religion et en littérature,
ne sont pas ceux qui ont le plus souvent raison. Ils
sont très charismatiques et ils ont trouvé une théorie
brillante, mais controversée, qui est probablement
fausse, au bout du compte, et ils la défendent très
vocalement, donc ils font parler d'eux et les gens les
connaissent. Je n'aime pas ça. Quant à Bob, il écrit
de bons articles, mais ces choses sur Léonard étaient
dans son livre grand public, et il en a vendu beaucoup
d'exemplaires. »

J'ai dit : « Il y a peut-être beaucoup d'argent à gagner avec tous ces pieds sans corps sous la table aussi,
mais ce sera pour une autre fois. Lequel est Judas et
lequel est Thomas ?

— Voici Judas, tu vois, c'est lui qui tient la bourse. »
Elle l'a montré du doigt.

« Oh, c'est celui qui a la peau la plus foncée.

— En effet. Et voici Thomas, avec le doigt levé en
l'air.

— Tu en es sûre ?

— Oui. Léonard a écrit le nom de chaque apôtre
dans une étude dessinée pour cette peinture, et cette
étude a survécu. Je l'ai vue sur Wikipédia, hier. On
peut aussi y télécharger une image haute résolution de
la murale. »

Thomas était celui qui se trouvait le plus près de Jésus. Je construisais déjà un argument dans ma tête. J'ai dit :

«Je suis d'accord avec Bob que les peintures de Léonard sont un bon endroit où trouver des messages secrets sur Jésus ; après tout, il a vécu il y a très longtemps, genre en l'an mille cinq cent, ce qui fait qu'il devait avoir plein d'informations confidentielles sur Jésus et tout et tout, parce que Jésus a aussi vécu il y a très longtemps. Alors, tu vois, Léonard savait que Jésus et Thomas étaient des frères. Thomas est la personne qui a la tête la plus proche de Jésus. Leurs coiffures et leurs barbes sont différentes, mais remarque que, de tous les apôtres, c'est lui dont la couleur de cheveux et la couleur de peau sont les plus semblables à celles de Jésus ; ils ont aussi à peu près le même âge. Par la proximité de leurs visages, l'œil est immédiatement porté à les considérer comme une paire, et ils sont tournés l'un vers l'autre, comme un homme et son image dans un miroir. »

J'étais debout et je pointais le doigt vers les détails de l'image, improvisant sur un ton professoral emphatique. Moira riait de bon cœur, alors j'ai continué :

«Tout ça était à propos de la géométrie de la peinture. Mais quelle histoire raconte-t-elle ? Thomas est tout près de Jésus, oui, mais il n'a pas l'air d'être à sa place, il sort la tête de derrière cet autre apôtre…

— Jacques, le fils de Zébédée.

— … qui, *bien entendu*, est Jacques, le fils de Zébédée, tout comme le suivant est…? Quelqu'un? Quelqu'un? Moira?

— C'est Philippe.

— Très bien, je n'aurais pas mieux dit moi-même. Qu'est-ce que Thomas fait là ? On pourrait penser qu'il veut entendre Jésus ou dire quelque chose, mais il ne fait que regarder à gauche et lever l'index de la main droite, comme un signal, et sa bouche est fermée. »

Elle a dit : « Sa main sert probablement à exprimer le doute. Douter est ce que Thomas fait, après tout.

— Oui, mais vois-tu que Jésus, Jacques et Philippe ont tous la bouche ouverte et qu'ils regardent vers le bas ? De toute évidence, ils forment un groupe, mais Thomas n'en fait pas partie : il n'a pas l'air de parler et il ne semble pas interagir du tout avec Jésus. Prenons un peu de recul et considérons la scène dans son ensemble. Les trois apôtres au bout droit de la table sont en train de se parler, et les trois à l'extrême gauche constituent aussi un groupe. Pierre a l'air de parler à Jean. Jésus, Jacques et Philippe sont ensemble. Ça laisse Judas et Thomas tout seuls. On pourrait penser que Judas regarde intensément Jésus, mais quand on voit que Thomas aussi est seul, on se rend compte que Judas et Thomas se regardent l'un l'autre, et ce que Thomas fait avec son doigt n'est pas une expression de doute, mais un signe pour Judas. La façon dont leurs barbes effilées se reflètent renforce cette impression. Évident n'est-ce pas ? »

Elle riait encore. « Incroyable ! Ça a vraiment l'air de se tenir, maintenant que tu as analysé la peinture comme ça. Je dirais même plus : je ne pense pas que je pourrais arrêter de voir ce lien entre eux maintenant. »

J'étais aussi de l'avis que mon improvisation avait produit une explication visuellement convaincante, même irrésistible.

« Précisément. Mais qu'est-ce que ça signifie ?

— J'ai l'impression que tu vas me le dire.

— Oui. »

Je me suis rassis avec elle.

« Enfin, peut-être. Je réfléchis tout haut. Après notre discussion de mercredi, j'ai pensé qu'il serait amusant de développer l'histoire de Jésus et Jude, alors j'ai relu les Évangiles. Plusieurs choses me frappent maintenant que je les ai lus en tant qu'adulte et non-croyant. L'une de ces choses est la façon dont Jésus dit à Judas : *Ce que tu fais, fais-le vite.* J'imagine que les croyants qui lisent ça pensent que Jésus sait tout de la trahison parce qu'il est divin, et donc l'histoire a du sens. Mais essaie de prendre le point de vue de Judas. Ne serait-il pas au moins un peu troublé d'avoir été découvert, ou impressionné par la clairvoyance divine de Jésus, et n'agirait-il donc pas différemment ? Mais non, il s'en va. Ce que Jésus a dit ressemblait plutôt à un ordre, selon moi. Judas était un ami proche et digne de confiance de Jude, celui qui, dans notre histoire, prêche sous le nom de Jésus de Nazareth. Après tout, Judas était celui qui transportait la bourse. On pourrait dire que l'argent n'avait que peu d'importance pour Jésus, mais en lisant Jean, on voit une jalousie bien réelle à l'œuvre. Il y a cette histoire de la femme qui verse un parfum coûteux sur Jésus, et selon Marc, certains disciples, fâchés, disaient que le parfum aurait pu être vendu et l'argent, donné aux pauvres. Comme tu le sais, Jésus dit que c'était bien comme ça, parce qu'il ne serait pas toujours avec eux. Mais Jean dit que c'est Judas qui était fâché, parce que c'était lui qui portait la bourse et qu'il y volait, alors il voulait qu'on y mette de l'argent. La différence entre les deux montre que Jean a changé l'histoire pour diffamer Judas. »

Elle a dit : « Marc ne savait peut-être pas qui avait protesté.

— Je vais défendre mon interprétation en disant que la modification faite dans Jean annule la morale, aussi ambiguë ou subtile soit-elle, qu'on trouve chez Marc.

— Admettons.

— Donc, Jude, qui a emprunté le nom de Jésus, après avoir prêché et avoir été reçu avec enthousiasme par quelques-uns mais rejeté par la majorité, certainement inspiré par l'histoire de Socrate et possiblement par la mort de Jean le Baptiste, décide qu'il doit être mis à mort pour que son nom et son message vivent et soient reconnus. Il convainc son ami le plus fiable, Judas, de le livrer aux autorités, et il choisit que ce soit fait à la Pâque, pour la valeur symbolique peut-être. Comme tu es une vraie historienne, tu peux peut-être trouver une raison pratique.

— Je vais voir ce que je peux faire.

— Alors Judas et Thomas, celui qui est né avec le nom de Jésus… Ouf, nous allons tout mélanger avant longtemps ! »

Elle a dit : « Pas moi, je suis l'histoire.

— Super. Donc Judas et Thomas-né-Jésus croient vraiment que Jésus-né-Jude est le Messie et ils ne lui permettront pas de mourir parce qu'ils croient qu'il deviendra un jour un libérateur politique et militaire. Thomas-né-Jésus accepte alors de se sacrifier et ils conçoivent le plan selon lequel Judas devra le livrer aux gardes au lieu de Jésus-né-Jude, ce qui pourra marcher puisqu'ils sont des jumeaux. Et ce soir, nous avons trouvé la preuve que Léonard le savait, car il a mis cette histoire dans son tableau, pour ceux qui ont des yeux pour voir.

— Qu'est-ce qui se passe ensuite ? Qui meurt sur la croix ?

— Dis-le-moi.

— Bon, voyons… Judas amène les soldats à Gethsémani selon les instructions données par Jésus-né-Jude. Il signalera la personne à arrêter en l'embrassant : les soldats ne sauraient pas d'eux-mêmes qui arrêter, parce qu'ils n'ont jamais vu Jésus, parce qu'il fait noir et, tiens-toi bien, parce deux des hommes présents sont des jumeaux ! »

J'ai dit : « J'ai pensé à ça, moi aussi, mais est-ce que le fait qu'ils soient jumeaux a vraiment un rôle à jouer ? Il est peut-être seulement difficile de distinguer deux personnes dans l'obscurité…

— Je ne sais pas.

— Il pourrait être intéressant de vérifier. Appelle ça des études bibliques expérimentales, si tu veux. Nous n'aurions qu'à rassembler un petit groupe d'hommes barbus, tous habillés de façon semblable, dans le noir. »

Elle a dit : « Comme des *hipsters* buvant de la bière à une terrasse. Ils devraient être faciles à trouver par ici, en saison.

— Oh, je peux m'imaginer à quel point ce serait mêlant ! Mais continue. Judas embrassera la personne à arrêter.

— Oui. C'est à ce moment-là que Judas trahit Jésus-né-Jude, qui voulait être arrêté, en embrassant Thomas-né-Jésus à la place. Les apôtres sont effrayés,

242 | L'ASTRONOME DUR À CUIRE

ils se dispersent et se cachent, et c'est Thomas-né-Jésus qui meurt sur la croix. Il est donc vrai que Jésus de Nazareth est mort sur la croix, mais il n'était pas celui qui prêchait aux foules. Ça explique aussi pourquoi Jésus a perdu sa verve et demeure silencieux devant le Sanhédrin et Pilate. »

Nous avons ri tous les deux. J'ai dit :

« J'étais arrivé à la même conclusion. Et remarque que, dans cette histoire, Judas reste un traître. Comme je l'ai dit tout à l'heure, l'histoire s'écrit d'elle-même.

— Est-ce qu'elle s'écrit, ou est-ce que nous l'écrivons ?

— Oui, techniquement… »

Elle a mis la main sur mon avant-bras et m'a regardé dans les yeux.

« Non, je le demande bien littéralement : l'écrivons-nous ensemble ?

— Rien ne me ferait plus plaisir que de travailler là-dessus avec toi. »

Elle a rugi de joie et a pris son ordinateur. Elle a ouvert Microsoft Word (je me suis efforcé de ne rien dire et de ne pas lever les yeux au ciel, après tout, nous n'allions pas l'écrire en LaTeX) et elle a tapé, dans un nouveau document :

Évangile secret de Jacques, le frère de Jésus
par Jonathan et Moira

Je me suis senti tout drôle en voyant nos noms ensemble comme ça.

Écoute et écris, ô Simon mon ami, car on m'a averti que le grand prêtre Hanan a assemblé le Sanhédrin pour nous juger, nos frères et moi. Je serai mis à mort, car je témoignerai que Jésus de Nazareth, mon frère, était un homme juste.

Moi, Jacques, j'ai beaucoup à dire. Rien n'est secret qui ne doive être découvert, et rien n'est caché qui ne doive être connu.

« C'est tout ce que j'ai pour le moment. »

De retour chez moi, j'ai lu *Marie de Magdala*. C'était bon. C'était un long monologue de désir sensuel se transformant en une prière extatique dans l'union sexuelle, mélangée à la fin avec de la tristesse après la prise de conscience postcoïtale qu'elle-même ne jouait qu'un rôle minuscule dans l'accomplissement de sa destinée à lui. Le texte était plein de références à la religion et aux Écritures juives, et je n'étais donc pas la personne la mieux placée pour en comprendre toutes les subtilités, mais il m'a semblé très bien construit. Je l'ai lu avec la voix de Moira dans ma tête. Je l'ai lu plusieurs fois. J'ai écrit quelques commentaires sur le choix de mots et la structure.

28

Je suis retourné la voir vers dix-neuf heures le lendemain. Je me suis demandé si ses voisins remarqueraient
que j'allais dans sa chambre si souvent. Elle était
de très bonne humeur. Elle a montré son affiche de
La Cène des deux bras dans un geste théâtral.

« Monsieur Jonathan, j'ai le plaisir de vous infor-
mer qu'une recherche iconographique et l'exégèse
exhaustive de la murale ici présente ont confirmé
votre analyse diégétique.

— Étant donné mon éducation harvardienne,
madame Moira, j'aurais été étonné qu'il en soit autrement, mais je suis heureux de l'entendre. Continuez.

— Pouvez-vous, monsieur, trouver les deux mains
de Thomas ? »

J'ai regardé tout autour de Thomas sans trouver de
main autre que celle avec le doigt tendu.

« Évidemment, la main levée est la sienne. Je ne
peux pas localiser la deuxième main, *Madam*, sinon
dire que, physiquement, elle doit être cachée derrière
Jacques, le fils de Zébédée.

— Non, *my dear Sir,* pas s'il s'étire comme ça. »

Elle a imité Thomas, la main droite levée avec un doigt en l'air, son bras gauche s'étirant loin derrière vers le bas, la main tournée vers le haut. Elle a ajouté :

« Ce qui met sa main sur la table, près de la main de Jacques. »

J'ai regardé l'affiche à nouveau. Il y avait bien une main près de celle de Jacques. J'ai pris quelques secondes pour voir si tout le monde avait ses deux mains et j'ai conclu qu'elle devait bel et bien appartenir à Thomas.

« Épatant, ô commanderesse des croyants !

— D'accord, tu as gagné.

— Ça signifie qu'il s'est vraiment déplacé. »

Elle a dit : « Oui. C'est important pour ton analyse narrative, mais aussi d'une autre façon que tu ne soupçonnes pas. Une représentation de la Cène qui était commune dans l'iconographie occidentale avant la murale de Léonard montre Jésus et onze apôtres tous du même côté de la table, et Judas seul de l'autre côté, plus bas que tous les autres. »

Elle a pris un livre qui se trouvait sur son bureau et m'a montré un exemple. Un Judas maigre et fatigué était assis seul d'un côté, alors que douze visages maigres et fatigués se trouvaient de l'autre, et la nourriture sur la table ressemblait à des bretzels. On ne se préoccupait pas de la justesse historique, dans ce temps-là.

J'ai dit : « Des bretzels ?

— Oui, on dirait. Ce n'est pas si mal, d'autres peintures ont un poulet rôti entier sur la table. Léonard a mis tout le monde du même côté de la table, mais pas sur une ligne tout à fait droite. Judas est verticalement plus bas que tous les autres. Judas et Pierre se superposent, mais la façon qu'a Pierre de s'appuyer sur Jean montre que c'est Judas qui n'est pas dans la ligne et renforce le fait qu'il est plus bas ; c'est une chose que les gens comprenaient. De l'autre côté, Thomas et Jacques sont superposés, mais la main de Thomas montre qu'il est celui qui n'est pas sur la ligne, celui qui est déplacé.

— Fantastique. Qu'est-ce qu'on peut en faire ? De la façon dont nous avons commencé l'*Évangile secret,* nous ne pouvons pas y mettre Léonard. »

Elle a dit : « J'ai pensé à ça. L'*Évangile secret* devrait être assez court, tout comme les évangiles canoniques et les autres documents de l'Église ancienne. Nous pourrions le présenter comme pièce principale d'une collection de textes.

— Alors tu penses à ce que je pense, à un livre ?

— Oui, bien sûr. J'aimerais écrire une parodie d'article d'histoire de l'art. Je peux l'écrire moi-même en majeure partie, mais j'ai besoin de tes idées. Ah, il n'y aura rien d'ironique ou de déplacé, sauf la conclusion qui sera folle… Mais l'argumentation sera impeccable ! »

Nous nous sommes mis au travail, moi à l'*Évangile secret,* elle à l'article sur Léonard de Vinci. Vers vingt-deux heures, j'ai décidé qu'il était temps de partir, alors j'ai sorti la copie annotée de *Marie de Magdala* de mon sac et l'ai placée sur son bureau. Elle a souri et rougi. Elle était si belle.

« Alors, qu'est-ce que tu en penses ? »

J'ai dit : « Sincèrement, que c'est très bon. Je ne répéterai pas les commentaires que j'ai écrits, mais ça m'a touché. Toi et moi n'écrivons peut-être pas des choses si différentes, après tout. As-tu lu *L'année de tous les hasards*?

— Oui.

— Donc tu en sais un peu plus sur Marie-Hélène… Enfin, pas vraiment. En tout cas, j'ai écrit un poème pour elle autrefois. Je l'ai relu récemment et, sur le moment, je l'ai trouvé plutôt mauvais. J'utilisais des images de la mythologie grecque, comme un novice qui n'aurait rien connu de ce qui est venu en poésie française après la période classique. Mais j'ai compris par la suite que j'avais fait ça parce que j'avais besoin d'un langage religieux, et je ne pouvais pas prendre des images chrétiennes. Tu utilises un ensemble différent de croyances et de références, mais je pense que les sentiments que tu exprimes ressemblent à des choses que j'ai ressenties et que j'ai voulu exprimer moi-même.

— Merci. Je suis contente que tu l'aies aimé pour plus que les sensations fortes.»

J'ai dit: «Pour être tout à fait honnête, j'ai aussi aimé les sensations fortes.»

Elle a souri. Après un court silence, elle a demandé: «Un de ces jours, vas-tu m'en dire plus sur Marie-Hélène?

— Oui, si tu veux.

— J'ai aimé ton histoire. Voici mes commentaires, j'espère qu'ils seront utiles. C'était *L'année de tous les hasards*; il faut donc comprendre que ce temps-là est révolu?

— Franchement, je ne sais pas.»

Nous avons ri. «J'allais partir. Merci pour tout, et pour une belle soirée de travail.

— Merci à toi. Je vais te suivre et m'arrêter au salon pour la machine distributrice. J'ai faim.

— Que penses-tu manger?

— Peut-être des Pop-Tarts.

— Elles sont bon marché dans les machines, ici. Les M&M's aux arachides sont trop chers, par contre, ce qui est dommage, parce que parfois on pourrait croire qu'ils sont presque un repas complet, tu sais, les arachides sont bonnes pour la santé et contiennent des protéines.

— Aha, quand j'étais au bac, ils comptaient certainement comme un repas complet! »

La machine du troisième étage n'avait plus de Pop-Tarts, et celle du rez-de-chaussée non plus. Nous aurions pu traverser la rue vers Conant Hall, mais j'ai pensé à un pavillon d'ingénierie tout près. J'ai dit :

« Suis-moi.

— D'accord. »

Il faisait un peu froid dehors, alors nous avons joggé. Elle a demandé :

« Où allons-nous? »

J'ai repris le ton professoral de la veille : « À une machine distributrice. Il y en a souvent dans les sous-sols des vieux pavillons scientifiques. Ils les ont ajoutées là où ils ont pu quand ils se sont rendu compte que c'était une façon abordable et subtile d'encourager les étudiants à rester de longues heures au labo. Aujourd'hui, ils sont plus avisés, quand ils construisent ou rénovent un labo, ils réservent un peu de place pour un réfrigérateur et une machine à espresso. Mais de façon générale, plus elles sont accessibles, plus les machines sont chères. Tu surpaies tes bretzels de dix ou quinze cents dans les résidences, par rapport aux machines dans les sous-sols des pavillons scientifiques. La machine à Coke la moins chère du campus est entre des caisses dans l'immense hangar attenant à un accélérateur de particules des années soixante maintenant hors service, des années mille neuf cent soixante pour être tout à fait clair, mais il faut obtenir le privilège d'accès auprès du département de physique pour y aller. C'est un endroit unique. Je pourrai t'y emmener, un jour. »

Nous sommes entrés dans la bâtisse et sommes descendus au sous-sol, où des caisses de bois et des citernes sur roues s'alignaient dans le corridor.

Elle a dit : « C'est fou ! Qu'est-ce qu'il y a dans ces citernes ?

— De l'azote liquide. »

Nous sommes arrivés à la machine. J'ai dit :

« Dans la machine ici présente, les craquelins en forme d'animaux sont vieux et à éviter à tout prix. Les Pop-Tarts, toutefois, sont fraîches. Je t'en donne ma parole. »

Elle a dit : « C'est ici que je vais voir si je peux vraiment te faire confiance. »

Elle a mis les quatre-vingt-cinq cents requis et a reçu le paquet de deux Pop-Tarts. Elle m'en a donné une en disant :

« Tiens, as-tu déjà remarqué que la proportion des côtés des Pop-Tarts est le nombre d'or ?

— Non, mais c'est vrai que ça ressemble à un rectangle d'or. »

Elle a ri.

« Dans le cours qu'il donne cette session, Bob trouve des usages significatifs du nombre d'or partout dans l'histoire de l'art. Moi, j'ai trouvé le nombre d'or dans les Pop-Tarts. »

Je l'ai reconduite à sa résidence et je suis rentré chez moi d'un pas léger.

ESCAPADE : L'AUTOROUTE

Mes frères aînés, Jésus et Jude, étaient jumeaux. Nous grandîmes à Nazareth, en Galilée, et notre père Joseph était un charpentier. Jésus et Jude furent toujours très pieux et très intéressés par les Écritures. Avant même qu'ils n'eussent quinze ans, Jude partit avec un maître qui était venu à notre synagogue. Nous ne le revîmes pas jusqu'à son retour à Nazareth, quand il avait environ trente ans. Les gens de Nazareth se souvenaient de lui, mais ils connaissaient Jésus beaucoup mieux, alors ils surnommèrent Jude Thomas (ce qui signifie «le jumeau»).

Il parla de Dieu avec tant d'autorité que Jésus et moi en fûmes frappés. Il nous confia qu'il avait étudié les Écritures et voyagé aussi loin qu'Alexandrie, et appris la philosophie grecque et la médecine, mais il voulait en garder le secret, parce qu'il désirait enseigner à nos gens et savait qu'ils le rejetteraient comme un étranger s'ils apprenaient ses voyages.

Évangile secret de Jacques, le frère de Jésus

29

Nous avons écouté Simon and Garfunkel un moment, en chantant, parce que nous connaissions tous deux toutes les paroles. Nous avons tout donné en chantant *Homeward Bound*. Après tout, Moira s'en allait en quelque sorte vers chez elle, même si nous allions nous arrêter avant, à Chicago. Quant à moi, je n'avais plus de chez-moi. Chez moi était un mélange de la maison de mes parents, de Montréal, de Cambridge, et de Moira, Moira qui m'avait pris temporairement dans son cœur, peut-être comme son arrière-grand-mère aurait permis à un quêteux de dormir dans la grange et lui aurait donné un morceau de tarte. Je me rappelle avoir pensé ça. J'imagine que j'étais d'humeur sentimentale.

J'ai mis *My Little Town* après *Homeward Bound*. Elle a dit :

« C'est comme ça que je me sens à propos de mon patelin. La mort et le déclin, beaucoup plus maintenant que quand j'y vivais.

— C'est peut-être que nous ne connaissons pas les nouvelles personnes et les nouvelles choses qui se passent, et donc il reste ceux que nous avons connus et qui ne rajeunissent pas. Je me sens comme toi, mais je continue à aimer mon village. Je me dis toujours que je devrais retourner y vivre, mais je ne sais pas si je pourrais faire la paix avec la mentalité, le manque d'intérêt envers le vaste monde intellectuel qui est pourtant si accessible. Quand j'étais adolescent, c'était insoutenable. Les gens sont si limités par leurs attentes de ce qui est possible. Tu peux simplement faire quelque chose, si c'est ce que tu veux, et ne pas te soucier de ce que les autres vont penser. Tu peux apprendre n'importe quelle langue ou voyager n'importe où, ou apprendre n'importe quoi et devenir un expert en la matière.

— Tu connais Carrie Friedman? »

J'ai dit: «Elle étudie la littérature, n'est-ce pas?

— Oui, elle est au département des langues romanes.

— Ouais. Pas vraiment.

— Pour te donner un peu de contexte, c'est une Juive de New York, elle a grandi à Manhattan et son père ressemble à Woody Allen. L'autre jour, elle m'a dit le plus sincèrement du monde: *Tu ne trouves pas les gens des petites villes un peu ennuyeux? Ils ne sont même pas névrosés.* »

Nous avons ri.

Elle a continué: «Elle a quand même visé juste. Plusieurs des gens là où j'ai grandi ont une sorte de simplicité, et je ne dis pas ça négativement, une sorte de simplicité qui empêche trop d'introspection. Les façons de comprendre la vie intérieure, les tons des sentiments sont différents. Il doit être difficile pour elle de s'identifier à eux.

— Tristement, c'est peut-être difficile pour moi aussi, sauf à travers mes souvenirs et mes habitudes. Si on me mettait à leur place, je serais incapable de vivre. Si je me sentais pris jusqu'à soixante-cinq ans avec un emploi qui ne m'importe pas sauf pour la paie et voyais ces gars en cravate à la télévision dire avec émotion qu'ils veulent protéger mon emploi et que, en passant, nous ne pourrons pas collectivement nous permettre ma pension et mes soins de santé quand je prendrai ma retraite et que mes impôts sont trop élevés à cause des immigrants, je penserais probablement *Ouf, je dois avoir un problème mental,* et j'accepterais avec joie l'idée de prendre des médicaments.

— Je pense que c'est en fait la façon dont plusieurs personnes vivent avec le système. Félicitations, tu n'auras peut-être pas besoin d'être rééduqué si tu retournes dans le vrai monde.

— Tu as probablement raison. Et toi ? Pourrais-tu retourner y vivre ?

— En quelque sorte. J'aurais des problèmes de goût. Les magasins et les restaurants de mon patelin s'embourgeoisent et tout est tape-à-l'œil, et une bonne partie de la nourriture est mauvaise. La cuisine de ma mère est toujours bonne, quand même. Et je le fais une fois de temps en temps, mais je ne pourrais plus aller à l'église tous les dimanches. »

J'ai dit : « Aller à l'église n'a jamais été une attente dans ma famille, sauf la veille de Noël. Dans un autre ordre d'idées, je ne pourrais pas supporter les nouvelles sur les jeunes qui meurent dans des accidents d'auto à deux heures du matin.

— Ou ceux qui se marient trop jeunes et qui se fanent vite.

— Ou ceux qui deviennent alcooliques, ou dépendants aux drogues, ou violents. Heureusement, il n'y a pas beaucoup de ça dans ma famille. Et je sais qu'ils existent, mais on ne les voit pas en ville. »

Elle a dit : « Il y a une chose qui me manque. Vivre de la terre peut être difficile, mais mes parents sont propriétaires, et leurs propres patrons. Il y a une grande dignité qui vient du travail et de la propriété, et ça me manque, en fait. C'est peut-être seulement de la nostalgie.

— Non, tu as raison, je connais ce sentiment. Ça permet aux gens de continuer.

— Je ne sais pas s'il y a une façon de changer la société pour que la plupart des gens ressentent ça dans leur travail. C'est ce qui me manque, ça et les animaux.

— Oui, pensons à une façon de refaire le capitalisme. Ça me manque, et les animaux, et le ciel si grand. Aussi, les expositions agricoles et les foires avec des manèges.

— Et le festival des *hobos*.

— Le festival des *hobos* ? Ça me semble merveilleux !

— Ce l'est. Parlant de *hobos,* ma grand-mère avait cette histoire : quand elle était jeune, un quêteux est venu et a demandé un oignon. Sa mère lui a donné l'oignon, et il l'a mangé sur-le-champ comme une pomme, grimaçant à chaque bouchée pour faire rire les enfants. »

J'ai dit : « Et je m'ennuie de la tarte aux pommes.

— Tu peux faire de la tarte aux pommes n'importe où !

— Alors peut-être que *tu* peux m'en faire, si c'est si facile !

— Tu t'ennuies des filles d'agriculteurs ? »

Elle plaisantait. J'ai tapoté sa cuisse et j'ai dit :

«Non. Je n'ai jamais été amoureux d'une fille de ferme dans ce temps-là. De toute façon, la plupart des agriculteurs d'où je viens portent mon nom de famille, alors c'est probablement bon pour la diversité génétique que j'aille voir ailleurs.»

Droit devant nous s'étendait cette terre promise de fermes et de femmes magnifiques. Je pouvais la voir, et elle m'appelait. J'ai pensé à Jack Kerouac, et comment la grand-mère de Moira sur le bord de la route l'avait fait rêver. Je l'ai regardée et me suis dit «Ti-Jean, Ti-Jean...» J'avais envie de rouler jusqu'en Iowa pour tout voir, y compris le *hobo festival*, où je prendrais Moira par la main et lui achèterais tout ce qu'elle voudrait, comme une pomme au caramel, et peut-être que je lui gagnerais aussi un gros ours en peluche s'il y avait des jeux, parce que je suis certainement plus malin que les forains de l'Iowa. Puis nous continuerions vers l'ouest, toujours vers l'ouest. Moira ma destinée manifeste. Moira la terre et le ciel. La boue et l'argile primordiales, le sol sexuel, oh toute la terre avec Moira.

Nous nous sommes arrêtés pour acheter de l'essence et du café à peu près une heure avant d'arriver à Cleveland. Moira a dit :

«Nous serons à Toledo vers midi. Va aux toilettes ici, s'il te plaît. Pas question d'arrêter près de Cleveland, pour quelque raison que ce soit.»

Nous avons tous les deux mis nos lunettes fumées en sortant de l'auto.

30

Elle a éteint la musique et laissé échapper un soupir, puis elle a dit : « Maintenant je peux me relaxer et penser un peu. »

Nous avions dépassé Cleveland de quelques sorties. Elle a continué : « Barabbas est un personnage intéressant. Nous devrions faire quelque chose avec lui. Tu te souviens de Barabbas, n'est-ce pas ?

— Oui, évidemment ! D'autant plus qu'au Québec nous avons cette expression pour parler de quelqu'un qui est connu de tout le monde : *connu comme Barabbas dans la Passion*.

— J'ai pensé à lui sans que ça aille nulle part quand nous avons commencé à travailler à l'*Évangile secret*, mais nous pouvons faire mieux, maintenant que nous avons un texte et toute l'histoire. Tu sais ce que son nom signifie ?

— Non. »

Elle a dit : « *Bar* signifie fils, et *Abba*, père, alors son nom signifie littéralement *le fils du père*. Aussi, les manuscrits les plus anciens de l'Évangile selon Matthieu et la tradition ont rapporté son nom complet comme étant Jésus Barabbas, littéralement *Jésus, le fils du père*.

— Vraiment ? C'est donc un double de Jésus !

— Oui, et il est décrit comme un criminel, mais pas n'importe quelle sorte de criminel, un révolution-naire, ce que Jésus était aussi. Ou, du moins, c'est ce dont les Romains l'accusaient.

— Pourquoi est-ce que tu ne m'en as pas parlé plus tôt?

— Je n'ai jamais réussi à l'intégrer dans notre his-toire. J'y ai pensé de temps à autre, mais j'oubliais toujours de t'en parler. Ce dédoublement pourrait vouloir dire que Jésus et Jude ont tous deux été arrê-tés, puis l'un d'eux libéré, mais dans ce cas, je n'arrive pas à imaginer quels événements donneraient nais-sance à une tradition orale à propos d'un certain Jésus Barabbas. »

J'ai dit: «Oui, et si Jude avait été arrêté, il aurait pu empêcher Jésus de mourir à sa place. Hum… Laisse-moi y penser. Mais cette symétrie entre Jésus et Barabbas, qui s'ajoute au fait qu'un des disciples s'ap-pelait *le jumeau* et était considéré comme le jumeau de Jésus, donne trop de doubles de Jésus pour qu'on ne se pose pas de questions, même si on ne savait rien de nos théories et qu'on prenait simplement les Évangiles au pied de la lettre.

— Et en effet, plusieurs personnes l'ont remarqué, à propos de Barabbas du moins, et ont trouvé une valeur symbolique au passage. Ils ont conclu ou bien que c'était une invention littéraire, ou bien que Dieu avait fait en sorte que les choses se produisent ainsi. Un argument qui a été avancé en faveur de l'invention est qu'aucune autre source historique ne mentionne la pratique consistant à relâcher un prisonnier, l'amnis-tie de la Pâque. Je pense qu'une invention littéraire est peu probable parce que l'histoire se retrouve au cœur de la tradition et dans tous les Évangiles.

— À moins que cette histoire n'ait été inventée par une source très ancienne qui a influencé toute la tradition.

— Oui. Continue.

— Je n'ai encore rien de précis en tête. »

Elle a dit : « Je me suis réveillée avec la réponse, ce matin.

— Dis-la-moi.

— Après l'arrestation de Jésus, les disciples s'enfuient et se cachent, car ils craignent d'être arrêtés à leur tour. Nous connaissons tous l'histoire, même Pierre nie connaître Jésus. Mais certains d'entre eux veulent savoir ce qui se passe, et il pourrait être plus facile pour les femmes qui suivent Jésus d'aller au-devant des nouvelles, parce qu'elles ne craignent pas autant d'être faites prisonnières. Donc j'imagine que Jude ne sait pas immédiatement quoi faire quand Jésus est arrêté, puisque son plan a été anéanti, alors il va voir sa compagne Marie Madeleine, il se cache là où elle habite et il l'envoie aux nouvelles. Elle apprend que Jésus a été condamné à mort. Elle doit rester pour voir ce qui se passe, puis retourner voir Jude, mais elle veut aussi avertir les autres qui savent que Jude et Jésus ont échangé leurs noms ; ces autres sont Jacques et Judas. Ils sont cachés, et elle ne sait pas avec certitude où ils sont ; elle envoie donc un autre disciple, peut-être aussi une femme, pour les trouver et leur dire. Mais cette messagère ne sait rien de l'échange d'identités, alors Marie doit trouver une façon de rendre le message clair, à propos de qui a été condamné et qui est en sécurité, sans révéler le changement de noms. Elle dit donc à la messagère ce qui s'est passé et ajoute à la vraie histoire que : *Il y a un autre Jésus qui a été arrêté hier. Assure-toi de dire clairement que Jésus de Nazareth a été condamné, alors que Jésus Bar Abba a été relâché et il est libre.* La messagère part donc à la recherche de Jacques et de Judas et elle raconte l'histoire à tous les disciples qu'elle trouve, y compris certains des douze apôtres eux-mêmes. C'est la signification de l'histoire, et la façon dont elle s'inscrit au cœur de la tradition. »

J'ai pris quelques secondes pour résumer et retourner l'histoire dans ma tête, et j'ai trouvé qu'elle marchait parfaitement.

« Je ne sais pas quoi dire, Moira, sinon que c'est fantastique ! C'est peut-être la partie la plus ingénieuse de notre histoire jusqu'à maintenant. Je me demande combien d'autres occasions comme celle-là nous avons manquées. Nous devons quand même faire attention de ne pas être trop ingénieux, de peur que notre histoire ne devienne invraisemblable, mais je pense que cette addition est très bonne parce qu'elle réduit la complexité en ramenant le dédoublement Jésus-Barabbas au dédoublement Jésus-Thomas. C'est l'idée même du rasoir d'Ockham. »

Elle a levé un doigt et a dit : « *Numquam ponenda est pluralitas sine necessitate.* »

J'ai dit : « *Ad Moirae qui laetificat juventutem meam, isque ime et tutti quanti.* »

Elle a souri, et j'ai aimé comment ses yeux brillaient.

J'ai continué : « Tu t'es vraiment réveillée avec ça ce matin ? L'as-tu rêvé ?

— Pas que je me souvienne. Je me suis réveillée avec un sentiment vague et avec l'idée, mais en pièces, et j'ai eu à les replacer ensemble, en quelque sorte. C'est tout, et elles viennent de toutes se placer. J'aurais aimé le rêver directement. Je trouverais tout de même étrange de rêver à Jésus. Tu sais que je ne suis pas croyante, mais c'est une de ces choses… Toi, as-tu déjà rêvé à Jésus ? »

J'ai dit : « Non. Mais j'ai rêvé au pape.

— Ratzinger ?

— Oui. Et c'est une histoire intéressante. Même si j'ai pris le temps d'écrire les lettres nécessaires pour apostasier, je n'ai pas d'opinion active sur l'Église catholique et je n'entretiens pas beaucoup de sentiments envers elle, mais tout ça, c'est quand je suis éveillé. Dans mes rêves, je suis en colère contre l'Église et je ne sais pas pourquoi. Je rêve souvent que je perturbe la messe, la plupart du temps en me levant et en m'opposant à ce que le prêtre vient de dire, mais parfois aussi je brise des choses ou j'affronte un évêque.

— Jésus a fait la même chose. Pense à la perturbation qu'il a causée quand il a chassé les marchands du temple ! Essaie d'aller à une cathédrale et d'attaquer la boutique de souvenirs, juste pour voir.

— Je suis sûr et certain que Jésus et moi nous serions bien entendus. Mais dans ces rêves, je suis manifestement un athée, pas un prophète. Par exemple, dans un rêve, et j'ai vraiment rêvé ça, j'avais installé un projecteur dans l'église et je montrais des images d'un film de Superman derrière le prêtre quand il parlait de Jésus, sans qu'il s'en rende compte. En tout cas, quand le nouveau pape a été élu, je n'y ai pas vraiment pensé si ce n'est que je l'ai vu aux nouvelles, mais j'ai fait un rêve très cru et très brutal où, plus jeune, il poignardait une femme nue dans la poitrine.

— Quoi?

— Tu as bien entendu. Il n'y avait pas de contexte, je l'ai simplement vu. »

Elle a secoué la tête. « Parfois j'aimerais être dans ta tête.

— C'est intéressant, être dans ma tête. Mais tu es intéressante, toi aussi.

— Je n'ai jamais fait qu'un seul rêve que je trouve vraiment intéressant. J'ai rêvé à ma grand-mère peu après sa mort. Je marchais, puis je prenais l'autobus scolaire, et elle restait près de moi en silence. Après un moment, je lui ai demandé de parler, et c'est avec une grande difficulté qu'elle m'a dit: *D'être ici me demande déjà beaucoup, dans mon état présent.* Il y a une vieille idée stoïcienne que je trouve belle: de la même façon que le corps d'une personne se décompose après la mort, retenant sa forme sans vie pendant un temps, puis retournant à la terre, l'esprit peut garder sa forme pendant un temps, sans vie, avant de retourner à l'air. Ces fantômes peuvent visiter les gens en rêve, en quelque sorte, mais le mélange des esprits les brise, et ils disparaissent finalement, absorbés dans l'esprit universel. C'est une des façons de comprendre mon rêve.

— C'est très beau.

— Oui, mais ce n'est pas vrai, évidemment. Je n'ai jamais cru que j'avais une âme qui pourrait se détacher de mon corps, et c'est probablement la raison pour laquelle je n'ai jamais cru en Dieu ni à quoi que ce soit qu'ils disaient à l'église, même quand j'étais enfant. Je n'habitais pas mon corps comme une coquille, j'étais mon corps. Quant à ma grand-mère que j'aimais beaucoup, elle était intelligente et cultivée, mais elle a perdu tout cela rapidement. Elle a souffert de la maladie d'Alzheimer pendant des années avant de mourir. Elle ne pouvait plus vraiment comprendre le temps présent et elle est devenue agressive. Si elle avait une âme qui est restée intacte malgré la maladie, alors cette âme n'avait rien à voir avec ce qu'elle avait été, cette âme n'avait rien à voir avec son humanité. Les gens croient qu'ils retrouveront ceux qu'ils aiment après leur mort, et la plupart des gens dans ma famille le disent toujours à propos de ma grand-mère. Mais est-ce qu'ils la retrouveront diminuée comme elle l'était avant sa mort, ou gelée dans le temps cinq ans ou huit ans auparavant ? À quel moment exactement ? Se rappellerait-elle ce qui s'est passé dans sa vie par la suite ? Ça n'a aucun sens. Mais ce rêve m'a quand même fait plaisir. »

VALSE D'HIVER

Dans ce temps-là, Jean le Baptiste prêchait dans le désert et plusieurs parmi le peuple le tenaient pour un prophète. Jude et Jésus allèrent à lui pour apprendre de son exemple. Ils reçurent son baptême de repentance pour la rémission des péchés. Jude commença alors à enseigner et à guérir parmi les disciples de Jean, en tant que Jésus de Nazareth, alors que Jésus prit le nom de Thomas. Ils restèrent quarante jours dans le désert de Judée, puis rentrèrent en Galilée après que Jean fut mis en prison.

[…]

J'allai à eux à Capharnaüm, après qu'ils m'eurent envoyé un mot me priant de venir. Ils avaient échangé leurs vêtements, et Jude avait changé sa barbe et sa façon de parler pour ressembler à Jésus. Il enseigna dans la synagogue le jour du sabbat. Il parla avec des mots simples, mais enseigna comme ayant autorité. Plusieurs des gens présents furent frappés de son enseignement. À partir de ce moment-là, je l'appelai Jésus et appelai Thomas mon autre frère que j'avais toujours connu comme étant Jésus.

Évangile secret de Jacques, le frère de Jésus

31

Moira et moi nous sommes vus chaque jour de semaine après avoir commencé à écrire l'*Évangile secret*.
Nous nous voyions pour le dîner ou le souper à Dudley
House, ou le temps d'un café au Café Gato Rojo ou
chez Peet's ou au Café Algiers, ou nous travaillions
à l'une des tables dispersées entre les rayonnages de
la bibliothèque Lamont, ou dans sa chambre le soir.
Au début, notre projet a progressé rapidement, mais
les obligations liées à nos études nous ont vite rattra-
pés et nous avons dû mettre l'*Évangile secret* sur la
glace. Mais nous nous amusions toujours beaucoup
ensemble.

Les tasses blanches peu profondes et la lumière du
Gato faisaient que, quand nous buvions du thé vert,
des motifs de réflexion forts illuminaient le fond de
la tasse et changeaient avec les plus petits courants et
les plus petites perturbations à la surface du thé. J'en
ai parlé à plusieurs personnes au fil des ans, et leur
réaction était souvent de ne pas s'y intéresser ou de
penser que j'étais étrange parce que je remarquais de
telles choses. Moira, elle, les avait remarquées et elle
était aussi excitée que moi par le phénomène. Nous en
avons discuté, puis elle s'est mise à en parler à d'autres

personnes et a été très surprise d'observer des réactions similaires. Son amie Maddie lui a dit :

« Je pense que tu es amoureuse !

— Quoi ?

— Seule une personne qui tombe amoureuse remarquerait une chose comme ça. »

Nous allions religieusement au Gato les matins où il y avait des réunions. Lehman Hall, qui abrite Dudley House et le Gato Rojo, accueillait des réunions mensuelles de doyens, de différents groupes d'employés de Harvard et du conseil étudiant tôt le matin, et ces réunions incluaient pour la plupart un déjeuner. Si nous allions dans la salle quelques minutes après la fin d'une réunion, nous pouvions toujours trouver du café gratuit et souvent des pâtisseries et des fruits. Nous apportions ensuite notre butin au Gato. Je le faisais depuis deux ans déjà, une ou deux fois par semaine. Je considérais que j'occupais une niche écologique spécialisée. Je savais comment lire l'horaire des salles laissé sur le bureau de l'agent de sécurité à l'entrée et je ne connaissais pas la honte. Moira s'est jointe à moi avec plaisir. La quantité de restants avait diminué abruptement ce semestre-là ; personne ne connaissait les chiffres, pas même les doyens, mais à cause de la récession, on disait que le fonds de dotation de Harvard avait diminué dramatiquement d'un nombre extraordinaire de milliards de dollars à un nombre extraordinaire un peu moins grand de milliards de dollars, alors les budgets de nourriture avaient symboliquement été réduits un peu partout. Mais à défaut de quantité, la qualité des déjeuners demeurait, contrairement aux biscuits de récession du colloque hebdomadaire du département de physique – mais cette saga est une autre histoire.

Le Gato avait au-dessus du comptoir des tableaux noirs où les prix étaient écrits à la craie à côté de quelques dessins. Cette année-là, un des tableaux était réservé à un *Coffee Haiku,* pour lequel les baristas recevaient des soumissions dans une tasse à haïkus placée à côté de la tasse à pourboires. Moira et moi avons parié une pâtisserie à qui de nous deux y serait publié le premier. Elle a gagné, avec le haïku suivant :

Stranger, I know you
You take a long time to drink
On a rainy day
(Ma traduction :
Je te connais bien
Tu prends tout ton temps pour boire
La pluie te retient)

Ils ont fini par choisir un des miens aussi. Je dois admettre qu'il n'arrivait pas à la cheville du sien :

Secret memory
Hideaway place in my head
With smell of coffee
(*Souvenir caché*
Un repaire dans ma tête
Sentant le café)

J'ai tant de bons souvenirs du Gato, de sa lumière et de ses couleurs chaudes, d'amis, d'amours. Il y a un souvenir de ce temps-là qui m'est toujours resté. Moira et moi attendions notre tour au comptoir, elle derrière moi. Je ne sais plus comment nous en étions arrivés là, mais elle a dit :

«J'étais un peu songeuse, hier soir, et quelque chose m'a frappée : que je peux le faire, que je pourrais le faire, si je le décidais, de tout laisser du jour au lendemain et de m'en aller loin.

— Et où irais-tu ?»

Elle a semblé surprise par ma question.

«Je… je suis désolée, je ne peux pas te dire ça.

— Vraiment ? Ça me semble être un drôle de secret.»

Je me suis tourné vers la liste des thés pour ne pas insister.

Dudley House tient chaque année, en décembre, un joli bal pour ses étudiants, qui à l'époque s'appelait la Winter Waltz, que je traduirai par la Valse d'hiver, où l'orchestre étudiant joue des valses viennoises tandis que les doctorants timides essaient de danser dans la salle à manger convertie en salle de bal. C'est l'une des rares occasions dans l'année pour valser, et la valse est une danse que j'adore. Je voulais que Moira m'y accompagne. Je croyais qu'elle le voudrait, mais elle hésiterait peut-être parce qu'elle avait un copain, alors j'ai pensé l'éblouir en le lui demandant dans un haïku. Je suis allé au Gato à l'ouverture, un matin que nous allions nous voir pour la nourriture gratuite d'après-réunion, et j'ai demandé à la barista d'afficher ce haïku pour moi :

You are gold and dance
Like the light in a teacup
Winter waltz with me
— James Justman
(*Tu es d'or et danses*
Comme les reflets du thé
Viens là viens valser
— Jacques Lejuste)

Les haïkus étaient habituellement signés, et j'ai choisi ce nom pour ne pas embarrasser Moira publiquement : elle serait la seule personne à comprendre que le message était pour elle et venait de moi. La barista s'est montrée enthousiaste devant mon idée romantique, alors elle a écrit mon haïku très joliment et m'a offert un café gratuit.

Nous avons eu une récolte abondante ce matin-là, avec des croissants ordinaires et au chocolat, des bleuets et de l'ananas. Au Gato, Moira s'est assise dos au comptoir, où elle n'avait pas besoin d'aller, et elle n'a pas semblé voir le haïku du tout. Elle devait terminer la lecture d'un article pour le cours de Bob et n'a fini qu'à la dernière minute. Je me suis levé avec elle pour l'accompagner à Sever Hall où se tenait son séminaire. Le haïku ayant échoué, je devais me montrer convaincant d'une autre manière.

« Moira, veux-tu m'accompagner à la Valse d'hiver ? Tu sais danser, tu m'as dit que tu avais fait de la course aux barils à l'adolescence, et je pratique les arts martiaux, alors nous sommes certains d'être époustouflants sur la piste de danse.

— C'est gentil, mais j'ai vérifié mon calendrier hier, quand j'ai vu l'annonce, c'est la fin de semaine où Dave va me rendre visite, et je pense qu'il a déjà acheté des billets pour aller voir les Bruins ce soir-là. »

Elle avait prononcé la dernière partie avec un regard distant et une moue délibérée. J'ai dit :

« Il devrait peut-être venir lui aussi. On peut aller voir un match de hockey n'importe quand, alors que le bal est spécial, c'est la chance d'une vie d'aller à un bal à Harvard. Et si tu y es, nous pourrons quand même danser un peu ensemble. »

Mais j'espérais vraiment qu'il ne viendrait pas.

Elle a dit : « Tu ne m'avais pas dit que tu pratiquais les arts martiaux !

— C'est que j'ai mon jardin secret, et je commence à peine. Je suis allé au yoga deux ou trois fois le mois passé. Alors ?

— Je vais voir ce que je peux faire. »

Je l'ai trouvée à Lamont le lendemain, et elle m'a dit : « Je vais aller à la Valse d'hiver avec toi. Nous pouvons souper ensemble aussi, si tu veux. Dave ira au match de hockey avec son cousin qui étudie à l'Université de Boston, puis il va nous rejoindre au bal un peu plus tard dans la soirée.

— Fantastique ! »

Je venais de recevoir des disques compacts du Québec, un cadeau de fête de la part de mon amie Michèle, et j'étais très enthousiaste à propos de *La forêt des mal-aimés* de Pierre Lapointe, où il y avait justement une valse que j'aimais. Je l'ai fait jouer sur mon iPod et j'ai mis un des écouteurs dans son oreille pour qu'elle entende. Elle a souri, et je lui ai tendu la main. Je l'ai doucement attirée en position de valse, et nous nous sommes mis à danser entre les rayonnages. J'ai pensé que ce serait bref, mais nous nous amusions bien, alors nous sommes sortis de notre coin en dansant jusqu'à l'un des corridors principaux, jusqu'à ce qu'une collégienne apparaisse et que Moira me repousse vers notre alcôve. Qu'elle était belle après ça, souriante et rougissante.

32

Dave arrivait tard le jeudi soir, alors je n'ai pas vu Moira le vendredi. Ça m'a rendu plutôt triste, ce qui m'a étonné parce que je n'avais pas pensé grand-chose de sa visite jusque-là. J'étais incapable de me concentrer sur mon travail de recherche, alors je suis allé à un café où j'ai travaillé à l'écriture de mes histoires d'amour romancées. J'ai passé une soirée vraiment misérable. Le samedi était une journée de décembre parfaite, couverte et sombre et calme et froide. J'ai occupé la majeure partie de mon temps à des activités manuelles, comme faire le ménage et l'épicerie, et à marcher dehors, tout en écoutant de la bossa-nova qui m'apaisait.

J'ai fait une rencontre étrange à l'épicerie. Un garçon blond bien habillé est venu à moi alors que je mettais mes achats sur le tapis roulant de la caisse. Il portait un pantalon à plis et un chandail de laine, et ses cheveux étaient bien peignés et séparés au centre. J'imagine qu'il devait avoir plus ou moins onze ans. Il s'est tenu droit et il m'a dit :

« *Il y a bien longtemps, dans une contrée lointaine*, c'est comme ça que tu commences un conte de fées, à moins que tu ne veuilles utiliser *il était une fois*. Puis ça se termine souvent par *ils vécurent heureux*. »

Il a ajouté lentement, en insistant sur les mots : « Il faut savoir ce que tu fais. » Puis il est parti.

Moira m'avait dit de la rejoindre à dix-huit heures trente. Je ne savais pas si c'était selon le vrai temps ou selon le temps de Harvard, qui est sept minutes plus tard, mais je me suis pointé chez elle à dix-huit heures trente pile. Elle a ouvert la porte avec beaucoup d'énergie.

« Salut, tu es chic ! Entre ! Peux-tu attacher l'agrafe qui est en haut ? »

Elle s'est tournée de dos en retenant ses cheveux vers l'avant, et j'ai procédé avec l'attache de sa jolie robe bourgogne. Un grand pendentif enchevêtré ornait la douce étendue de sa poitrine et de ses épaules nues, et l'ensemble était la plus belle chose que j'avais vue de ma vie. Une chemise posée sur une valise dans le coin marquait la présence de Dave.

« Tu es merveilleusement belle, Moira. »

Elle a mis son foulard, son manteau et ses gants, a pris son sac à main et nous sommes partis.

« J'aime ton collier. Il te va bien. Il me fait penser à AURYN, dans *L'histoire sans fin*, en plus abstrait.

— Merci. Je l'ai trouvé au Garment District. J'ai pensé que tu l'aimerais, pour sa géométrie. Oh, j'ai hâte de danser ! »

C'était mon signal et elle n'avait pas besoin de le répéter. C'est comme ça que nous avons dansé le long d'une partie d'Oxford Street.

Chaque année, quand l'hiver arrive, je repense à ces jours-là, toutes ces journées-là avec Moira. C'est sa saison. Ce l'était dès le début. Une semaine plus tôt peut-être, un dimanche de novembre, j'ai remarqué au matin que l'hiver était arrivé d'un coup; ça se passe toujours pendant la nuit. L'odeur du portique froid de mon appartement me rappelait l'entrée de l'église à la messe de Noël; une bonne part de cette odeur est la fumée de cheminée qui vient de dehors. J'ai appelé Moira parce que j'étais content et ça me faisait penser à elle. Elle était d'accord que c'était l'hiver et nous sommes allés marcher au Mount Auburn Cemetery pour célébrer. Quand j'ai besoin du confort de l'hiver pour apaiser mon cœur, je m'imagine entouré de champs de neige chez mes parents, je pense au Vieux-Québec un soir d'hiver, je me vois à bord du traversier au milieu des glaces du Saint-Laurent, et je pense à ma danse avec Moira dans la neige ce soir-là. Je dois faire attention de ne pas mélanger les souvenirs, parce qu'alors je me rappelle avoir aimé Moira et avoir vécu avec elle dans Limoilou enneigé, mais ça, ce n'est jamais arrivé.

Elle m'a offert son bras et a guidé nos pas vers Harvard Square. Nous parlions gaiement et pas de Dave; pour moi, il n'était pas un sujet tabou, il était plutôt hors sujet, son existence lointaine sans importance, parce que sur le moment j'avais le sourire de Moira et son amitié délibérée.

Harvard Square était plein de lumières et les magasins célébraient déjà Noël. Un joueur de saxophone près de Out of Town News et de l'entrée du métro offrait de la bossa-nova à l'air glacial. Il jouait *Manhã de Carnaval* quand nous sommes arrivés. Moira a dit:

«C'est si charmant ici. Nous achetons des burritos et faisons le tour?

— Super. J'ai toujours voulu commander des burritos en portant un *tuxedo*.»

Nous avons acquis et consommé lesdits burritos avec des manières raffinées et un air sérieux qui n'ont probablement pas manqué de faire lever les yeux au ciel aux employés du restaurant. Puis nous avons descendu JFK Street jusqu'à la rivière Charles.

Elle a pris mon bras et l'a tenu alors que nous étions près de la rivière. Sa tête a brièvement touché mon épaule. « S'il te plaît, dis-moi un secret sur Marie-Hélène. »

Notre amitié était belle et il me semblait que je pouvais tout lui dire.

« Tu connais les grandes lignes de l'histoire et je l'ai racontée à d'autres, mais ce secret, je ne l'ai jamais révélé à personne. Il me semble que je me souviens de tout. C'est ça le secret, et je ne sais pas quoi en penser moi-même. Et je n'essaie pas d'être vague. Je me souviens de tout, de chaque petit détail, et ça me semble impossible, mais je me souviens. J'ai ce souvenir érotique de nous deux, de la dernière fois que nous avons été ensemble, plus clair que si nous étions vraiment sur ce lit, si précis que le monde dans ma tête serait digne du Dieu de Berkeley. Mon esprit retient l'entièreté de ce qu'était alors mon appartement, l'odeur de l'été dans son odeur à elle, le son de la pluie, puis la musique, la lumière du jour si blanche, le livre sur la table de chevet, *Les fleurs du mal* posé sur le maudit radio-réveil, le morceau de tissu vaguement moyen-oriental qui décorait le mur, la porte de la salle de bains, des araignées patientes dans le coin du mur. Je pourrais dessiner la forme exacte de leurs toiles. C'est aussi vrai du reste de l'appartement, je sens le poids de l'orange sur la table, la texture du plâtre de la bâtisse.

Tout cela est réel, mais si loin de sa peau la vision commence à se briser.»

Nous nous sommes arrêtés.

«Elle a ce drôle de lien avec mes rêves. Tu le sais, tu as lu *Helen*. Tout ce que j'ai écrit est vrai. Je me rappelle séparément, en quelque sorte, de quoi mon quartier et Montréal avaient l'air, mais dans ce souvenir particulier, par un rêve étrange qui n'est pas tout à fait un rêve, si loin de sa peau les images se déforment et la ville est très verte et il y a des trains suspendus qui secouent les feuilles à leur passage. Des aéronefs étranges au loin marchent au bas du ciel, ou peut-être sont-ils de grands voiliers en mirage, ou des *fata morgana*. Je n'arrive jamais à dire quoi.»

Je me suis tu, puis elle a souri et a dit: «Merci, ta confiance me touche.» Elle se tenait face à moi.

«Ça me fait plaisir de partager ça avec toi. Mais c'est fou, n'est-ce pas?

— Peut-être pas. Tu es la personne la plus saine d'esprit que je connaisse.» Après un silence, elle a ajouté: «Ce qu'un psychiatre en dirait est une autre question.»

Nous sommes revenus à travers les River Houses jusqu'à Mount Auburn Street. À un certain moment, elle s'est rapprochée de moi et a dit:

«Bon Dieu, c'est Bob!»

Devant nous, sur le trottoir, se trouvait un homme d'une cinquantaine d'années qui avait l'air d'un professeur de Harvard générique, un bel homme dont les cheveux impeccables trahissaient un côté narcissique. Il portait un long manteau de soie noir pas si différent du mien. Il nous a offert un grand sourire en nous rencontrant et il s'est arrêté.

« Bonsoir, Moira. Je suis content de te voir. Enchanté, je m'appelle Bob. »

Il a tendu la main vers moi et je l'ai serrée.

« Jonathan. Enchanté, professeur.

— Moira, j'ai adoré ton analyse très sceptique de l'article de Hagedorn dans le séminaire et je pensais à l'instant qu'avec un peu de travail tu pourrais en faire un article. En tout cas, parlons-en la semaine prochaine. Passez une bonne soirée, tous les deux.

— Merci ! Oui, je vais y penser. Passez aussi une bonne soirée. »

Bob est parti de son côté, nous du nôtre. Les yeux de Moira étaient grands ouverts. Elle a dit :

« Tu dois penser que je suis une mauvaise personne à cause de tout ce que j'ai dit, mais je jure qu'il n'a jamais été aussi gentil.

— Ne t'inquiète pas, je te crois. C'est peut-être un miracle de Noël !

— Ouais, j'aimerais bien croire aux miracles. »

J'ai dit : « Ils posent en effet un problème théologique insurmontable. Je pensais récemment que si on accepte la croyance chrétienne que Jésus et certains des apôtres ont fait des miracles objectifs, alors pour leurs témoins, l'acte de foi n'avait rien à voir, épistémologiquement parlant, avec l'acte de foi de quiconque vivant aujourd'hui. Oublie ça, mon argument ne va nulle part. Ce que je veux vraiment dire, c'est que je ne serais pas surpris que ton travail soit assez bon pour gagner l'estime de Bob. Tu sais, un miracle de Noël ! Ce qui est impossible à Dieu est parfois possible aux hommes. Olav me disait qu'il donne rarement de l'argent au mendiant à côté de la porte de la pharmacie CVS, mais il a remarqué récemment qu'il le faisait, sans se rendre compte du lien, les jours où il savait qu'il allait baiser. Un miracle de Noël!»

Elle a souri. «Qui aurait cru que c'est ce qui pouvait ouvrir son grand cœur logique?»

Elle s'est arrêtée et a montré du doigt une vitrine annonçant un nouveau *soutien-gorge miracle*.

J'ai dit: «Je vais devoir penser aux implications épistémologiques de celui-là.

— Il faut le voir pour le croire.» Elle a fait un clin d'œil.

Nous avons ri et sommes partis vers Dudley.

33

Nous sommes arrivés à Dudley House pendant la le-
çon de valse, alors nous sommes montés à la Common
Room où l'on servait le champagne. Il y avait déjà pas
mal de monde. Comme d'habitude, la tête d'Olav
dépassait au-dessus de la foule, et nous sommes allés
vers lui après nous être procuré nos coupes. Quand
nous sommes arrivés près de lui, il disait : « Selon certaines théories psychanalytiques, et je jure qu'il y a des
gens qui le croient sérieusement, les enfants aiment les
craquelins en forme d'animaux à cause d'une impul-
sion cannibale ancienne. »

Son amie Mary Anne a dit : « C'est ridicule. Je suis
sûre que les enfants aimeraient aussi des craquelins en
forme d'objets inanimés, n'importe quoi d'amusant,
des fusées par exemple. »

Moira a dit : « Les fusées sont un symbole phallique.
La psychanalyse gagne toujours. »

Ça a fait rire tout le monde. Olav s'est tourné vers
son voisin et a dit : « Moira et Jonathan, voici Charles,
un théologien français en visite pour l'année. »

Nous avons échangé une poignée de main et il a
dit : « Charles Leblanc, enchanté ! » Il avait l'air amical

et son apparence était soignée. Il ressemblerait sans doute à Bob dans vingt-cinq ans.

Olav a continué : « Je pense que vous devriez avoir des intérêts en commun. Moira étudie le christianisme au Moyen Âge, ou quelque chose comme ça.

— Oui, exactement ça, si on parle de manière très générale. »

Pendant les quelques secondes où cela se passait, j'ai vu Leo Veneziano marcher vers moi, puis s'en retourner et revenir deux ou trois fois. Je l'ai ignoré parce qu'il était toujours si bizarre et il avait l'air d'être déjà saoul. Finalement, il est venu près de mon oreille et a demandé, en regardant Moira :

« Est-ce que c'est ta sœur ?

— Non. »

Il a souri d'un air satisfait et a fait un pas vers elle, mais a levé le doigt avec l'air d'avoir oublié quelque chose et est revenu vers moi.

« Est-ce que c'est ton amoureuse ?

— Non. »

Il a hoché la tête et s'est avancé de nouveau vers elle. Il a dit :

« Héééééé, moi c'est Leo. »

Puis il est resté silencieux, en regardant les pieds de Moira. Des regards ont été échangés rapidement. Olav a attrapé Leo et a dit :

« Hé Leo, tu as quelqu'un qui t'accompagne, ce soir ? »

Pendant ce temps-là, Moira, Charles et moi avons filé au balcon surplombant la piste de danse.

Moira a demandé : « Alors, Charles, qu'est-ce qui t'amène à Harvard ? »

Il a souri et a répondu : « Oh, je suis ici pour le *cunt*. »

(C'est ce que nous avons entendu : *I am here for cunt* ; en anglais, ce mot vulgaire désigne les parties génitales de la femme.) J'ai été surpris et j'ai vu que Moira avait un peu de difficulté à avaler sa gorgée de champagne. Charles a continué :

« Gabrielle Rosenberg est ici ce semestre. Elle est spécialiste de la théologie d'Emmanuel Kant, et je voulais travailler avec elle. Ma propre expertise et ce qui m'intéresse le plus concernent les philosophes allemands ultérieurs et la théologie catholique contemporaine. Mais vous savez, je voulais aussi venir à Harvard, tout simplement. Et sur quoi travaillez-vous ? »

Kant. Le contexte est important. J'ai fait un clin d'œil à Moira. Elle a dit :

« C'est mon premier semestre, alors rien n'est encore très précis. Je m'intéresse aux croyances hérétiques au Moyen Âge et à la façon dont elles sont liées entre elles et à d'autres croyances. J'aime l'iconographie et j'ai un intérêt nouveau pour l'analyse diégétique du Nouveau Testament, mais je ne sais pas encore comment tout ça peut être relié. »

Charles a deviné correctement qui était le superviseur de Moira et n'a eu que des bons mots pour lui. J'ai ensuite résumé ma propre recherche, et il a dit :

« Je suis content que tu sois physicien, j'ai plusieurs questions sur la physique. J'ai commencé à étudier la mécanique quantique dans mes temps libres. Y a-t-il beaucoup de physiciens, aujourd'hui, qui acceptent l'interprétation des mondes multiples ?

— Non, je ne le pense pas, certainement pas à un endroit comme Harvard. »

Et ainsi de suite. Nous avons parlé de plusieurs choses tous les trois. Il semblait bien connaître la physique, pour quelqu'un qui n'était pas un scientifique, et il était très gentil en général. Moira et lui ont échangé leurs numéros de téléphone pour que nous puissions rester en contact. Puis l'orchestre a pris place et s'est mis à s'accorder. Moira et moi sommes descendus, mais Charles est resté au balcon en disant: «Je préfère regarder, pour la première danse, ou peut-être la première partie.»

Nous n'avons pas mis beaucoup de temps après le début de la musique à pouvoir nous déplacer rapidement sur la piste de danse. Moira était bonne. J'avais l'impression de conduire son corps directement. Elle a dit: «Je croirais voler!»

Elle s'est tenue plus près de moi que ce que le style strict de la valse viennoise demande. Pour moi, la danse est une activité surtout non sexuelle, mais je n'ai pas pu m'empêcher de noter dans ma tête la minceur du tissu qui nous séparait. Il n'y avait pas beaucoup de monde sur la piste de danse pendant le premier morceau, comme si les gens voulaient attendre et voir. Olav et Charles nous ont envoyé de grands bonjours en souriant du balcon, et il me semblait que toute la galerie nous regardait.

Nous avons dansé les trois premières valses ensemble. La troisième était le *Danube Bleu*, que je connaissais par cœur grâce à *2001: l'odyssée de l'espace*; à mon plus grand plaisir, l'orchestre l'a étirée longtemps, avec plusieurs répétitions. Puis Moira a regardé l'horloge et m'a laissé pour aller attendre Dave près de la porte. J'ai dansé avec d'autres jusqu'à la fin de la première partie.

Après l'arrêt de la musique, j'ai fait le tour, plus pressé de rencontrer Dave que ce à quoi je m'attendais. J'ai été retenu par les conversations d'usage en croisant quelques personnes que je connaissais, jusqu'à ce que je trouve Moira avec son amie Maddie et quelqu'un qui était évidemment Dave, parce qu'il avait une main dans le dos de Moira. Il était beau ; il aurait pu jouer le rôle du beau gars générique à la télévision, avec des cheveux courts et denses, un rasage de près et la carrure de quelqu'un qui va au gym tous les jours mais qui ne fait probablement aucun cardio.

Moira a été très expressive en me voyant :

« Oh, salut ! Comment ça va ? Jonathan, voici Dave ; Dave, c'est mon ami Jonathan. »

Nous nous sommes serré la main avec un sourire forcé. Il a posé un regard lointain et interrogateur sur moi et lui a demandé :

« C'est ton ami qui écrit ?

— Oui. »

Ses yeux à elle ont insisté un peu sur moi et ont confirmé qu'il ne savait pas que j'étais venu à la danse avec elle, et ça m'a fait énormément plaisir.

Dave avait les dents extrêmement blanchies, au point qu'elles semblaient un peu bleues ; étant donné ma formation en physique, elles m'ont immédiatement rappelé les mots *catastrophe ultraviolette*. Je ne laisserais jamais quelqu'un qui a l'air de ça jouer dans ma bouche. C'est l'équivalent d'un écrivain qui abuse des adverbes.

Je me suis tourné vers Maddie.

« Salut, Maddie, content de te voir, tu te souviens de moi, n'est-ce pas ?

— Oui, bien sûr, tu es *le* Jonathan.

— Je pense que je connais au moins trois autres personnes qui s'appellent Jonathan ici ce soir, mais on peut dire que je suis l'original. Me feras-tu l'honneur de danser la prochaine valse avec moi ?

— Oui ! »

Moira a mis la main sur le bras de Maddie.

« J'ai vu Bob par hasard sur le trottoir et il a été plus gentil que d'habitude. Il a dit que je devrais écrire un article critiquant les catégories de Hagedorn.

— Wow ! Je savais dès le départ que tu réussirais. Comprenez-vous l'importance de tout ça ? »

Maddie nous regardait, Dave et moi. Nous avons tous les deux fait non de la tête. Elle a expliqué :

« Une des contributions célèbres de Bob tôt dans sa carrière a été d'utiliser les idées de Hagedorn pour développer une grille de méta-analyse qu'il a appliquée à un certain nombre de traditions iconographiques. Je suis un peu surprise qu'il encourage ta critique. Je suppose qu'il s'intéresse sincèrement à tout ça. »

Moira a haussé les épaules. « Peut-être. La critique veut aussi dire qu'on continue de parler de lui. »

Olav et Charles sont arrivés. Olav avait l'air excité.

« Tout le monde, tout le monde, Charles vient de me dire qu'Ève n'a pas été créée avec la côte d'Adam, mais avec l'os de son pénis, et c'est pour ça que les humains n'ont pas d'os pénien, contrairement aux autres mammifères. Saviez-vous ça ? »

Moira, Maddie et moi-même avons tous répondu « Oui » l'un après l'autre. Dave a sorti son téléphone intelligent de sa poche avec sa main libre et n'avait pas l'air de vouloir prendre part à cette discussion-là. Personne n'a rien dit là-dessus.

Olav a demandé : « Pourquoi ne m'en avez-vous jamais parlé ? Toi aussi, Jonathan, tu savais vraiment ça ? »

J'ai dit : « Oui, j'ai lu à propos de la Bible récemment. Et ce dont tu parles a une conséquence théologique intéressante : comme Dieu a créé Adam à son image, on en déduit que Dieu a un *baculum*. »

Tout le monde sauf Dave a trouvé que c'était très drôle. Olav avait l'air de réfléchir et d'être sur le point d'ajouter quelque chose. J'ai pensé que Moira préférerait que nous ne parlions pas de la structure osseuse de Jésus devant Dave, alors je leur ai raconté l'histoire du garçon au supermarché cet après-midi-là pour changer de sujet. Après mon histoire, Maddie a dit :

« C'est adorable !

— Si tu connaissais ma vie intérieure, Maddie, tu penserais peut-être plutôt que c'était troublant. Je l'ai pris comme une réprimande. »

Moira a dit : « Attendez que le jeune découvre la critique et la théorie. Il va trouver des choses bien plus troublantes. *En tant qu'écrivain, tu empruntes ton autorité à la mort.* »

Maddie a dit : « J'ai toujours pensé que ce cher Walter devrait accorder plus de mérite à la *petite mort*. »

Moira a dit : « Chère Maddie, tu es saoule, tu parles comme un camionneur ! »

Charles, qui avait souri tout ce temps, a chanté : « *Di mille morte il di sarei contento !* »

Dave regardait toujours son téléphone.

Nous avons entendu les violons s'accorder. J'ai dit :

« Ça va recommencer bientôt. Maddie ? »

Elle a pris mon bras.

« Dansez-vous ? »

Dave a dit : « Ah, non, je ne danse pas. »

J'ai dit : « Moira, j'aimerais beaucoup danser avec toi plus tard. Tu pourras me trouver en bas quand tu seras libre. »

Maddie était évidemment au courant des cachotteries de Moira envers Dave. En dansant, je lui ai demandé :

« Alors, qu'est-ce qui se passe avec Moira ?

— Je pensais que toi, tu allais me le dire. »

Nous avons ri. J'ai dit : « Tout ce que je sais, c'est que nous sommes récemment devenus de bons amis et je croyais que Dave saurait que j'étais venu avec elle.

— C'est peut-être simplement que Dave est un peu ennuyeux. Qu'est-ce que tu as pensé de lui ?

— Il n'a pas dit grand-chose. Pour être honnête, nous n'étions pas très sérieux et ne lui avons pas donné de chance. J'imagine qu'il est beau, mais il n'est pas mon genre. »

Elle a dit : « Il n'est pas mon genre non plus. Et qu'est-ce que tu ressens envers Moira ?

— La plupart du temps, je pense que je l'aime. »

Nous avons beaucoup ri en dansant. J'ai vu Moira et Dave nous regarder du balcon. Dave a dû penser : *C'est fou ce qu'ils s'amusent ensemble, ces deux-là.*

34

Pendant que je dansais et parlais avec Maddie, j'ai conclu que j'aimais assez Moira pour travailler à gagner son cœur et vivre heureux. J'ai eu quelques minutes pour m'imaginer m'enfuir du bal avec elle ce soir-là. Ça aurait bien pu arriver, mais après la fin de la pièce, Maddie a pris congé de moi et je me suis retrouvé tout près de la fille que j'avais vue quand j'étais dans Harvey, la mascotte. Elle m'a frappé. Elle était belle, blonde et bleue et gracieuse, comme un rêve. Je doutais de mes sens et de mes sentiments et j'ai pensé que mon jugement était peut-être altéré à cause de la situation avec Moira, mais je l'ai bien regardée et il n'y avait pas d'erreur : elle ressemblait à Marie-Hélène et avait quelque chose d'elle dans sa vitalité.

Comment expliquer pourquoi j'ai changé d'idée si rapidement à propos de Moira ? Ceci est la meilleure image que j'aie trouvée : à ce moment-là, à ce moment précis, Marie-Hélène m'apparaissait comme un cristal pur, alors que Moira était comme un kaléidoscope multicolore.

J'ai invité la belle étrangère à danser et elle a accepté. Elle s'appelait Marie. Après quelques pas, elle a dit :

« Tu étais dans le costume de lion, n'est-ce pas ?

— Oui ! Je suis touché que tu me reconnaisses ! »

J'ai appris qu'elle était une nouvelle étudiante doctorale dans mon propre département (!), ce qui voulait dire que je saurais où la trouver, puisqu'elle m'a dit dans quel groupe de recherche elle travaillait. Nous avons parlé un peu de nos origines et avons échangé quelques mots en français. J'ai remarqué que Moira dansait avec Charles. Marie dansait bien, et moi, je bougeais de façon de plus en plus extravagante. J'ai dit :

« La musique nous demande d'y aller ! »

Elle a répondu :

« Eh bien, allons-y ! »

Je l'ai fait tourner trop vite et nous sommes presque tombés, mais elle a semblé trouver ça drôle. Marie n'était pas particulièrement petite, mais elle portait des chaussures plates qui lui faisaient perdre plusieurs centimètres sur la plupart des autres filles, et elle était mince et agile, alors elle semblait petite après la sensualité de Moira et l'inertie de certains danseurs ; même ma chère petite Maddie pesait très lourd sur mes bras. Marie bougeait comme Marie-Hélène, qui était grande mais compacte et vitale, et donnait dans mes bras l'impression d'un vecteur diagonal, d'un ressort tendu, bougeant constamment en elle-même, même quand elle était immobile. Bien trop tôt, la valse s'est terminée et nous nous sommes séparés.

Elle était celle que j'avais attendue, elle était la solution, elle était le grand amour. J'ai pensé tout cela non pas d'une façon possessive où j'aurais vu notre rencontre comme un aboutissement du destin – il n'y a pas de destin objectif –, mais avec un émerveillement sincère pour cette magie inexprimée qui l'habitait et avec un espoir sans borne pour l'avenir. Je ne l'ai revue que quelques fois ce soir-là, et toujours de loin.

Moira m'a rejoint pour ce qui serait la dernière valse de la soirée, mais nous ne le savions pas encore. Elle est restée un peu plus loin de moi qu'avant, j'ai supposé parce que Dave nous regardait. Il était au balcon, téléphone en main. Cette pensée m'a traversé l'esprit que, même si je voulais de tout cœur l'aimer, ce David et ce Jonathan ne seraient pas amis.

L'orchestre a pris congé, puis de la musique enregistrée a amené Dave sur la piste de danse. J'ai dansé dans un grand cercle avec Moira et lui, et Charles qui s'amusait beaucoup, et deux ou trois autres personnes. Toute mon attention était prise à chercher Marie des yeux, alors je suis parti parce que j'ai pensé que je ne devais pas être très amusant pour les autres. Quand j'ai dit au revoir, Dave est sorti de la piste de danse avec moi et a dit :

« Moira veut aller au restaurant avec des amis demain soir. Voulez-vous venir, Maddie et toi ? »

Il y avait dans son sourire un sous-entendu que je n'ai pas manqué de remarquer.

« Bien sûr, je serai là. Arrangeons tout ça par courriel demain. »

Pendant que je marchais vers chez moi, mes sentiments bouillonnaient et partaient dans toutes les directions. J'en ai eu envie, alors je me suis imaginé le point sombre méditatif, et quand j'y ai monté mon attention, au lieu de progresser vers l'état méditatif habituel, j'ai vu le visage de Marie-Hélène qui m'est apparue comme si elle me retournait mon regard de l'intérieur. Elle n'avait pas d'expression, elle était tout simplement là, immense et divine. La surprise m'a coupé le souffle. Et c'était fini. J'ai eu beau essayer, j'ai été incapable de méditer à partir de ce moment et jusqu'à ma visite à Chicago, quelques mois plus tard.

35

Nous nous sommes donné rendez-vous pour souper le jour suivant. Dans un message séparé, Maddie a demandé que j'aille la chercher aux résidences, ce que j'ai fait. Nous n'allions qu'au Border Café, donc c'était une courte marche. Elle m'a expliqué en chemin :

« J'ai pensé qu'il serait bien que nous arrivions ensemble.

— C'était ton idée à toi ?

— Oui. J'ai pensé que Moira ne serait pas contre si Dave nous voyait ensemble et que tu ne serais pas contre si Moira avait à considérer comment elle se sent en nous voyant ensemble. Et moi, je ne suis pas contre le fait d'être en ta compagnie pendant quelques minutes. Tout le monde est gagnant.

— Merci. Je ne suis pas contre ta compagnie non plus. Tu devrais venir manger avec nous à Dudley, des fois. »

Au restaurant, Moira et Dave nous ont parlé de ce qu'ils avaient visité pendant la fin de semaine. Dès que notre nourriture est arrivée, je me suis mis à assembler mes tacos au poisson, et j'avais déjà un peu de fromage dans la bouche quand Dave a récité une prière de bénédiction :

«Seigneur Jésus, nous te remercions pour cette nourriture et demandons que tu bénisses ce repas et tout le monde à cette table. Amen.»

Nous avons commencé à manger.

J'ai dit: «Vous savez, j'ai souvent vu le bénédicité dans les films, mais c'est la première fois que je le vois en vrai.»

Dave a eu l'air surpris.

«Ta famille n'est pas chrétienne?

— Oui, mais les Québécois sont des catholiques plutôt mous. En tout cas, le bénédicité m'intrigue. Je sais que tu le dis avec la meilleure intention et je ne cherche pas à débattre ici, seulement à comprendre. Mais n'est-ce pas un blasphème que de remercier Dieu pour de la nourriture?»

Maddie m'a poussé du doigt sous la table. Je n'étais pas sûr de savoir pourquoi. Dave a répondu:

·«Non.

— Pourquoi? Si tu le remercies pour la nourriture que tu as, alors tu impliques qu'il a décidé de te donner la nourriture, ce qui veut dire qu'il a aussi choisi de ne pas la donner aux pauvres qui souffrent de la faim.»

Il a réfléchi un court moment et a dit:

«Non, tu te trompes. Remercier Dieu ne peut pas être mauvais. Je ne peux pas te l'expliquer, mais je suis certain qu'il existe une explication.»

Il avait parlé avec confiance et il ne semblait pas curieux de connaître la raison lui-même. Je n'ai pas répondu. Moira et Maddie n'ont pas non plus offert d'explication. Puis Dave m'a demandé, tout comme il n'a posé des questions qu'à moi et pas à Maddie pour le reste de la soirée:

« Alors, tu aimes le hockey ?

— Non.

— Je pensais que tous les Canadiens aimaient ça. Tu suis un autre sport ?

— Non.

— Au moins les Jeux olympiques l'été dernier ?

— Non. »

Je m'efforçais vraiment de soutenir la conversation, mais je n'arrivais pas à trouver des réponses plus longues ni à changer subtilement de sujet.

Moira a dit : « Jonathan, je pense que tu es allé au Chili récemment ? Peux-tu nous raconter comment c'est que d'aller aux grands télescopes ? »

Je lui en avais déjà parlé, mais pas à Maddie ni à Dave, évidemment.

« Tout compte fait, c'est bien amusant. Les grands télescopes sont des installations coûteuses et la disponibilité est limitée, alors la plupart des voyages d'observation demandent beaucoup de préparation, de façon à en tirer le maximum. Pour moi du moins, la préparation est plutôt ennuyeuse, mais elle se fait avant d'y aller. Tu voles à l'autre bout du monde, tu conduis jusque dans le désert, et soudainement, au sommet d'une montagne, il y a l'observatoire, avec un dortoir et une cafétéria, des télescopes géants et Internet à haute vitesse, et tout ça est vraiment fantastique quand on y pense. Puis quand vient la nuit, tu as une caméra qui vaut des millions à ta disposition et tu peux réaliser des observations fascinantes. Par exemple, si tu observes un amas de galaxies situé à une distance de huit milliards d'années-lumière, alors tu recueilles de la lumière qui a commencé son voyage bien avant que le Soleil et la Terre n'existent, et si tu cherches des exo-planètes, il y a toujours la possibilité que ton travail mène à la découverte d'une autre planète semblable à la Terre, et peut-être même à l'éventuel premier contact avec des extraterrestres. Tout ça demande que le temps soit beau. Si c'est nuageux ou qu'il vente trop fort, alors tu ne peux pas ouvrir le dôme, et tu lis des bandes dessinées en ligne. »

Maddie a demandé : « Et ça arrive souvent ?

— Le mauvais temps ? Ça dépend de la saison, mais il n'est pas rare de perdre une partie importante du voyage à cause des conditions météorologiques ou de problèmes techniques. L'avant-dernière fois que j'y suis allé, il s'est mis à neiger et nous avons été évacués.

— Évacués ?

— Pas en hélicoptère ou par des secouristes ; nous avons plutôt reçu au matin un coup de téléphone nous demandant de descendre avec nos autos avant que la route ne soit bloquée. De toute façon, il n'y avait plus de chauffage dans les chambres, donc nous avons dormi à peu près une heure avec nos manteaux parce que nous avions travaillé toute la nuit et qu'il fallait attendre que le personnel arrête tout convenablement, puis nous sommes descendus. Conduire le matin est ce qu'il y a de pire. Conduire en montagne pendant la nuit est bien mieux : il n'y a que toi et le chemin que les phares tracent, donc la plupart du temps tu ne vois pas que tu es sur le bord d'un précipice. Je ne conduisais pas, cette fois-là, mais j'ai dû combattre le sommeil pour rester alerte et être prêt à ouvrir la porte et à sauter au dernier instant si le camion tombait de la falaise. Ça n'arrive jamais, évidemment, mais tu ne veux pas être le premier. »

Donc le souper s'est passé comme ça. Après avoir mangé, Moira et Maddie sont allées aux toilettes, me laissant seul avec Dave. Il a dit :

« Les filles, il faut toujours qu'elles y aillent en même temps, n'est-ce pas ?

— Non, pas toujours… » Je n'arrivais pas à trouver de suite à sa remarque et j'ai donc changé de sujet : « Alors, comment aimes-tu Cleveland jusqu'à maintenant ? C'est ta deuxième année, n'est-ce pas ?

— Oui, c'est bien. C'est une petite ville universitaire, tu sais. » Il est resté silencieux un moment, puis a dit : « Il paraît que Moira et toi avez parlé un peu d'écriture ? Qu'est-ce qu'elle écrit ?

— Tu devrais le lui demander à elle si tu veux le savoir. Parfois, quand on écrit, on préfère ne pas partager de textes incomplets avec ses proches. »

Il a dit : « Peu importe. »

Nous étions silencieux depuis un moment quand Moira et Maddie sont revenues.

Ils rentraient tous les trois aux résidences, mais Maddie et moi sommes quand même partis dans la direction opposée après leur avoir dit au revoir.

Elle n'avait rien pu savoir des sentiments de Moira envers moi. Mais, apparemment, Dave avait dit à Moira que j'avais besoin de beaucoup de chirurgie buccale. Je ne me souviens plus comment c'est venu sur le sujet, mais nous nous sommes rendu compte que nous aimions tous les deux le réalisme poétique français et nous sommes allés prendre un café. Maddie savait tout sur Jean Renoir. Nous avons parlé de cinéma pendant un bon moment, puis je l'ai reconduite aux résidences.

« Merci pour la soirée, Jonathan. Il faudra regarder quelques films ensemble un de ces quatre.

— Avec joie. Merci pour la soirée, Maddie. »

J'ai marché longtemps en pensant à Marie. Il était tard quand j'ai finalement décidé de rentrer chez moi.

ESCAPADE : FUGITIFS

Jésus allait de ville en ville et de village en village, guérissant et prêchant le royaume. Les Douze étaient avec lui, de même que quelques femmes qui les assistaient de leurs biens : Jeanne, Susanne, Marie, dite de Magdala, qu'il avait guérie, et Salomë, qui aimait Thomas.

Jésus connaissait les montagnes et allait souvent dans les lieux déserts, où il pouvait préparer ses remèdes. Je l'y accompagnai quelques fois. Il y allait aussi parfois avec Thomas, ou Judas qui était son disciple le plus sage, ou Pierre qui l'aimait le plus, ou Jean qu'il aimait, mais le plus souvent avec Marie, parce qu'elle était sa compagne. Et plusieurs d'entre les disciples étaient envieux d'elle.

Évangile secret de Jacques, le frère de Jésus

36

Nous avions choisi un hôtel qui semblait cibler les voyageurs d'affaires à petit budget à Toledo. Encore une fois, j'ai laissé Sarah s'occuper seule de l'inscription. Ça m'a semblé prendre beaucoup de temps. Quand elle est revenue, elle a lancé : « Ce gars-là a eu besoin de beaucoup de persuasion pour accepter de se passer de ma carte d'identité.

— Combien de persuasion ?

— Soixante dollars. Je suis désolée d'avoir payé autant, je ne pouvais plus reculer une fois que j'ai eu commencé à lui glisser de l'argent…

— Pas de problème, je vais payer cette fois-ci. Vivre en fuite doit logiquement avoir ses frustrations. Pourtant, tout a été facile jusqu'à maintenant, et c'est notre dernière étape. »

Nous avons déposé nos bagages dans la chambre et sommes partis à la recherche de nourriture. Nous nous sommes arrêtés à un restaurant qui annonçait un menu du midi et qui avait l'air confortable. L'avant comportait un bar de style *diner* et de petites tables. La moitié de l'arrière devait contenir la cuisine ; deux marches vers le haut menaient à l'autre moitié, à gauche, où se trouvaient d'autres tables et un téléviseur. Nous nous sommes assis à l'avant, où les autres clients s'étaient installés.

Elle a dit : « J'ai très faim. Je pense que je vais prendre le hamburger demi-livre avec bacon et frites. Et toi ?

— Soupe aux lentilles et sandwich au houmous. Tu as peut-être vu qu'ils ont un combiné soupe et demi-sandwich.

— Ça ne fait pas beaucoup de nourriture.

— C'est vrai, mais nous n'avons pas très bien mangé, ces derniers jours. »

Elle a dit : « Est-ce que je peux commander ta soupe et ton sandwich, et toi mon hamburger ?

— Es-tu gênée de commander le gros hamburger ? »

Elle a baissé la voix encore plus : « Peut-être, mais nous avons à nous conformer aux normes sociales, tu sais pourquoi…

— Ça va, tu as raison, faisons ça. »

Après avoir commandé, Sarah est allée aux toilettes, au fond. En passant par le salon surélevé, elle s'est arrêtée devant la télévision. Après quelques secondes, elle a fait un petit geste de la main me demandant de venir. Les nouvelles montraient une bâtisse qui avait été presque entièrement détruite par le feu avec la légende *État de NY : un homme assassiné retrouvé dans un incendie.* Sarah a dit : « Sois discret. C'est notre motel d'hier. » Elle est partie et s'est engouffrée dans les toilettes. Mon cœur s'est emballé et j'ai senti un abîme s'ouvrir en moi. La peur. Surtout à l'idée d'avoir échappé de peu à quelque chose d'horrible. Il n'y avait pas de son, mais la légende a changé pour *La police recherche trois témoins.*

Je suis retourné à ma place. Sarah ne portait plus son béret quand elle est revenue. Elle avait dénoué son chignon et laissé ses cheveux tomber. Elle s'était maquillée d'une façon qui aurait eu l'air tout à fait normale pour une étrangère, mais qui était inhabituellement marquée autour des yeux pour elle.

Elle a dit : « Ah, Joe, j'ai oublié de te dire que mon frère a une nouvelle copine. Elle s'appelle Marie, comme moi. Peux-tu t'imaginer ? Ça va être mélangeant, des fois. »

J'ai dit : « Quelle coïncidence. Mais ce n'est pas un phénomène nouveau. Il y a un nombre déconcertant de femmes qui s'appellent Marie dans les Évangiles. Ça a quand même de bons côtés. Maintenant, tu peux agacer ton frère avec des blagues freudiennes déplacées.

— Est-ce que Freud a parlé des frères et sœurs ?

— S'il ne l'a pas fait, je suis sûr que d'autres psychanalystes ont labouré le champ. »

Notre discussion déraillait rapidement. Nous nous devions d'être banals. Nous nous sommes tus un moment. Heureusement, notre nourriture est arrivée et nous a donné une raison d'être silencieux. Nous avons échangé nos repas en faisant semblant de partager.

Elle a démarré la voiture, puis j'ai demandé : « Qu'est-ce que tu suggères, maintenant ?

— Nous allons essayer d'obtenir plus d'information à partir de notre chambre d'hôtel. Je vais arrêter à la pharmacie et acheter un fer à friser et quelques petites choses. Comme des ciseaux, si tu n'es pas contre une nouvelle coupe de cheveux.

— Quoi ? Je… je n'y avais pas pensé. Nous pouvons décider plus tard. J'aurais l'air clownesque et vieux avec les cheveux courts, parce qu'ils sont plutôt minces sur le dessus.

— Je pensais que nous pourrions couper la queue de cheval et donner au reste un style sexy à la *Seigneur des anneaux.*» La confiance dans sa voix et l'image mentale de Viggo Mortensen jouant Aragorn m'ont convaincu :

«C'est d'accord. Allons-y.»

37

Couper mes cheveux est la première chose que nous avons faite en arrivant à notre chambre d'hôtel, après avoir allumé la télévision. Moira a bien réussi. Nous avons jeté tous les cheveux dans la toilette pour éviter de laisser une trace de la transformation. J'ai rasé mon cou et mes joues pour faire ressortir ma barbe naissante. Nous sommes restés silencieux. On ne sait jamais où il peut y avoir des microphones.

La chambre offrait l'accès à Internet gratuitement par une prise Ethernet, sans fournir le câble. Heureusement, j'en avais un parce que j'avais été trop paresseux pour enlever de mon sac les câbles utilitaires et internationaux nécessaires au voyage astronomique. J'ai donc pu aller aux nouvelles. Aussi, notre incendie a fini par repasser à la télévision.

L'histoire que nous avons reconstituée de ces sources est qu'un feu a embrasé le motel vers cinq heures du matin. Une bonne partie a été détruite, incluant notre chambre, si nous comprenions bien les photos trouvées sur Internet. Les pompiers ont extrait le corps d'un jeune homme qui avait été poignardé. Une autopsie serait nécessaire, mais les coups de couteau étaient la cause probable de la mort. Autrement, tout le monde a été évacué à temps. La police recherchait une femme inconnue qui avait été vue avec le jeune homme, de même qu'un jeune couple qui avait occupé une chambre voisine et qui était déjà parti au moment de l'incendie. Nous avons trouvé une description, mais pas de portraits-robots. La femme recherchée était sans aucun doute la femme trop bavarde du bar, alors nous avons déduit que Baby Face Nelson était l'homme mort. Quant à nous, un article donnait nos tailles approximatives, signalait que nous avions les cheveux blonds et que j'avais une queue de cheval et ajoutait : *Un témoin les a décrits comme instruits.*

Moira a éteint la télévision et allumé la radio. Nous nous sommes serrés fort, debout au milieu de la pièce. J'ai chuchoté :

« Le témoin devait être Patti, la serveuse. Ce qu'elle a dit serait drôle en d'autres circonstances. Nous devrions aller voir la police et tout éclaircir, autrement nous pourrions être considérés comme des suspects.

— Nous ne sommes aucunement impliqués dans tout ça et nous ne savons rien que Patti et les policiers ne sont pas capables de déduire. Donnons-leur au moins quelques jours pour terminer leur enquête et conclure qu'ils n'ont pas besoin de nous. Dave ne doit pas apprendre que nous y étions ensemble. »

J'ai dit : « Probablement que le jeune a été poignardé et que le feu était une tentative pour faire disparaître les preuves, ou bien il a été allumé accidentellement dans la confusion. Souviens-toi qu'ils fumaient. Je sais que c'est hautement improbable, mais nous sommes peut-être impliqués. Qui dit que le feu n'était pas pour nous ? Il y avait peut-être une voiture qui nous suivait hier. »

Elle a dit : « La possibilité m'a traversé l'esprit, à moi aussi, mais il y aurait trop de coïncidences, avec le meurtre...

— Il y a déjà trop de coïncidences. Que nous soyons partis aussi tôt, par exemple. »

J'ai senti sa bouche sur mon cou, puis sur mon oreille. « Alors nous prenons un temps mort et nous restons ici cet après-midi ? »

J'ai dit : « Il faudra peut-être que tu m'attaches. »

Et donc nous avons fait l'amour cet après-midi-là. Je me sentais si vivant. Ce que nous avions ensemble était la plus belle chose du monde. J'avais toujours eu le sentiment qu'elle serait peut-être éphémère, et je l'avais encore plus maintenant que les policiers pouvaient arriver à tout moment, eux ou nos ennemis catholiques sans merci.

Mais ils ne sont pas venus et l'atmosphère s'est allégée. Un peu plus tard dans l'après-midi, elle était à la salle de bains et je voulais m'étirer, mais mes mains étaient attachées à un coin du lit ; je me suis donc étendu sur le dos, de travers pour ainsi dire, les bras vers ma gauche, les jambes étirées vers ma droite, un peu comme dans une torsion en yoga. Elle est sortie et s'est exclamée : « Comment ? Tu ressembles à une peinture constructiviste ! » Nous avons tous les deux ri aux larmes de sa remarque. Puis j'ai dit :

« Et toi, tu ressembles à un ange de Botticelli. »

Plus tard, j'ai regardé l'horloge et j'ai remarqué que c'était l'heure du souper. Moira a dit avec le sourire : « *Tempus fugit.* » Elle est sortie acheter des mets chinois à emporter. Je suppose qu'elle a appelé Dave à ce moment-là. Nous avons écouté les nouvelles en mangeant, mais n'avons rien appris de nouveau sur notre affaire. Mon biscuit chinois était mémorable et disait :

« *Tu es la seule fleur de méditation dans la nature sauvage.* »

Moira a demandé : « Une fleur de méditation ? C'est une chose qui existe vraiment ?

— Oui, mais elle n'est pas bien connue, parce que je suis la seule.

— Dans la nature sauvage.

— Il va sans dire.

— Le mien dit : *Quand le vent souffle, certains s'abritent, d'autres construisent des moulins à vent.* »

Nous avons essayé de travailler après souper, mais nous n'étions pas très productifs, alors nous avons pensé un peu à la sécurité de nos ordinateurs. Nous avons requis l'entrée du mot de passe pour l'ouverture de session et activé le verrouillage d'écran automatique sur son ordinateur, nous avons déplacé notre fichier de l'*Évangile secret* vers un disque virtuel chiffré, puis nous avons effacé de façon définitive de la musique et quelques films pour être complètement sans reproche dans le cas d'une fouille de police.

Nous nous sommes couchés tôt. Je lui ai demandé : « Comment te sens-tu ?

— Bien. Plus tôt, j'avais peur, mais ça va beaucoup mieux maintenant. C'est bien d'être avec toi. J'espère que tu ne penses pas que j'ai essayé de te manipuler avec du sexe.

Bordereau date de retour/Due date slip

Bibliothèque de Beaconsfield Library
514-428-4460
12 Jul 2017 08:53PM

Usager / Patron : 23872000057286

Date de retour/Date due: 02 Aug 2017
L'astronome dur à cuire : roman /

Date de retour/Date due: 19 Jul 2017
Les pays d'en haut. Saison 1 /

Date de retour/Date due: 19 Jul 2017
Black sails. the complete second season

Date de retour/Date due: 19 Jul 2017
Black sails. the complete first season,

Date de retour/Date due: 19 Jul 2017
Les pays d'en haut. Saison 2 /

Total : 5

HORAIRE / OPENING HOURS
Lundi / Monday
13:00 - 21:00
Mardi - vendredi / Tuesday - Friday
10:00 - 21:00
HORAIRE D'ÉTÉ / SUMMER SCHEDULE
FERMÉ / CLOSED
Les samedis et dimanches / Saturdays and
du / from 2017-06-03 au / to 2017-09-05
FERMÉ LE LUNDI 4 SEPTEMBRE 2017
CLOSED ON MONDAY, SEPTEMBER 4
beaconsfieldbiblio.ca

— Non, non, ne t'inquiète pas. Rester ici était la bonne décision. En fait, peut-être pas, c'est dur à dire. Tu sais, tous les jours, les gens font la bonne chose pour de mauvaises raisons, et la mauvaise chose pour de bonnes raisons. Ouais, peu importe. Je t'aime. »

Je me suis endormi apaisé et heureux. Dans la gloire de son corps et la vitalité de son souffle, je n'avais pas peur de la mort.

Puis j'ai rêvé à Marie-Hélène, un de ces rêves carte postale. Ma Marie-Hélène. Elle est toujours en voyage. Je l'ai vue dans un vieux train de nuit près d'une falaise, son visage un flanc de montagne.

Je me suis réveillé en tremblant, prêt à pleurer. Quelque chose m'avait sorti du rêve, comme la prière du matin à Istanbul. Après quelques secondes, je me suis rappelé où j'étais et je me suis assis dans le lit, à l'écoute. Je n'ai rien entendu. Je me suis levé et j'ai bordé Moira. Je suis allé à la fenêtre, puis j'ai écouté à travers la porte. Il n'y avait rien. Rien que Marie-Hélène dans ma tête.

Je ressentais une grande faim. Une faim insatiable. J'ai bu un verre d'eau et j'ai dévoré deux barres de céréales, une pomme et une banane. Pendant ce temps-là, des souvenirs aléatoires de moments et d'endroits insignifiants me sont venus, des images aussi précises que des photos, d'un *party* d'Halloween à La Planck, à Montréal, et d'un coin de rue à Istanbul, pleines de détails que j'aurais dû avoir oubliés ou que je n'aurais jamais dû remarquer.

Je me sentais accablé. Un fardeau, une charge énorme sur mes épaules faisait qu'il m'était un peu difficile de me tenir droit et de respirer. Je me sentais comme Jean Valjean, ou Porthos retenant les pierres de la forteresse s'écroulant sur lui.

Il était un peu plus de cinq heures. Je suis retourné au lit et j'ai pris Moira dans mes bras. Ça m'a un peu apaisé. Je ne me suis pas rendormi.

Elle s'est réveillée autour de six heures et demie. Nous avons pris une douche. Pendant qu'elle frisait ses cheveux, Internet m'a appris que la police interrogeait une femme de quarante-deux ans relativement à la mort du jeune homme. Il était maintenant identifié par un nom et une photo, et c'était bel et bien Baby Face Nelson. C'était loin d'être une surprise, mais ça m'a touché. Il n'y avait plus aucune mention de nous. J'ai dit tout cela à Moira et elle a répondu : « Elle a seulement quarante-deux ans ? »

Le stress avait baissé d'un cran et nous sommes descendus pour nous prévaloir de notre déjeuner continental gratuit. La faim du petit matin ne m'avait pas quitté. Les muffins n'étaient pas très bons et j'en ai trop mangé, alors je me suis senti mal.

Nous avions jusqu'à onze heures pour quitter la chambre et du temps à tuer cette journée-là parce que Tom ne serait pas chez lui, à Chicago, avant l'heure du souper, mais nous avons rapporté tous nos bagages à l'auto tout de suite après le déjeuner. Quand elle est allée rendre les clés, Moira a demandé quelle était la meilleure façon de se rendre à l'autoroute vers Cincinnati. Nous avons trouvé un café au centre-ville de Toledo, où nous avons passé la matinée à réviser notre *Évangile secret* pour qu'il ait l'air aussi bon que possible, au cas où nous voudrions le montrer au professeur Attaway. J'essayais d'être jovial, mais je me sentais vide. Quand Moira m'a demandé comment j'allais, j'ai répondu que j'avais fait un rêve et que je ne me sentais pas bien. Je ne voulais rien cacher, mais j'espérais qu'elle comprendrait sans que j'aie à en dire plus. Elle n'a pas posé de questions.

MARIE

Jésus dit: «Lorsque l'esprit impur est sorti d'un homme, il va par des lieux arides, cherchant du repos, et il n'en trouve point. Alors il dit: "Je retournerai dans ma maison d'où je suis sorti." Quand il arrive, il la trouve balayée et mise en ordre, et a peur du vide qu'il y voit.»

Évangile secret de Jacques, le frère de Jésus

38

Le mardi après la Valse d'hiver, je suis passé au bureau de Marie pour lui dire bonjour et jaser un peu. Nous avons eu une conversation courtoise, et elle semblait sincèrement contente de me parler, mais j'ai été incapable d'aller au-delà d'un petit bavardage plein de banalités, et je me suis senti quelconque et banal, justement.

Après quelques minutes, elle a pris une paire de gants de travail en cuir qui étaient sur son bureau et a dit : « Excuse-moi de partir, mais je dois aller à l'atelier d'usinage maintenant. Tu peux marcher avec moi si c'est sur ta route.

— Je te suis. »

Nous sommes passés par le sous-sol de son labo. En bas de l'escalier, un claquement s'est fait entendre et un bras avec une lampe de poche est sorti du mur. Nous avons sursauté.

J'ai lancé : « Qu'est-ce qui se passe ? »

Une voix assourdie est venue de l'autre côté du mur :

« C'est Nick. J'ouvre un chemin pour passer de la fibre optique jusqu'au sous-sol du LISE. J'imagine que je suis arrivé au labo ? »

Marie a dit : « Oui, et tu es à peu près un pied à côté de la marque que tu avais faite sur le mur. »

Nous sommes arrivés à l'atelier. Une affiche sur la porte disait : *Pensez à la sécurité d'abord ! Portez l'équipement de protection personnelle.* Elle a mis ses gants et a saisi la poignée de la porte.

« Merci pour ta générosité et pour ton temps, Marie. Voudrais-tu aller prendre un café bientôt ?

— Merci, mais je ne peux pas, c'est la fin de la session et je suis plusieurs cours, tu sais comment c'est. »

Je n'ai rien trouvé à répondre. J'étais plutôt surchargé de travail, moi aussi.

Nous nous sommes dit au revoir et bonne chance et sommes partis chacun de notre côté.

Mais elle était spéciale. Comme je l'aimais.

Je me suis résigné à être patient, mais je me suis senti agité toute la semaine, et je ne pouvais pas me concentrer. Le vendredi, je l'ai vue dans le couloir de Jefferson. Nous nous sommes arrêtés ; elle a souri et a dit « Bonjour » en me regardant par-dessus ses lunettes embuées. Elle arrivait de dehors, ses joues étaient rouges et des flocons de neige fondaient sur son chapeau de travers et ses cheveux. En enlevant ses gants, elle a dit :

« J'adore le temps qu'il fait dehors. Le ciel est si bas et l'air est si calme qu'on se croirait en dedans. Le monde entier pourrait être à l'intérieur. »

J'ai dit : « Oui, j'aime ce temps-là, moi aussi.

— En tout cas, je dois y aller. Bye.

— Bye. »

Parler de la météo est l'archétype d'une conversation banale, et pourtant ce qu'elle avait dit montrait une sensibilité significative qui ressemblait à la mienne. Pour une raison ou une autre, je n'avais pu trouver qu'une réponse plate. Elle me donnait ce sentiment, comme un écho mélancolique de choses perdues, et peut-être que cette jolie tristesse m'engourdissait.

Je partais pour le Chili pour un voyage d'observation le mardi suivant, puis je serais au Québec pour les vacances de Noël jusqu'en janvier. Une éternité loin d'elle. Ce soir-là, je lui ai envoyé un courriel avec une invitation à manger ensemble, parce que j'ai pensé : *Elle n'a peut-être pas besoin de café, mais certainement elle prend des repas.* Elle a répondu trois jours plus tard qu'elle était trop occupée et ne pourrait pas me voir dans un avenir proche. Elle a ajouté : « De toute façon, de quoi voulais-tu me parler ? » J'ai continué à tout faire de travers et je n'ai donné qu'une réponse généralement vraie mais euphémique comme quoi je la trouvais gentille et que nous devrions être amis, et elle n'a jamais répondu à ça. Mais ma réponse n'avait pas vraiment d'importance : elle avait déjà été assez claire.

Son comportement était parfaitement raisonnable, mais j'étais déstabilisé, car j'avais l'habitude de recevoir la confiance et l'amitié des femmes quand je le voulais. Je n'avais besoin que de parler pendant un moment où j'avais leur attention pour gagner leur amitié. Aussi, même si je ne croyais pas au destin, je pensais que nous avions un lien mystérieux qu'elle aurait dû reconnaître. Je pensais que nous nous trouverions comme les enfants se trouvent dans les lieux publics et deviennent tout de suite amis, alors qu'ils sont timides face aux adultes. Tant pis pour tout ça.

J'ai revu Marie à une autre danse l'automne suivant. Nous avons dansé quelques fois en nous amusant bien, et elle m'a laissé la reconduire chez elle à la fin de la soirée. C'est une marque de confiance qui m'a fait plaisir. Mais il y avait une distance claire entre nous.

Je l'ai revue une fois de temps en temps sur le campus pendant plusieurs années. Nous parlions alors un peu, mais nos conversations n'allaient jamais bien loin. J'ai réussi à oublier mes sentiments envers elle, mais la voir m'apportait chaque fois une joie étonnante et énorme, marquée, mais si peu, par la tristesse de n'être qu'un lointain navire aux appels perdus dans sa nuit magnifique.

ESCAPADE : L'AUTOROUTE

Jésus dit : « Coupez ce qui est incomplet. Il est maintenant complet parce qu'il se termine. »

Évangile secret de Jacques, le frère de Jésus

39

J'étais toujours plutôt silencieux dans l'auto en après-midi. Ma grande faim n'était qu'empirée par la bouffe de la route, salée et grasse et sucrée et superficielle, et le siège trop concave de l'auto qui m'empêchait de m'asseoir droit comprimait mon ventre ne serait-ce qu'un peu et me rappelait que j'étais trop plein pour jamais être rassasié. Ma mémoire sens dessus dessous s'activait et continuait à me donner goutte à goutte des sentiments et des images impossiblement précises de ces anciens voyages, du lac Atitlán il y avait si long-temps déjà, des fêtes de l'été 2005. Je me sentais idiot et je souriais souvent à Moira. Elle aussi était silen-cieuse. Nous jouions sa musique.

À un moment donné, elle a mis les Beatles. *Let It Be* m'a rappelé Marie-Hélène et je me suis tourné vers la fenêtre pour que Moira ne puisse pas voir mes yeux. Puis *Across the Universe* a joué et m'a inspiré le mantra *Shai-Hulud Deva*. Le chanter était étrange-ment captivant et méditatif, et il m'est resté dans la tête toute la journée.

AVEC MOIRA

La rumeur se répandit parmi le peuple que Jésus était un maître sage et un guérisseur puissant, et de grandes foules vinrent à lui. Je voyageai souvent de Nazareth à Capharnaüm pour entendre son enseignement. Ma mère et mes frères ne savaient pas que Jésus et Jude avaient changé de place, et ils ne croyaient pas que Jésus, qui avait vécu avec nous tout ce temps, pût enseigner. Ils disaient : « Il a perdu la raison. »

[…]

Ma mère survint à Capharnaüm avec Simon et Joses, mais ils ne purent entrer dans la synagogue, à cause de la foule. Quelqu'un dit : « Jésus, ta mère et tes frères sont dehors, et ils cherchent à te parler. » Nous craignions qu'ils ne révèlent à la foule que Jésus n'était pas celui qu'il disait être, s'ils le voyaient. C'est pourquoi Jésus dit à ceux qui étaient assis tout autour de lui : « Qui est ma mère, et qui sont mes frères ? Vous l'êtes ! Car, quiconque fait la volonté de Dieu, celui-là est mon frère, ma sœur, et ma mère. » Je sortis et renvoyai ma mère et mes frères, leur promettant que Jésus irait à eux le soir venu.

Évangile secret de Jacques, le frère de Jésus

40

Moira et moi avons continué de nous voir avec la même joie qu'avant pendant la semaine et demie après la Valse d'hiver, alors que je vivais mon histoire décevante avec Marie. Moira a dû percevoir un changement en moi, mais elle l'a peut-être expliqué par l'étrangeté des circonstances ayant entouré la visite de Dave. Elle était aussi très occupée à cause de la fin de la session. Je ne lui ai pas parlé de Marie et, en fait, nous n'avons pas parlé du tout de la Valse d'hiver ni de la visite de Dave. Nous sommes sortis prendre une bière tous les deux avec Charles Leblanc avant que nous ne partions tous. Nous avons parlé de physique et de théologie et nous nous sommes bien amusés. Nous avons expliqué notre projet d'*Évangile secret* à Charles et il a trouvé l'idée brillante. Il s'est montré très enthousiaste et a dit : « Vous allez être célèbres ! »

J'ai fait mon voyage d'observation au Chili ; j'ai appelé Moira sur Skype et je lui ai montré ma chambre sur la montagne et le télescope. Puis j'ai rendu visite à ma famille au Québec pour Noël. On m'a posé beaucoup de questions aux frontières, ce qui était inhabituel, mais je ne m'en suis pas soucié à ce moment-là.

J'ai assisté à la messe de minuit dans mon patelin pour la première fois depuis des années, par curiosité. L'homélie était terriblement ennuyante, mais j'ai trouvé un peu intéressant de noter qu'on avait changé les paroles de *Minuit, chrétiens* pour annoncer l'amour du Père plutôt que son courroux et j'ai compris plusieurs choses sur les chansons qui m'avaient échappé quand j'étais jeune et allais à l'église, par exemple le contexte politique de *Noël à Jérusalem*. Un homme est venu me parler à la fin de la messe, quand j'attendais en file pour descendre du jubé. Il savait qui j'étais ; ce n'était pas inhabituel, puisque je suis souvent apparu dans le mensuel local, de *ti-gars de la place gagne un prix à l'expo-sciences* à *ti-gars de la place va à Harvard*. Il a demandé si j'allais à l'église là où j'habitais, à Boston, et quand j'ai répondu diplomatiquement que je n'étais pas très porté sur la religion, il a dit quelque chose qui était un peu condescendant et presque incompréhensible, mais troublant sur le moment à cause des liens fortuits avec notre *Évangile secret* : « Tu devrais repenser à saint Thomas. Des fois, les choses vont bien et on oublie Dieu, mais des malheurs peuvent arriver. » Ça avait un peu de sens si l'on considérait que Thomas égalait doute, et c'est donc comme ça que je l'ai compris. J'ai simplement fait oui de la tête. Après son départ, ma tante m'a dit qu'il était un haut gradé local des Chevaliers de Colomb.

J'étais de retour à Cambridge peu après le jour de l'An, et Moira est revenue autour du 6 janvier. Nous avons donc passé trois semaines sans nous voir. Elle m'a manqué, étant donné notre proximité récente, mais la pause a permis à mon cœur de se remettre un peu du rejet de Marie. Nous nous sommes écrit souvent et avons même avancé l'*Évangile secret* parce qu'elle a pris congé de son travail pendant quelques jours autour de Noël.

Moira avait encore plusieurs essais à terminer après son retour à Cambridge. Les deux premiers jours, je l'ai vue le temps de repas à Dudley, mais elle mangeait rapidement et repartait. Elle semblait contente de me voir, mais j'ai quand même pensé qu'elle voulait peut-être s'éloigner un peu de moi. J'ai parlé de tout ça à Maddie, c'était le vendredi après-midi, et elle m'a convaincu que Moira était simplement stressée par son travail : elle pensait que Moira avait une peur profonde et infondée de ne pas être à la hauteur. Je suis donc allé acheter des Pop-Tarts, des M&M's aux arachides et son thé oolong préféré, puis un foulard à la boutique tibétaine pour emballer tout ça plus joliment qu'avec un sac en plastique. Elle n'était pas dans sa chambre, alors j'ai accroché mon paquet à sa poignée de porte. J'ai décidé d'aller au Brattle et je suis sorti du côté d'Oxford Street. J'ai vu Moira arriver de loin, et j'ai donc marché lentement de façon à ce que nous nous croisions à peu près au même endroit où nous nous étions vus le soir de *The Red Shoes*. J'ai regardé tout autour de moi, en prenant le temps de vraiment bien remarquer les bâtisses et les arbres jusqu'à Memorial Hall au loin, même si j'étais déjà passé par là des centaines de fois.

Nous avons souri tous les deux. Elle a demandé :

« Est-ce que tu me cherchais ?

— Oui. J'ai laissé un cadeau d'encouragement à ta porte.

— Merci.

— Je suppose que tu es occupée ce soir ?

— Oui. Excuse-moi de disparaître sous autant de travail. Tu me manques. Vraiment. Je vais avoir tout fini mercredi après-midi, après ça nous pourrons redevenir des personnes normales. Si tu es libre, j'aimerais beaucoup passer la soirée avec toi.

— Je ne raterais ça pour rien au monde. Tu me manques aussi. Passe une bonne soirée, et une bonne fin de semaine.

— Toi aussi. »

Je suis allé la rejoindre à sa chambre le mercredi, et de là nous avions prévu sortir et souper quelque part. Elle faisait jouer les Cardigans quand je suis arrivé. Ça m'a rappelé le temps jadis, et donc, après l'avoir félicitée d'avoir tout terminé, j'ai dit :

« J'ai réalisé récemment que, même après avoir changé ma façon de penser à propos d'à peu près tout, et après avoir acquis beaucoup plus d'expérience, les choses qui me motivent au plus profond de moi n'ont pas changé depuis l'école secondaire ; ce sont le désir d'aimer et d'être aimé d'une seule femme, et l'exploration spatiale. Je ne sais pas si ça devrait me préoccuper ou pas. Du moins, c'est intéressant à noter. »

Ça s'est passé sans un mot et si vite que mon cerveau n'a pas vraiment remarqué le signal qu'elle a donné à mon corps, mais soudainement je goûtais l'empire de sa bouche, sa langue, ses dents, la porte se fermait, et elle roulait par-dessus moi sur le lit. Nous avons fait l'amour et c'était beau et libérateur.

Après avoir atteint l'orgasme tous les deux et alors que nous nous minouchions, étendus sur les draps, j'ai dit : « Tu sais, Moira, je me souviens de ton regard et de ton sourire la première fois que je t'ai vue, parce que j'ai su que je t'aimerais, et je t'ai aimée le soir où nous avons vu *The Red Shoes*. » Elle a souri et m'a regardé dans les yeux un long moment, puis nous nous sommes embrassés et avons continué.

Il se faisait tard et nous avions très faim quand nous avons décidé de nous arrêter un moment et de nous habiller, alors nous avons choisi de préparer des pâtes dans la cuisine plutôt que de sortir. Nous avons apporté nos assiettes au salon de l'étage, à côté de la cuisine, où une fille regardait un épisode de *Star Trek : The Next Generation*. Nous sommes arrivés pendant le générique d'ouverture et nous avons pris place pour regarder en mangeant. Peu après, Olav a passé la tête par la porte ; il a pris une expression de surprise exagérée et a lancé :

« Jonathan ! Es-tu revenu vivre ici ? »

J'ai dit : « *Kom binnen !* » C'était une blague souvent répétée entre nous deux.

Il s'est assis, puis il a dit : « Je n'ai jamais compris pourquoi les gens aiment cette émission. » Il est resté pour l'écouter avec nous. Moira est allée aux toilettes pendant une pause publicitaire, et Olav a dit :

« Oh, en passant, Caroline vient de se marier.

— Vraiment ? Tant mieux pour elle.

— J'ai vu des photos sur Facebook. Son mari est un Asiatique très musclé. Il a l'air gentil, mais elle le contrôle probablement complètement, alors tu devrais rester sur tes gardes si tu vas à New York. »

J'ai dit : « Bof, ces gars musclés, ils n'ont pas de vitesse ni de flexibilité, donc ils ne sont pas très bons dans une bagarre. Je pense que j'ai lu ça quelque part. »

Moira et moi sommes retournés à sa chambre après l'émission et je suis resté pour la nuit.

Une conséquence particulière de cette première soirée illustre mon caractère, pour le meilleur et pour le pire. Moira était intéressée par mon prépuce et a dit : « Tu sais, pour moi, le prépuce est une nouveauté amusante. » Je n'ai pas compris pourquoi et elle m'a appris que la plupart des Américains sont circoncis. Ce n'est pas très important, mais c'est un trait culturel de base, présent tout autour mais caché, et que j'ai donc été étonné de découvrir après plusieurs années passées aux États-Unis. (D'autres exemples de surprises du temps que j'étais à Harvard ont été d'apprendre que le sandwich au beurre d'arachide et à la confiture était un mets bien connu, que les Américains utilisaient par défaut les diminutifs des prénoms et que tant de gens aimaient vraiment le baseball.)

J'ai donc reçu cette information avec un enthousiasme naïf. Le matin suivant, j'ai vu mes collègues cent pour cent américains Robert et Dave (l'un des trois Dave de mon année) en entrant dans le pavillon Jefferson et je me suis exclamé, sans trop réfléchir :

« Les gars ! Je viens d'apprendre que la plupart des Américains sont circoncis ! »

Ils m'ont regardé sans sourire. Après un silence pesant, Robert a dit lentement :

« Ouais. »

41

Nous avons eu deux semaines avant le début de la session suivante. Je poursuivais mon travail de recherche et Moira avait un article à écrire, mais nous avons passé le plus clair de notre temps ensemble, à travailler à l'*Évangile secret,* à sortir, à faire l'amour. Ces jours ont facilement été les plus heureux de ma vie.

C'était un temps de grand espoir. Surtout d'espoir pour l'Amour, d'espoir que Moira quitterait un jour Dave pour moi, mais je ne pensais pas si précisément à ce détail-là et j'étais simplement heureux d'être avec elle. J'avais aussi de l'espoir en l'avenir en général. L'investiture du président Obama a eu lieu pendant ce temps-là et nous avons regardé la cérémonie avec des amis à Dudley House. Nos amis américains ont surtout exprimé leur joie d'avoir un président qui pouvait parler sans avoir l'air d'un imbécile, mais moi, j'étais content quand ils ont annoncé que la prison de Guantánamo fermerait et que la torture cesserait. Même la récession m'égayait parce que, certainement, les marchés financiers devraient être réformés et mieux réglementés. Évidemment, rien de tout cela n'allait arriver.

Je n'avais jamais invité Moira à mon appartement par retenue, mais elle est venue à ce moment-là et elle est restée la plupart des nuits parce que j'avais un grand lit et que nous y avions plus d'intimité. Elle recevait aussi depuis peu des appels téléphoniques dans sa chambre pendant la nuit, des appels où l'on demeurait silencieux à l'autre bout de la ligne ; elle désactivait la sonnerie, mais ça la rendait tout de même nerveuse. Quand elle est entrée dans mon appartement pour la première fois, elle a été attirée, comme la plupart des visiteurs, par la grande bibliothèque qui créait une division entre le salon et la cuisine. Elle en a immédiatement sorti la carte postale que Diane m'avait envoyée quelques mois auparavant. Elle montrait la bâtisse de la Navy Pier, à Chicago, avec le haut de la grande roue dépassant au-dessus. Elle m'a regardé avec surprise en voyant le nom.

« C'est la Diane de ton histoire ?

— Oui.

— Vous avez donc gardé contact ?

— En quelque sorte, mais pas vraiment. Deux ou trois courriels, et puis ça. Il était facile pour elle de me l'envoyer à l'adresse *Department of Physics, Harvard University.* »

Elle l'a remise en place et n'a rien dit de plus. Le message était plutôt innocent.

J'avais une lampe de poche d'urgence avec radio intégrée sur mon bureau. En attendant que je vienne me coucher, elle l'a allumée et a trouvé The Memories Station (la chaîne des souvenirs) sur la bande AM. Elle s'y est arrêtée parce qu'une chanson de Nat King Cole y passait, et je venais de lui dire que la femme de Nat King Cole avait apparemment grandi dans mon appartement. Puis la station a diffusé des standards du jazz et Moira les connaissait presque tous. Je trouvais aussi la musique parfaite: après tout, ces morceaux avaient été enregistrés pour être entendus à la radio AM. C'est devenu une partie de notre rituel d'écouter cette chaîne quand nous faisions l'amour dans ma chambre, même si la sélection dérivait parfois vers le kitsch mélodramatique et que nous finissions par l'éteindre, sauf si c'étaient les Carpenters qui jouaient. J'entends encore l'indicatif: «*Seven forty, W-J-I-B!*» L'isolation sonore de cet appartement n'était pas très bonne, alors je suppose que Jo, mon colocataire à l'époque, s'en souvient lui aussi.

Un de ces jours, nous sommes allés patiner au Frog Pond. Un adolescent allait trop vite et je l'ai coupé par accident. Il y a eu collision. Une partie anguleuse de son corps, peut-être un coude ou une épaule, m'a frappé fort dans les côtes du côté gauche. Je suis tombé vers la bande et j'ai essayé de l'attraper, mais mes mains ont glissé et je me suis égratigné les poignets.

Ce soir-là quand nous avons fait l'amour, le condom s'est rempli de sang de l'intérieur. Nous avons inspecté mon pénis et nous avons vu que la bande de peau retenant le prépuce avait été brisée.

Moira a dit: «Je suis vraiment désolée de t'avoir fait ça!»

Ça chauffait un peu, mais je n'ai rien laissé paraître: «Tu sais ce qu'on dit, *you break it, you buy it.*» (Littéralement *tu le brises, tu l'achètes.*)

Elle m'a regardé d'un air sceptique.

J'ai dit: «Ce n'est probablement rien. Des millions d'hommes se font couper le prépuce en entier.»

Je suis allé prendre une douche. À mon retour, elle était assise à son ordinateur.

« Docteur Google dit que c'est une rupture du frein du prépuce et que ça devrait bien guérir, mais fais attention que ça ne s'infecte pas. »

J'ai montré l'ecchymose sur mon côté et j'ai tourné les poignets vers l'avant.

« Père Google, quant à lui, dit que ce sont des stigmates. »

Nous avons beaucoup ri de celle-là. Pendant quelques jours, elle me disait souvent de faire attention à mes pieds et à ma tête. C'est le genre d'innocence qui nous habitait ces semaines-là. Notre amour était sans honte et organique. J'utilise ce mot bien littéralement : biologique, muqueux, glandulaire, fragile, beau.

42

Inspirés par la pause du souper de notre première soirée d'amour, Moira et moi avons organisé une «pause» *Star Trek* dans le salon de son étage, deux jours avant le début de la nouvelle session. La plupart de nos amis étaient de retour. Maddie et Charles sont venus, et Olav et plusieurs autres connaissances des soupers à Dudley, de même que certains de mes collègues physiciens.

Quand Charles est arrivé, je n'ai pas pu m'en empêcher, j'ai saisi l'occasion de montrer mes poignets à un authentique théologien catholique.

«Charles, j'ai des stigmates!»

Il a souri: «C'est intéressant, mais il faut plus de preuves que ces simples marques pour pouvoir dire que ce sont des stigmates.»

J'ai commencé: «En fait…» Moira a levé un sourcil. Peipei, une amie d'Olav, était tout près et s'est tournée vers moi d'un air préoccupé. Elle a dit:

«Qu'est-ce qui s'est passé?

— J'ai des stigmates.

— Qu'est-ce que c'est?»

Moira a expliqué: «Ça veut dire que ce sont comme les blessures de Jésus et que Jonathan est un saint.»

Le visage de Peipei n'a pas changé. Elle a demandé lentement :

«Est-ce qu'ils t'ont fait ça à ton église ?»

J'ai dit : «Non, c'est une blague. C'est un accident de patin.»

Nous avons regardé un des meilleurs épisodes de la série originale, intitulé *Is There in Truth No Beauty?* Charles n'avait jamais rien vu de *Star Trek*. Devant une bière, après l'émission, il nous a parlé de Heidegger avec enthousiasme. J'ai vraiment essayé de suivre, mais je ne sais pas ce qu'il a dit ni quel était le rapport avec *Star Trek*. Je n'ai jamais compris grand-chose de la page de Wikipédia sur Heidegger non plus.

C'était une belle soirée et il y a eu pas mal de monde pendant à peu près trois heures. Vers la fin, les dernières personnes qui restaient étaient assises autour de la table : Moira et moi, Charles, Maddie, Olav, évidemment, parce qu'il était toujours là, Paola qui était arrivée tard, et deux autres.

Moira a dit : «Charles, je me demandais si, par chance, tu connaîtrais cet homme que j'ai vu à la bibliothèque de la faculté de théologie aujourd'hui. Il portait un col romain et une soutane et il était mince avec des pommettes rondes et un teint sombre. Il avait un air peut-être méditerranéen.

— Hum. Il était vieux ?

— Il commençait à grisonner, mais ses cheveux étaient surtout noirs.

— Non, je ne crois pas savoir qui c'est. Veux-tu lui parler ? Devrais-je me renseigner sur lui ?

— Non, s'il te plaît. Ce n'est probablement rien. C'est que je n'ai pas aimé sa façon de me regarder. Puis je l'ai revu à deux autres endroits sur le campus après ça, et il me regardait de la même façon. »

J'ai demandé : « Et de quelle façon te regardait-il ?

— Je ne sais pas… Il avait l'air fâché. »

J'ai dit : « Ça m'est arrivé deux fois au Gato, avec des hommes différents, qu'un homme dans la cinquantaine me fixe intensément. L'un d'entre eux était habillé comme un capitaine de navire, c'était bizarre. Ils s'intéressaient probablement à moi sexuellement, mais il est parfois très difficile de savoir ce qu'expriment les yeux. Ils étaient peut-être fâchés contre moi, pour une raison qui m'est inconnue. »

Moira a dit : « Non. Les hommes me regardent tout le temps. Cette fois-ci, c'était différent. »

Maddie a souri. « Peut-être avait-il l'air fâché parce qu'il est dans l'Opus Dei et qu'il souffrait de son autoflagellation matinale. »

Charles a secoué la tête. « Non, toutes ces choses sur l'Opus Dei ne sont pas vraies.

— Pourtant, Bob était plutôt affirmatif quand il en a parlé en classe. »

Charles a continué : « Bob est un génie. Ça signifie qu'il met quelque chose au monde qui vient de l'intérieur de lui-même, qui est unique et admirable et qui en vaut la peine, mais il s'écarte parfois des faits objectifs. L'Opus Dei est une organisation normale de gens normaux. J'en connais plusieurs qui sont membres. Un de mes directeurs de thèse en France, par exemple. »

Notre discussion est passée à d'autres sujets, et peu de temps après, Moira a remercié tout le monde et nous a excusés tous les deux. Nous sommes allés à sa chambre. Elle a dit :

« Pour autant que je sache, Charles est la seule personne à connaître les détails de notre *Évangile secret*, n'est-ce pas ?

— Oui. Je n'ai pas été très précis avec d'autres personnes.

— Puisqu'il a pensé que c'était si drôle, il en a peut-être parlé en passant à son directeur ou à des amis qui sont dans l'Opus Dei, et la première chose qu'on en sait, c'est que cet homme troublant en col romain me suit sur le campus. Intimidation. »

J'ai dit : « Pas impossible, mais ça me semble peu probable.

— Ça, et les appels téléphoniques la nuit. Et, je ne pense pas te l'avoir dit, mon compte de Harvard a été piraté pendant les vacances, quand je travaillais sur mes essais.

— Piraté ?

— Oui, j'ai reçu un appel des gens des services technologiques de la faculté disant qu'ils avaient des raisons de croire que mon compte était compromis, et ils m'ont demandé de changer mon mot de passe.

— C'était seulement ton compte ou un problème plus grave qu'ils avaient sur les bras ?

— Je n'en suis pas certaine. J'ai cru comprendre que c'était juste moi. En tout cas, j'ai changé mon mot de passe. J'utilisais le même mot de passe pour Gmail et d'autres choses, alors je les ai changés aussi. Mes comptes semblaient n'avoir rien d'anormal et ils n'ont apparemment pas été utilisés pour envoyer des pourriels à mes amis. Mais quelqu'un aurait pu obtenir notre brouillon de l'*Évangile secret* de mes courriels, en le cherchant ou en le trouvant par hasard. Je ne m'inquiète pas trop, mais c'est possible. »

Le silence qui a suivi était lourd. Je reliais les points dans ma tête, sachant très bien que je suis un peu trop bon à ce jeu-là. J'ai dit :

« N'oublie pas ma rencontre étrange avec le chevalier de Colomb, la veille de Noël. »

Elle a fait oui de la tête et a dit : « Allons à ton appartement. »

Nous avons rattrapé Charles et Paola dans l'escalier et avons marché un peu avec eux, puis ils ont tourné sur Mass Ave parce qu'ils allaient prendre un autre verre ensemble.

Puis cette chose est arrivée ou, plutôt, n'est pas arrivée : nous avons presque été frappés par une voiture. Nous traversions Garden Street près de l'endroit où débute Concord Avenue. Ce qui s'est probablement passé, d'après notre reconstitution des événements, c'est qu'une auto est arrivée rapidement du côté de Harvard Square avec un signal clignotant pour tourner dans Concord, mais a accéléré dans Garden plutôt que de tourner, tout ça au moment même où nous traversions. Moira m'a poussé et elle a peut-être dit : « Attention ! » L'auto nous a manqués de peu, et nous tremblions de partout quand nous avons atteint le trottoir de l'autre côté. Nous n'avons pas remarqué grand-chose de la voiture.

Des représentations de blessures que nous aurions pu subir sont apparues dans ma tête instantanément. Je les ai ressenties comme jamais auparavant et c'était terriblement désagréable. Penser à des os éclatés me donnait mal au cœur, mais, par-dessus tout, c'est l'idée du sang cru, de la vie quittant le corps si simplement, si bêtement par une hémorragie externe, qui m'a marqué. J'étais bouleversé à l'idée que ça aurait pu arriver à Moira et j'en ai eu les larmes aux yeux. Et tout ça est resté en moi depuis ; j'en ai eu quelques cauchemars, et j'ai changé mon rapport à l'histoire, aux nouvelles internationales et à la fiction. Je pense que je suis plus conscient des conséquences de la fragilité humaine dans ce qui n'est pas le temps et le lieu anormalement sécuritaires où j'ai la chance de vivre.

Nous avons eu l'esprit tendu pour le reste du chemin ; nous n'avons pas dit grand-chose, mais ce que nous pensions que ça avait pu être était très clair. Nous sommes arrivés à mon appartement, et pendant que Moira allait à la salle de bains, j'ai jeté un coup d'œil à mes courriels, comme si j'avais besoin de plus de stress. Je suis presque tombé de ma chaise : j'avais reçu un courriel d'un membre de la loge maçonnique de Harvard disant qu'on m'avait porté à l'attention de la loge et que je devrais penser à faire une demande pour en devenir membre. J'ai décidé de ne pas en parler à Moira immédiatement. J'ai allumé la radio à The Memories Station et me suis effondré sur le lit.

Nous n'avons pas bien dormi cette nuit-là.

Nous voulions changer d'air le lendemain, alors nous avons évité le campus et marché jusqu'à Union Square pour visiter deux cafés. Deux nonnes en cornette plantées à un coin de Somerville Avenue nous ont regardés d'un air désapprobateur et nous ont suivis des yeux alors que nous passions. Moira a éclaté de rire deux pas plus loin. J'ai ri moi aussi et j'ai dit :

« La face qu'elles ont faite ! »

— Oui ! C'est trop ! Il faut que tout ce qui arrive ne soit qu'une série de coïncidences, sinon l'Église catholique est l'organisation la plus efficace de toutes ! »

Nous avons tellement ri que nous avons eu besoin de nous arrêter parce que nous étions pliés en deux. Notre niveau de stress a diminué, et nous avons assez bien réussi à mettre nos inquiétudes paranoïaques de côté par la suite.

Moira a revu le prêtre fâché sur le campus plus tard la même semaine. Il discutait avec une connaissance à elle. Elle les a observés de loin jusqu'à ce qu'ils se séparent, puis elle est allée parler à son ami. Il venait tout juste de rencontrer le prêtre à une table ronde à propos de la Légion du Christ et de Regnum Christi, le jour de l'anniversaire de la mort de leur fondateur. Il n'avait rien d'autre à en dire, sinon que le prêtre l'avait invité à se joindre à lui pour une soirée du Renouveau charismatique.

Ça faisait beaucoup d'informations à absorber d'un coup. Le nom des légionnaires du Christ me disait quelque chose, mais c'était tout.

« Le Renouveau charismatique ?

— Oui. *Charismata* est le mot grec pour les dons de l'Esprit ; je ne savais pas qu'il existait chez les catholiques, mais c'est un mouvement qui croit que l'Esprit saint offre les dons décrits dans les Écritures chez les premiers croyants, comme la guérison, la prophétie et les langues.

— Ça fait toute une liste d'organisations catholiques que nous avons rencontrées récemment : l'Opus Dei, le Regnum Christi, le Renouveau charismatique, les Chevaliers de Colomb, les Sœurs de Quelque Chose, les francs-maçons; je sais bien qu'ils ne sont pas catholiques, mais ils vont bien avec le reste. Si ce n'était qu'un seul groupe, je dirais que je devrais essayer de l'infiltrer avec mes stigmates, mais notre problème semble plus général.»

Moira a dit: «De toute évidence, l'Opus Dei donne la priorité à Dieu, Regnum Christi s'intéresse au Christ, le Renouveau charismatique, à l'Esprit, et les autres ont vraisemblablement des dévotions mariales. Ça couvre probablement les divinités catholiques majeures. Est-ce que ces préférences pour différentes parties de la Divinité impliquent une sorte de rivalité ou est-ce que ces organisations pourraient collaborer?

— Je ne sais pas. Elles pourraient toutes collaborer à l'instigation du Vatican, j'imagine. Mais pourquoi s'intéresseraient-elles à nous? Les livres de *Jésusploitation* se comptent par centaines.

— Ce n'est qu'une possibilité logique, mais quelqu'un pourrait savoir quelque chose que nous ne savons pas et qui semblerait corroborer notre théorie, comme des documents historiques secrets ou des mystères de leur organisation. Mais la longueur absurde de notre liste d'ennemis catholiques me convainc que tout cela n'est qu'une coïncidence.»

C'était aussi ma conclusion et mon sentiment, mais j'allais tout de même être prudent en traversant la rue et dans les ruelles sombres, la nuit, au cas où les bonnes sœurs nous en voudraient vraiment.

43

Notre romance a duré tout février, avec une intensité plus faible parce que les cours et autres obligations avaient repris. Nous nous voyions encore chaque jour, mais ne passions la nuit ensemble que deux ou trois fois par semaine. Puis Dave a décidé de rendre visite à Moira début mars, pendant sa semaine de relâche à lui. J'ai trouvé un voyage d'observation et des collaborateurs à voir au loin pendant ce temps-là, alors j'ai décampé pour une bonne partie du mois. D'abord, notre éloignement m'a rendu triste. Par la suite, il n'y a pas d'autre mot que la misère pour décrire comment je me suis senti ces jours où je savais qu'elle était avec Dave. Je vais seulement noter le fait objectif que j'ai beaucoup pleuré. Je peux être tellement bourgeois, des fois.

Le bon côté de la visite de Dave était que Moira passerait sa semaine de relâche à elle, la quatrième de mars, avec moi. Nous avons parlé de notre plan bien à l'avance et avons décidé qu'une escapade sur la route serait une belle aventure. Elle a suggéré que nous fassions comme si nous étions en fuite, pour nous amuser un peu. En tout cas, ce serait un voyage secret et Dave et sa famille n'en sauraient rien.

Tom, un ancien tuteur universitaire et un ami de Moira, qui était devenu récemment professeur adjoint à l'Université de Chicago, était de passage à Cambridge au début de février pour un colloque. Moira a dîné avec lui et lui a parlé de notre projet de livre, et il lui a dit qu'un de ses collègues, le professeur Charles Attaway, était en train d'écrire un livre sur Thomas et avait peut-être accès à des documents intéressants. Il ne pouvait pas en dire plus là-dessus, mais a offert à Moira de la mettre en contact avec le professeur Attaway. C'est comme ça que nous avons décidé d'aller à Chicago pendant la relâche. Comme l'aller-retour en voiture aurait été beaucoup trop long, nous avons choisi de louer une voiture pour l'aller seulement et nous avons acheté des billets d'avion pour le retour.

ESCAPADE : CHICAGO

Jésus dit : « Heureux les pauvres, car le royaume des cieux est à eux. »

Évangile secret de Jacques, le frère de Jésus

44

Nous sommes arrivés à Chicago et j'ai utilisé des images de carte routière que j'avais enregistrées sur mon ordinateur pour guider Moira jusqu'à West Dickens Avenue, où Tom habitait. Parce que j'ouvrais et refermais souvent le couvercle de mon ordinateur portable afin de vérifier la route à prendre, j'ai désactivé le verrouillage automatique, temporairement croyais-je, pour éviter d'avoir à entrer mon mot de passe chaque fois.

Moira s'est stationnée sur le côté droit de la rue dès que nous avons vu la maison. Il était tout juste passé dix-neuf heures. Nous avons mis une minute à ramasser nos choses, qui étaient dispersées dans l'auto, et à les ranger. Puis, au moment même où j'ai ouvert la portière et sorti les pieds, un homme a surgi de l'obscurité ; des deux mains, il a tiré mon MacBook de sous mon bras. J'ai vu qu'il souriait, content de sa trouvaille ou simplement par folie, et déjà il s'enfuyait avec mon ordinateur portable. Je me suis figé de surprise et de peur, et Moira m'a ramené à la réalité en disant « Merde ! » très fort.

Je me sentais terriblement vulnérable. J'ai inspiré et j'ai répondu :

« Tu l'as dit.

— Est-ce que ça pourrait être pour notre *Évangile* ?

— C'est possible. Ou alors il voulait les coordonnées d'exoplanètes de mon groupe de recherche, mais je ne sais pas comment il aurait pu savoir qu'il me trouverait ici. Le plus probable, c'est que le gars passait par hasard et a vu que j'avais un ordinateur, et il a saisi sa chance. »

Silence.

Elle a demandé : « As-tu perdu des fichiers ?

— Non. J'ai fait un *rsync* pour les fichiers importants. Mais je me sens vraiment idiot : mes fichiers sont chiffrés, sauf que j'ai désactivé le verrouillage par mot de passe de l'écran de veille pour regarder la carte. Ils vont donc pouvoir accéder à mes fichiers jusqu'à ce qu'ils éteignent l'ordinateur. Il avait été acheté par mon groupe de recherche, donc je suppose qu'il appartient à l'université. J'ai besoin d'un rapport de police. Quelle malchance.

— S'il te plaît, laisse-moi en dehors de tout ça. L'auto de location est à ton nom, de toute façon. Nous ne pouvons pas nous permettre qu'un rapport de police dise que nous étions ensemble ici.

— Moira, tu n'es pas raisonnable. Je ne peux pas mentir aux policiers.

— Ne mens pas. Omets. Ils nous cherchent pour le motel. Je sais que tu peux le faire, John, je sais que tu le peux. »

Elle m'a embrassé et nous sommes sortis avec ses bagages. Tom nous a fait entrer et nous a souhaité la bienvenue, puis nous lui avons expliqué ce qui venait de se passer. Il a dit :

« Il y a un poste de police tout près d'ici. Je n'en suis pas certain, mais la chose la plus simple est peut-être d'y aller directement, comme ça, tu n'auras pas à attendre au téléphone ou que quelqu'un vienne. La police n'attrapera pas le voleur et elle ne trouvera pas d'indices ici, de toute façon. »

J'aimais bien son idée : la police ne viendrait pas près de Moira, et je m'éviterais d'avoir à appeler. Tom m'a expliqué comment m'y rendre et je suis parti à pied. Je ne me sentais pas en sûreté à marcher seul, et tout ça m'a semblé ridicule parce que nous avions une auto, alors j'ai pensé : *Tant pis pour le jeu, je vais tout raconter comme c'est arrivé.* Pourtant, quand j'ai vu le grand poste de police en brique, je ne sais pas ce qui a changé en moi, mais j'ai pensé que je pourrais oublier de parler de Moira ; après tout, je n'étais qu'un pauvre Canadien sans la moindre idée de ce qui se passait. J'ai relaxé tous les muscles de ma bouche de façon à avoir un accent québécois beaucoup plus fort que d'habitude. Je ne sais pas pourquoi je l'ai protégée comme ça ; je n'avais pas peur de l'enquête sur l'incendie ni de Dave. C'était mon intuition, c'est tout.

J'ai inscrit mon nom à la réception, puis j'ai attendu. L'attente n'a pas été si longue, tout compte fait, et pendant ce temps, je pense que j'ai bien joué mon personnage d'une personne bénigne mais un peu inapte socialement qui est légèrement sous le choc.

La policière était sérieuse et efficace et fatiguée. Elle n'a probablement pas été impressionnée par ma description du voleur : un homme blanc, jeune, sans barbe, portant un chandail à capuchon sombre. Elle m'a demandé si le voleur aurait pu être hispanique et j'ai dit que c'était possible. J'ai dit que je m'étais garé pour rendre visite à une collègue, mais elle n'a pas posé de questions là-dessus. Elle ne semblait pas se méfier de moi le moins du monde, mais c'est exactement ce qu'une super-policière aurait fait pour que je me sente sûr de moi et qu'une faute d'inattention me trahisse. J'ai gardé mon personnage et mon accent du début à la fin. Je me sentais si habile quand je suis ressorti de là en homme libre !

Je suis retourné chez Tom à pied. Il était presque vingt et une heures quand j'y suis arrivé. Moira m'a ouvert la porte seule.

« J'ai mon rapport de police. Je n'ai rien dit sur toi. »

Elle a souri et m'a embrassé.

Nous avons apporté mes bagages à notre chambre. Tom était assis à la table de la cuisine devant une théière et trois tasses. Il a dit :

« Les choses se sont bien passées, avec la police ? Ce genre de situation est tellement désagréable.

— Oui, tout s'est bien passé, merci pour l'idée d'y aller directement.

— Moira me parlait à l'instant des détails de votre *Évangile secret*. Votre histoire est très drôle… Je ne sais pas si c'est bon ou mauvais pour vos carrières, mais ça va donner un livre divertissant. Je pense que Chuck va l'aimer, il a un grand sens de l'humour. Comme je l'expliquais à Moira, personne n'a vu le travail de Chuck des deux dernières années environ, et ça me rend un peu curieux. J'espère qu'il va se confier à vous. Nous pouvons lui dire que si votre livre est populaire et qu'il suscite un intérêt pour Thomas, ça va augmenter ses propres ventes de livres ou les inscriptions à ses cours. »

J'ai demandé : « Et sur quoi exactement travaille-t-il ?

— Justement, telle est la question, nous ne savons même pas sur quoi il travaille. Il a eu une carrière si prolifique, il doit avoir quelque chose de vraiment intéressant pour que ce soit si secret. Il m'a dit récemment de n'en parler à personne, mais qu'il travaillait sur un document excitant de la collection Coldway. »

Moira a dit : « Je ne connais pas cette collection.

— Et peut-être que personne ne la connaît. J'ai cherché un peu, et je n'ai trouvé qu'une collection d'illustrations ornithologiques portant ce nom. »

J'ai dit : « Il y avait peut-être un dessin de cardinal. »

Je savais que c'était un bon jeu de mots parce que personne ne l'a ri.

« Non ! Je pense que c'est plus probablement un collectionneur privé discret qui l'a approché avec quelque chose de nouveau. »

Moira a dit : « C'est excitant. »

Nous avons bu notre thé et Tom a dit : « Jonathan, tu n'as pas rencontré ma femme. » Il a appelé : « Daria ! »

Une femme est arrivée d'une autre pièce. Elle a dit : « Salut, Jonathan. Je suis désolée de ne pas être sortie plus tôt, j'ai beaucoup de travail. Tu sais peut-être que je suis en astro à l'Université de Chicago. »

Tom a ajouté : « Daria vient de Montréal, elle a fait son bac à McGill. »

J'ai dit : « Enchanté. Je pense que nous devons connaître plusieurs des mêmes personnes ici. Nous en reparlerons quand nous ne risquerons pas d'ennuyer ces deux-là.

— Oui, j'ai mentionné à quelques personnes que tu resterais ici. On m'a dit que tu étais… spécial.

— Spécial ? »

Moira a ri.

Daria a dit : « D'une bonne façon, tu sais… intéressant. »

Nous avons discuté de notre plan pour le lendemain
matin, puis Tom m'a laissé son ordinateur portable et
Daria et lui sont allés dans leur chambre. Moira a dit
que sa tête était pleine d'idées et qu'elle avait besoin de
prendre des notes, alors nous sommes restés dans la
cuisine.

Je savais que c'était une nuit d'observation du groupe
de Bert Collins, mes coordonnées venaient d'être vo-
lées, et j'avais du temps libre, alors je me suis connecté
à distance à mon ordinateur sur le campus et j'ai lancé
un petit script que j'avais déjà écrit pour le plaisir. Ce
script obtient d'abord le graphique de la position de la
caméra guide à partir de la page Web de l'observatoire
qui montre le *seeing* (la qualité de la visibilité) en temps
réel et estime ensuite les coordonnées des observations
en cours. J'avais l'intention de comparer les coordonnées de la nuit avec ma liste à moi, juste pour voir.

Lancer le script n'a pas été long. Par la suite, j'ai écrit
dans le petit carnet que je garde avec mon passeport et
qui est plein de notes que je prends dans les aéroports
ou en avion quand mon ordinateur est rangé. Ces
notes sont surtout à propos de Marie-Hélène, et ce
soir-là n'était pas différent. Le rêve de la nuit d'avant
résonnait toujours en moi, et les événements, tous les
événements n'aidaient probablement pas. Comme j'ai
toujours ce carnet, je peux y retourner et voir exactement ce que j'ai écrit :

J'ai des rêves prophétiques qui me parlent de sa divinité.

Je ne pensais pas au rêve de la nuit précédente quand j'ai écrit ça, mais à un rêve antérieur dans lequel Marie-Hélène tombait du ciel.

Minuit sonne dans la cuisine de Tom.

Je suis hanté par des masques. Je suis Fred Astaire dansant avec vingt et une Ginger, et quand même. Quand même, Moira est ici avec moi. Moira mon roc. Moira ma soif et ma faim. Seule la chaleur de sa peau peut faire tomber les masques.

Comme je peux être mélodramatique, des fois.

Quand Moira a eu fini de travailler, j'ai bel et bien retrouvé sa chaleur. De la façon qu'elle me touchait, j'aurais juré qu'elle était amoureuse de moi.

MARIE-HÉLÈNE, MONTRÉAL-QUÉBEC

Jésus prêchait dans les villages de Galilée, mais évitait Nazareth de peur que les gens ne s'aperçoivent qu'il était en fait Jude. Après un temps, celui qui s'appelait maintenant Thomas, mais que les gens de Nazareth connaissaient sous le nom de Jésus, vint enseigner dans notre synagogue. Il avait vu comment Jude enseignait et répéta les mêmes mots, mais il n'enseigna pas avec autorité et ne put répondre à toutes les questions avec sagesse. Et il était pour eux une occasion de chute. Mais alors il leur dit: «Nul n'est prophète en son pays, et un médecin ne guérit pas ceux qui le connaissent.» Et il ne guérit pas beaucoup de gens dans ce lieu, parce qu'il ne connaissait pas la médecine comme Jude.

Évangile secret de Jacques, le frère de Jésus

45

Je l'ai rencontrée en janvier 2005, au début de ma dernière session d'études de premier cycle à l'Université de Montréal. J'étais un *démonstrateur,* un assistant d'enseignement, pour le cours introductif de mécanique classique; cet emploi était habituellement réservé aux étudiants des cycles supérieurs, mais j'étais ambitieux. Mon travail consistait à donner les séances de travaux pratiques en compagnie des autres démonstrateurs et à offrir quelques périodes de disponibilité dans la semaine pour aider les étudiants dans leurs travaux et leur expliquer la matière. La première séance de la session était différente: comme il n'y avait pas encore d'exercices à faire, j'ai donné une présentation magistrale sur quelques outils mathématiques.

Je l'ai remarquée ardemment. Le cours avait lieu dans une salle de style auditorium beaucoup trop grande pour la vingtaine d'étudiants et qui était absurdement blanche et blanchie de lumière fluorescente; moi, j'étais sur une petite scène à l'avant et l'écho de ma voix me revenait. J'ai embelli mon langage d'un ton joyeusement grandiloquent en pensant tout spécialement à elle, et je ne doute pas que ma prestation ait été brillante. À la fin du cours, elle est partie sans que j'aie pu lui parler. Ce n'est qu'une semaine plus tard que j'ai appris son nom : Marie-Hélène.

Je l'ai vue fréquemment pendant les trois ou quatre semaines qui ont suivi, en classe et dans mes périodes de disponibilité durant lesquelles elle travaillait longuement les exercices devant moi, pas par manque de talent, mais parce que c'était sa façon de faire. J'ai appris quelques petites choses sur elle. Elle avait étudié en musique à l'automne, avant de revenir en sciences, son plan d'études original. Elle était une étudiante engagée d'agréable compagnie. Comme pour les autres, je me lançais le défi de répondre à ses questions par les bonnes questions et je lui demandais «Comment est-ce que tu calculerais ceci ? », «Qu'est-ce qui arrive dans tel cas limite ? », pour allumer dans ses yeux cette petite lueur de compréhension et d'excitation. Comme elle me rendait fier, elle plus que les autres.

Puis elle a disparu. Elle a disparu du cours. J'ai d'abord pensé qu'elle était malade ; la deuxième semaine de son absence, j'ai demandé de ses nouvelles à une autre étudiante, qui m'a simplement dit :

«Je ne sais pas pourquoi, mais elle ne reviendra pas. »

Je ne m'étais pas rendu compte jusqu'à ce moment-là que j'étais amoureux de Marie-Hélène.

Beaucoup d'autres choses se passaient en même temps dans ma vie. Je suivais plusieurs cours avancés, ma vie sociale s'enrichissait, puis j'ai été accepté dans les programmes de doctorat de Princeton et Harvard, entre autres.

Quelques mois plus tôt, le gouvernement avait annoncé une réduction du budget de l'aide financière aux études, et la contestation étudiante avait pris de l'ampleur ; mon association étudiante a déclenché la grève alors que je visitais les universités américaines où j'avais été accepté, et la plus grande manifestation de la saison a eu lieu quelques jours plus tard. C'est sur un ordinateur de Harvard que j'ai lu les nouvelles selon lesquelles il y avait jusqu'à quatre-vingt-dix mille étudiants dans les rues de Montréal. Je rageais de rater tout cela, et j'étais déterminé à ne rien manquer après mon retour.

La grande manifestation suivante a eu lieu le 24 mars, à Québec ; c'était une marche entre l'hôtel du Parlement et l'Université Laval. Notre fédération étudiante a affrété des autobus au départ de l'Université de Montréal pour nous y emmener. J'y suis allé avec mon ami François. Il est devenu plutôt distrait après notre arrivée à Québec, puis je l'ai perdu de vue au bout de quelques minutes.

J'ai soupçonné que c'est en cherchant quelqu'un, ou quelqu'une, dont il ne voulait pas me parler qu'il s'est noyé dans la mer humaine de rouge, de pancartes, de sons et de musiques. Je me suis dit: *Je te souhaite de la trouver*. Je me suis laissé dériver doucement parmi les visages, et la vie faisant ce qu'elle fait, je me suis retrouvé face à face avec Marie-Hélène.

« Jonathan!

— Marie-Hélène! »

Nous nous sommes donné une accolade vigoureuse, puis nous avons omis les questions convenues habituelles, la réponse immédiate à un *Comment vas-tu?* étant évidente tant il y avait de l'énergie, de l'excitation, de la festivité dans l'air. Nous sommes restés ensemble, et je crois que nous n'avons rien dit d'autre avant plusieurs minutes. Le départ était imminent. La densité humaine augmentait, et la foule, les cris, la musique, les percussions et les klaxons devenaient assourdissants. Nous regardions autour de nous comme des enfants, la bouche ouverte et le rire facile, montrant du doigt les belles pancartes et les déguisements des autres. Sur une scène ou un promontoire que nous ne pouvions pas voir, un jeune homme avec une barbe éparse à la Castro, un keffieh autour du cou et un uniforme de camouflage militaire s'époumonait dans un micro en gesticulant de ses bras maigres. Nous ne pouvions pas entendre un seul mot de ce qu'il disait. La foule sourde augmentait sa production de bruit et bougeait ses pancartes quand il avait l'air d'avoir fini une phrase.

Nous nous sommes mis en marche lentement, puis la foule s'est étirée jusqu'à ce que nous ne puissions plus en voir ni le début ni la fin. Je me souviens vaguement d'avoir revu des lieux qui me rappelaient mes années au cégep et d'avoir croisé d'autres amis le long du chemin, mais je n'ai essentiellement que Marie-Hélène en tête, son sourire tendre, un foulard multicolore retenant ses cheveux, et la longue conversation que nous avons eue.

« Je ne veux pas me mêler de ce qui ne me regarde pas, Marie-Hélène, mais est-ce que tout va bien ? J'ai été étonné et, pour être honnête, un peu triste que tu aies disparu du cours. »

Elle a dit : « Ne t'en fais pas, tout va bien. Il y a eu un peu une mauvaise nouvelle dans ma famille, mais ça a surtout touché mes parents. Je suis partie parce qu'au fond je ne sais pas vraiment ce que je veux faire, et je pense que je devrais vivre un peu, tu sais, voyager, étudier par moi-même et voir ce qui m'intéresse réellement, avant d'avoir la certitude dont j'ai besoin pour me dédier à des études ou à une carrière. J'aimais quand même beaucoup le cours de mécanique, ça, c'est vrai.

— As-tu déjà des projets de voyage ?

— J'ai commencé à regarder les projets de coopération internationale en Amérique latine pour l'année prochaine. Je n'ai rien de précis pour le moment. Je rêve de plus d'égalité dans le monde, et parfois je ne peux pas dormir la nuit parce que mon impuissance m'enrage. Mais tu sais, je rêve aussi à l'espace, et parfois je ne peux pas dormir la nuit parce que je pense aux possibilités du futur. Pour ces deux choses-là, je crois que je devrais être une scientifique ou une ingénieure. »

J'ai dit: «Je rêve aussi d'espace. Comment as-tu vécu le désastre de la navette *Columbia*?

— C'était vraiment horrible. J'étais au cégep, j'habitais toujours chez mes parents. Je suis allée dans le salon avant le dîner, et c'était à la télévision, le titre écrit au bas de l'écran, les images des fragments enflammés laissant une trace de fumée dans le ciel, ça m'a virée à l'envers et je me suis assise devant la télévision, horrifiée. Ma mère s'est tannée de m'appeler et m'a apporté mon dîner là.

— J'ai exactement le même souvenir. Je suis rentré chez moi pour dîner, et j'ai allumé la télévision, et me suis assis pour regarder, longtemps.»

Marie-Hélène ne semblait pas avoir très envie de parler de sa vie à elle. Moi, de mon côté, j'avais envie de lui raconter des histoires d'amour:

«L'été après mon secondaire, je suis allé passer quelques semaines en immersion anglaise à l'Université Bishop's, à Lennoxville. Tu sais, il y a un programme de bourses du gouvernement.»

Elle a dit: «Oui, je l'ai fait moi aussi, mais à Winnipeg.

— Donc un jour, comme activité dans mon cours, il fallait présenter la personne assise à côté de nous, puis dire à quel animal cette personne nous faisait penser et pourquoi.

— Toi, tu étais quel animal?

— D'après toi?

— Je dirais… un lion.

— Tu vas voir. Chacun y allait tour à tour, c'était drôle, je pense que je n'ai pas eu d'opinion sur ce qui se disait jusqu'à ce qu'on arrive à une fille qui s'appelait

Myriam. Son amie a nommé je ne sais plus quel animal, peut-être un chien, et je me suis tout de suite senti indigné, parce qu'elle était de toute évidence une lionne pour moi… Je me souviens encore de ses yeux félins. Mais je n'ai rien dit. Le jeu a continué, et quand c'est arrivé à moi, mon ami a dit : *Jonathan is a lizard,* Jonathan est un lézard. À ce moment-là, Myriam, qui en théorie n'avait rien à voir là-dedans, a coupé haut et fort : *No, he's a lion!*

— Je le savais !

— Oui, merci. » J'ai mis la main sur mon cœur. « Tout le monde est resté silencieux. Visiblement sincère et dans sa bulle, elle a ajouté *I see it in his eyes,* je le vois dans ses yeux. Son amie s'est mise à rire, et le charme a été rompu.

— Et puis vous êtes tombés amoureux ?

— Non. Je ne lui ai pas dit que je l'avais vue en lionne ; en fait, je ne lui ai pas vraiment parlé plus qu'avant. Avec le recul, ça peut sembler une erreur, mais je n'étais pas populaire au secondaire et elle l'était, du moins selon ma perception des choses, donc elle semblait appartenir à un autre monde que le mien. Ce n'était pas de la timidité, je ne pense même pas avoir voulu le lui dire. L'hygiène sociale rendait la chose impensable. »

Et d'autres histoires d'amour :

« Dès la première semaine de mon cours de topologie à l'automne, j'ai remarqué une jolie fille blonde. La couleur de ses cheveux sera importante plus tard. Je lui ai parlé la semaine suivante. Elle s'appelle Katja, c'est une étudiante allemande en échange pour un an.

Nous avons beaucoup parlé, et j'ai pensé que je l'aimais bien. Je lui ai proposé de faire quelque chose pendant la fin de semaine, aller danser, par exemple. Elle était contente et désirait une activité touristique, puisqu'elle venait d'arriver, et nous nous sommes entendus pour un pique-nique à l'île Sainte-Hélène le dimanche. Je lui ai demandé son numéro de téléphone, et elle a écrit tout juste la lettre K, puis son numéro dans mon agenda. Dans le métro ce soir-là, une phrase est apparue dans ma tête: *La femme blonde qui m'attend à la terrasse de l'Hôtel d'Angleterre.* C'est dans *Prochain épisode*, d'Hubert Aquin. Tu connais *Prochain épisode?* »

Marie-Hélène a dit: «Oui. Nous l'avons étudié dans un cours au cégep. Si ma mémoire est bonne, cette femme blonde s'appelle K, justement.

— Oui, c'est ce dont je me suis souvenu vaguement dans le métro, quand la phrase m'est venue. Rentré chez moi, j'ai pris le livre dans ma bibliothèque et j'ai vérifié que le nom de cette femme blonde était bien K, seulement la lettre, sans ponctuation, comme Katja l'avait écrite. Aquin donne très peu de détails sur K, mais tous ceux qui sont donnés s'appliquaient à Katja: par exemple, les deux sont des blondes aux yeux bruns, ce qui est une coïncidence plus forte que blonde aux yeux bleus, je pense. Il mentionne qu'ils ont eu des chambres dans les résidences de l'École polytechnique. Aujourd'hui, ce sont les mêmes que les résidences de l'Université de Montréal, où Katja habite justement. Puis il y avait leur premier baiser dans un appartement de Côte-des-Neiges... Ce n'était pas loin, c'était possible. Et il parlait de serments échangés à l'île Sainte-Hélène. Nous y allions dans quelques jours! C'était tout, pour les détails précis. J'ai acheté un autre exemplaire du livre, pour le lui offrir à l'île Sainte-Hélène.

— Tu es romantique.

— J'ai pensé que ce serait romantique, mais, en fait, notre escapade ne l'a pas été. Elle avait invité un autre étudiant allemand à se joindre à nous, et je ne l'ai appris qu'au métro quand ils sont arrivés ensemble. Il était musclé au point que je me suis senti… petit. Mais Katja ne lui a pas parlé autant qu'à moi et il devait partir tôt, donc je me suis finalement retrouvé seul avec elle à l'île Sainte-Hélène et je lui ai donné le livre. Je lui ai dit qu'elle ressemblait à K et j'ai résumé l'histoire, expliquant que le narrateur et K sont des terroristes québécois des années soixante qui sont en Suisse pour s'occuper des intérêts financiers de leur cellule. Mais Katja s'est fâchée et elle a dit : *Je suis certaine que si je cherche dans la littérature allemande, je vais trouver un nazi qui te ressemble !* »

Marie-Hélène a ri. « Elle était vraiment fâchée ?

— Oui, très. J'ai essayé d'expliquer que ça n'était pas nécessairement un lien négatif, que l'auteur avait voulu être un terroriste dans la vraie vie, mais qu'il avait été interné dans un institut psychiatrique avant de faire quoi que ce soit de vraiment mal, et que la seule personne qu'il ait jamais tuée a été lui-même. Elle s'est calmée, mais je pense qu'au fond elle était toujours vexée. Nous sommes maintenant de bons amis, mais il n'y a jamais rien eu de romantique entre nous. Et je ne lui ai plus jamais parlé du livre. »

Je découvrais l'art de la conversation et j'ai monologué de longs bouts, je pense, trouvant des liens ténus entre celles de mes histoires que je croyais intéressantes. Tout de même, Marie-Hélène semblait bien s'amuser.

Je venais de lire certaines des *Vies parallèles* de Plutarque et je lui ai raconté l'histoire tragique de Cléopâtre et de Marc Antoine en détail et avec un enthousiasme sincère pour l'amour romantique. Comme ses yeux ont brillé quand Marc Antoine est mort !

Nous avons discuté de mes visites d'écoles aux États-Unis. Je n'avais pas encore décidé où j'irais. Je lui ai parlé de mon étrange rencontre seul à seul avec Edward Witten, pendant laquelle il avait regardé le plancher et n'avait presque rien dit, de ma fin de semaine à New York, et de Nima Arkani-Hamed, à Harvard, qui s'était fait quatorze espressos en parlant sans arrêt pendant deux heures pour impressionner les quelques étudiants potentiels rassemblés à son bureau.

Elle avait un sourire mélancolique.

J'ai parlé d'une émission de télévision de notre enfance que tout le monde connaissait et aimait, parce que j'avais remarqué deux ou trois choses et que je me trouvais brillant.

« Est-ce que tu te souviens que la petite fille noire dans *Passe-Partout* s'appelait Doualé ? »

Elle a dit : « Oui, bien sûr.

— Sais-tu pourquoi ?

— Non.

— J'ai compris récemment que Doualé est en fait une question, *d'où elle est* ?

— Ah ! C'est vrai, ça marche. Ce n'est pas gentil ! Est-ce que les noms des autres personnages ont aussi un sens ?

— J'y ai pensé fort et j'ai trouvé autre chose. Madame Coucou a un bébé qui s'appelle Cachou, mais jamais on ne voit un monsieur Coucou. Sais-tu, dans ce cas, qui est le père?

— Non. Il se cache où?

— Pruneau et Cannelle sont les deux seuls autres personnages avec des noms alimentaires…

— Donc leur père Perlin est aussi le père de Cachou!

— Exactement. Perlin est un nom étrange, mais il est parfois utilisé pour désigner une sorte de faucon qui est un hybride de deux espèces. Il est donc un prédateur. Maintenant, pense au nom de madame Coucou. Un coucou est un oiseau qui place ses œufs dans le nid d'un autre; d'ailleurs, c'est de là que vient le mot *cocu*. Perlin et madame Coucou sont aussi les deux seuls personnages avec des noms d'oiseaux. Ça laisse supposer qu'ils sont des tourtereaux.»

Elle a dit: «Wow, tout ça était construit, et dès la création de l'émission! Qui aurait pensé ça de Perlin, un travailleur de la construction si gentil et avec une si belle moustache? Les hommes sont tous pareils.

— Ne dis pas ça, Marie-Hélène, tu sais que ce n'est pas vrai.»

Un étudiant portait une pancarte disant *Kyoto* en grosses lettres vertes. J'ai fait une grimace à Marie-Hélène, parce qu'évidemment ce n'était pas le propos de la manifestation. Elle a ri, puis elle a secoué la tête et a dit:

«Oui, il y a confusion de combats, mais je ne sais pas, moi, peut-être que nous devrions descendre dans la rue tous les jours pour ça. Comment savoir quoi faire de sa vie quand on s'en va tout droit vers une catastrophe écologique ? Nos gouvernements sont surendettés et se dirigent vers la faillite. Il n'y aura bientôt plus de pétrole. Déjà, les États-Unis ont envahi l'Iraq pour ça. Dans le tiers-monde, il y a encore des gens qui souffrent de malnutrition, du manque d'eau, du manque d'accès à des vaccins et à des médicaments. La liste ne finit plus. »

J'ai dit : « Mais la plupart des points sur ta liste sont les mêmes enjeux, et les mêmes craintes, les mêmes prophéties depuis les années soixante-dix, peut-être même depuis l'après-guerre avec la guerre froide et la crainte du nucléaire. Ce n'est pas impossible, mais je ne crois pas qu'il y aura une grande catastrophe soudaine, même s'il y a des défis sérieux. La pollution est en diminution constante dans les pays riches, et puis il y a tout ça, regarde autour de toi. Même si demain le gouvernement arrêtait de marcher, tout ça ne disparaîtrait pas, les édifices tiendraient toujours, les gens seraient toujours capables de travailler. Ce que je veux dire, c'est que si une catastrophe survient, il y aura la possibilité d'une solution politique, sauf, bien sûr, si c'est un gros astéroïde et que tout est vraiment détruit. Et pense à tout l'argent qui est gaspillé pour la guerre, les soldats, les missiles et les avions de combat, à la destruction que la guerre cause et à son coût humain qui est encore plus grand. Si on veut être vraiment optimiste, on peut penser à ce qui arriverait si toutes ces ressources et tout cet effort étaient plutôt mis dans un programme spatial. De grandes choses pourraient être accomplies ! Ce qui est requis est un changement politique profond. Pas facile, mais pas impossible.

— Facile à dire, difficile à faire. On pourrait dire qu'au bout du compte la plupart des problèmes sont politiques, mais ça ne rend pas le monde moins rempli de problèmes. Ici, quelqu'un peut travailler à temps partiel et avoir un toit et de quoi manger. C'est la situation de bien des étudiants, et ils ont de l'énergie pour étudier, en plus. Alors que l'ouvrier d'usine en Chine travaille objectivement bien plus fort, de longues journées et de longues semaines, il gagne sa vie, mais finalement ne fait pas beaucoup plus que survivre. Et on peut dire la même chose des ouvriers agricoles et des fermiers de plusieurs pays du tiers-monde, et pour certains aux États-Unis aussi. Quelle est la différence cruciale entre eux et les étudiants d'ici, si ce n'est une différence politique ? »

« Je t'ai peut-être dit que j'ai grandi dans une ferme. »

Elle a dit : « Oui, tu en parles tout le temps, même dans les TP.

— Dans le haut de la terre chez mes parents, il y a un pommier qui pousse tout seul dans le coin d'un champ. Il a probablement poussé par hasard, parce que quelqu'un qui travaillait aux champs a jeté son cœur de pomme. Il a l'air vieux, le pommier, et il est tout tordu. Il donne quand même beaucoup de fruits. J'étais chez mes parents dans le temps des pommes, l'automne dernier, et j'y suis allé seul. J'ai grimpé dans l'arbre pour atteindre de belles pommes qui étaient en haut, mais ce n'était pas facile : il y avait beaucoup de branches qui me bloquaient, et comme elles étaient un peu sèches, je ne voulais pas les toucher de peur de les casser. Je me suis donc tortillé comme j'ai pu, entre les branches, pour finir le dos appuyé sur une grosse branche. Très lentement, je passais les bras entre les plus petites branches au-dessus de moi, en même temps que j'étirais mon dos vertèbre par vertèbre pour gagner quelques millimètres. Conscient de toutes les parties de mon corps, étirant chacune d'elles, j'ai alors compris que je reproduisais le mouvement de l'arbre, grandissant vers le soleil ou, dans mon cas, vers la pomme.

— C'est une belle image.

— Oui, et on pourrait peut-être dire que c'est l'arbre qui m'a donné ce beau moment, parce que je l'ai respecté.

— Vaut mieux ne pas penser à ce qui serait arrivé si tu avais simplement cassé les branches. »

Elle est devenue plus passive dans notre conversation alors que nous approchions de l'Université Laval et que je racontais une série de ces anecdotes. Je l'ai regardée et je me suis étonné de son visage. Cuivrée de la lumière du soleil et souriante, elle était changée, elle avait l'air parfaitement heureuse tandis qu'elle marchait rêveusement. Elle avait toujours été joyeuse, mais notre conversation l'avait emmenée ailleurs. Moi aussi. Moi, j'étais amoureux. Si je peux risquer une explication et penser l'avoir un peu comprise pendant l'été qui a suivi, je dirais qu'en elle une curiosité sans borne et un émerveillement vertigineux envers le monde cohabitaient avec un immense ennui.

Je m'étais arrangé avec mes parents pour aller les voir ce soir-là et retourner à Montréal plus tard pendant la fin de semaine. Marie-Hélène et moi nous sommes promis de nous revoir bientôt et avons échangé nos adresses de courriel. J'ai quand même été triste de la voir monter dans l'autobus pour Montréal toute seule. C'est-à-dire avec plusieurs autres personne, mais sans moi. Elle m'a aussi beaucoup manqué quand j'ai atteint le Vieux-Québec par la rue Saint-Jean, puis quand j'ai pris le traversier. Ce sont les lieux perpétuels de mes premières amours.

47

J'ai écrit à Marie-Hélène le soir même, une fois arrivé chez mes parents. À ma grande consternation, elle n'avait toujours pas répondu le lundi, alors je lui ai récrit pour lui offrir de se joindre à moi et à d'autres étudiants du département pour la manifestation du mercredi soir au parc La Fontaine. Nous étions une dizaine à nous rejoindre à l'université, et j'ai retardé notre départ en allant aux toilettes à la dernière minute pour lui donner plus de temps, mais elle n'est pas venue. J'ai été plutôt triste pendant deux ou trois heures. Puis, miracle parmi les miracles, elle est apparue à côté de moi à la manifestation, dans la foule dense et dans le noir, pendant une chanson de Loco Locass. Elle m'a souri et elle a pris ma main.

Jacques L'Heureux, le comédien qui a laissé sa trace en incarnant Passe-Montagne dans *Passe-Partout*, est monté sur scène et a reçu des applaudissements immenses. Il a dit :

« Je suis fier de vous ! »

Tout le monde a applaudi et crié encore plus fort. Nous nous sommes regardés et souri entre amis. Marie-Hélène a serré ma main et cogné son épaule contre mon bras pour marquer le moment. Puis Jacques L'Heureux s'est mis à chanter :

« Salut, petite grenouille. Comme ta bouche est gran-an-an-an-de ! »

Il a continué parmi les cris, puis tout le monde s'est mis à chanter cette chanson de *Passe-Partout* :

Saute saute saute, petite grenouille
Nage nage nage, tu n'as pas peur de l'eau
Saute saute saute, petite grenouille
Nage nage nage, tu n'as pas peur de l'eau

Le plus grand délire s'est emparé de la foule. La chanson était parfaitement appropriée et montrait soudainement sa dimension politique, qui avait été là tout ce temps, une émotion programmée quand nous avions quatre ans et qui attendait patiemment le bon contexte pour se révéler simultanément à nous tous, milliers de jeunes idéalistes. À travers les applaudissements et les cris, les gens autour de moi s'embrassaient ou se parlaient frénétiquement. Marie-Hélène et moi avons dérivé vers la rue sans dire au revoir à nos amis, et un moment plus tard, je la tenais dans mes bras et nous nous donnions un long baiser. Elle a dit : « Il faut que je rentre maintenant. Viens au métro avec moi, s'il te plaît. »

Nous nous sommes tenus successivement par la taille et par la main jusqu'à la station. Nous nous sommes embrassés en attendant le métro sur le quai, ce qui était un bon endroit parce qu'il faisait froid dehors, puis dans notre coin de voiture une fois dans le train. Au bout d'un moment, elle m'a demandé :

« Pis, as-tu décidé où tu allais ?

— Oui, j'ai accepté l'offre de Harvard. »

Elle a eu l'air déçue. Nous n'en avions pas parlé, mais je crois qu'il était clair entre nous à ce moment-là que cela signifiait que nous ne serions pas amoureux. Aujourd'hui, je trouve que c'est idiot parce que nous avions cinq mois complets avant mon départ, mais dans nos têtes j'étais déjà rendu ailleurs. J'étais aux États-Unis, qui nous faisaient un peu peur. J'étais aussi un peu partout dans le monde, adulé par les foules, le plus grand physicien depuis Einstein. Notre amour était un dommage collatéral de la marche vers ma destinée. Je savais qu'elle était un grand amour, et je pense que je le lui ai presque dit, ce soir-là, dans le train. Mais le fait est que je ne l'ai pas dit. J'étais peut-être simplement con parce que le succès m'était monté à la tête; il est aussi possible que, par respect, j'aie considéré que de dire quelque chose comme ça serait manipulateur et risquerait de briser son cœur plus tard.

Après une inspiration, elle a dit:

«Félicitations.»

Nous n'avions plus le cœur à la fête. Je ne savais pas quoi dire ni quoi faire. Sa station, Beaubien, est arrivée. Je continuais jusqu'à Jean-Talon, pour prendre la ligne bleue. J'ai demandé:

«Quand est-ce que je vais te revoir?

— Je viens de commencer à travailler dans un café et mon horaire de travail change tout le temps. Je vais t'écrire la semaine prochaine.»

Elle a souri et a dit au revoir de la main en sortant.

48

Le temps de la contestation est mort avec le temps de l'amour. Le lendemain, je suis allé à une manifestation sans savoir qu'elle était organisée par des étudiants tenant une ligne plus dure. La foule a attaqué un supermarché en scandant un slogan selon lequel il était bourgeois, et je suis parti tôt. Le jour suivant, 1er avril, le gouvernement a fait une nouvelle offre aux étudiants, et nous avons voté pour le retour en classe. Tout le mois d'avril a été rempli de travail supplémentaire pour rattraper le temps de classe perdu par la grève, et Marie-Hélène a tardé à m'écrire, alors je ne l'ai revue que trois semaines plus tard. Entre-temps, je pensais quand même à elle à chaque seconde, et je me suis mis à dormir sur le ventre plutôt que sur le dos, les bras étendus sur mon matelas, évoquant une étreinte absente. La sienne. J'ai continué à le faire tout l'été.

Je suis allé la rejoindre à la fin de son quart de travail au café où elle travaillait, dans le Mile End, où le ciel me paraît toujours si bas. À mon plus grand bonheur, j'y ai retrouvé une Marie-Hélène joyeuse, visiblement contente de me voir. Elle a même dit :

« Je suis contente de te voir. »

Nous nous sommes donné l'accolade. D'un geste théâtral qui démontrait son énergie et une certaine tendresse, elle a balayé la pièce du bras droit en disant « Mon café » comme s'il s'agissait de son propre royaume.

Nous avons acheté un café et un muffin, et Marie-Hélène m'a présenté Magali, sa collègue au comptoir. Magali m'a semblé superficielle par son attitude et par l'expression sur son visage. Elle portait trop de maquillage, ses cheveux noirs étaient coiffés avec trop de soin et son décolleté plutôt profond révélait un bronzage uniforme aussi loin que l'œil pouvait aller. Évidemment, j'essaie de ne pas juger les gens sur leur apparence et j'avais hâte de faire plus ample connaissance parce que j'étais conscient de mon préjugé, mais elle était fermée et ne m'a pas vraiment parlé ni même regardé. Puis j'ai remarqué qu'elle prenait peu soin de comprimer la mouture d'espresso pour le client après nous, et ça a scellé mon opinion d'elle, et jusqu'à un certain point nos interactions pour l'été.

Marie-Hélène a sorti un cahier de son sac.

« Je sais qu'on ne se voit pas comme étudiante et démonstrateur, mais si ça ne te dérange pas, j'ai une question de physique pour toi.

— Avec joie.

— J'ai essayé de résoudre un problème dans le livre de Symon où il faut calculer le changement de vitesse d'un vaisseau spatial qui fait un passage d'assistance gravitationnelle près de la Lune. Il doit y avoir quelque chose que je ne comprends pas parce que j'arrive toujours à une mauvaise réponse.

— Je sais exactement de quel problème tu parles. Il est très différent des autres problèmes du livre. Il était à faire en devoir pour des points supplémentaires quand j'étais à ma première session. Je l'ai résolu, mais les démonstrateurs du cours en ont été incapables alors ils n'ont pas produit de corrigé. J'ai reçu des points, mais je pense que le démonstrateur n'a même pas lu ce que j'avais écrit. »

Elle a sorti sa solution et a passé quelques minutes à m'expliquer ses calculs. Tout était correct et joliment écrit, sauf pour une erreur de signe qui empêchait une annulation de termes cruciale, que j'ai immédiatement trouvée quand elle a tourné la page. Elle l'a corrigée, puis elle est arrivée à la bonne réponse, autour de laquelle elle a dessiné une boîte. J'étais fier d'elle. Elle était contente. J'ai dit :

« Fantastique. Tu aurais dû rester dans le cours.

— Bah, tu sais… Mais comment as-tu fait pour trouver cette erreur aussi vite ?

— Je ne sais pas. J'ai quelque chose comme un superpouvoir de révision. Plusieurs des erreurs de calcul, mais évidemment pas toutes, ou des coquilles dans un texte me sautent aux yeux au premier regard. »

Elle a dit : « Il faut croire que mon cerveau à moi est juste normal.

— Tu as l'air de bien aller, en général.

— Je m'en tire pas mal. J'aime le contact avec les gens ici. Je ne sais pas plus ce que je veux faire dans la vie, mais, au fond, l'éventail des possibilités qui rend le choix difficile est aussi franchement excitant, quand on le regarde de la bonne façon. Je pourrais vraiment me retrouver n'importe où, impliquée dans toutes sortes de choses fascinantes. Mais après avoir voyagé. Je pense qu'en vivant pauvrement et en m'engageant, une fois sur place, dans des projets existants, je n'ai pas besoin de beaucoup d'argent pour un long voyage en Amérique latine.

— Combien d'argent?

— Je pense travailler jusqu'en novembre ou décembre, et partir peu après, avec le billet le moins cher possible. Je ne sais pas encore vers quel pays. J'ai contacté différents organismes. »

J'ai dit: « Est-ce que je t'ai déjà dit que je suis allé au Guatemala?

— Non. Vraiment? Où?

— Près du lac Atitlán. Il y a quatre ans de ça. C'était un voyage de trois semaines avec un groupe du cégep, avec beaucoup d'encadrement, et quand même, au bout du compte, nous n'avons pas fait grand-chose. Je ne sais pas quoi en dire, vraiment, ça me semble un peu facile et insignifiant en comparaison de ton idée de voyager seule. Pense à moi si tu vas au lac Atitlán, quand le vent de l'après-midi se lève.

— Wow. Oui, certainement. » Elle a continué: « Viens-tu chez moi? Je veux te montrer quelque chose. »

J'ai accepté avec joie. Elle a ouvert une porte pour *employés seulement*, et en a sorti deux casques.

« J'avais apporté deux casques, au cas où nous en aurions besoin. Tiens, c'est pour toi. J'ai un scooter. »

J'ai supposé que des ressources familiales l'avaient aidée à le payer, tout comme l'appartement où je savais qu'elle vivait seule. D'une certaine façon, elle l'a confirmé quand nous sommes arrivés au scooter jaune:

« En principe, il est à mon frère, mais il a une auto maintenant, donc je vais le vendre dès que possible.

Le début de l'été devrait être le bon temps pour avoir le meilleur prix. Tu peux te tenir à l'arrière ou autour de moi. »

Je me suis assis derrière elle et me suis tenu autour de sa taille. J'ai trouvé qu'elle conduisait trop vite et accélérait et freinait trop brusquement. Mais j'aimais notre intimité et notre destination. L'odeur toxique du scooter m'était aussi presque agréable parce qu'elle me rappelait la scie mécanique et la motoneige des journées froides de mon enfance.

Son petit appartement était du style long et étroit qui est commun à Montréal. Le couloir donnait accès au salon à l'avant, puis à la chambre où se trouvait un petit lit, passait la petite salle de bains et menait à la cuisine aux armoires vertes où une porte s'ouvrait sur le balcon arrière.

J'ai constaté tout ça en allant à la salle de bains, puis j'ai rejoint Marie-Hélène au salon. Les murs blancs étaient décorés de photos et de pages de journaux et de revues. Le regard impassible de Frida Kahlo régnait sur la pièce, son image haute comme une icône. Entre autres choses, les pages de revues montraient Chichén Itzá, Machu Picchu, le sous-commandant Marcos, un gars surfant au Panamá.

Je me suis arrêté près de l'entrée pour regarder une photo sur laquelle des hommes dans l'eau jusqu'à la ceinture lançaient des filets. Marie-Hélène a expliqué :

« C'est au Brésil, les pêcheurs travaillent en collaboration avec les dauphins, qui poussent les poissons dans les filets. »

Elle était si près de moi. Nous ne nous touchions pas.

« Qu'est-ce que les dauphins y gagnent ?

— Je pense que les pêcheurs brisent le banc de poissons, et les poissons désunis sont plus faciles à attraper pour les dauphins. »

Elle m'a montré une autre photo, plus loin de la porte, d'un lac avec un volcan en arrière-plan. C'était le lac Atitlán. Elle a dit :

« C'est ce que je voulais te montrer.

— C'est une belle photo. Chaque matin, j'entrais en communion avec le volcan San Pedro, en quelque sorte. Sa silhouette massive était une présence vraiment marquante. C'était la première fois que je restais si près d'une montagne. »

Il y avait un futon et une table basse qui semblait être son espace de travail, avec trois livres, un ordinateur portable et des feuilles éparses griffonnées de calculs au crayon à mine de plomb. J'y ai reconnu la couverture rouge du Symon ; un autre livre portait sur la programmation en Python. Elle m'a tendu le troisième livre, qui s'intitulait *Fundamentals of Astrodynamics*.

« Je viens d'acheter ce livre-là, il a l'air bon. Tu connais ?

— Non. J'ai beaucoup lu de physique théorique, mais pas tellement ce genre d'application. »

Feuilletant les premiers chapitres, j'ai trouvé de l'algèbre vectorielle simple décrivant les orbites et les manœuvres orbitales de sondes. J'ai dit :

« Ça a l'air bien. Tu m'apprendras le plus intéressant. »

Une petite bibliothèque contenait quelques dizaines de disques compacts et une rangée de livres en retrait devant laquelle le roman *Mars la rouge* était déposé. Il y avait quelques fleurs coupées dans un vase sur le dessus, à côté d'une pochette de disque vinyle. J'ai remarqué pendant l'été qui a suivi qu'elle changeait souvent ces fleurs. Quand je me suis étonné de la dépense, elle m'a expliqué que leur parfum donnait une couleur rose pâle apaisante à son appartement. Je n'ai jamais senti la couleur.

Elle s'est penchée vers la chaîne stéréo portative qui était par terre, à côté de la bibliothèque, et a appuyé sur *play*. J'ai immédiatement aimé la musique qui a joué. Elle a dit:

« Cette musique était une autre raison pour te faire venir ici. Tu connais?

— Non.

— C'est *Desafinado*. Je me suis dit que tu aimerais, à cause de ton histoire avec *Prochain épisode*.

— Merci, c'est parfait. »

Elle a augmenté le volume et s'est assise à l'envers sur le futon, les jambes vers le plafond, la tête pendant vers le bas. J'ai tenté la même chose, mais comme j'étais plus grand, le siège ne tenait pas mon dos et je glissais vers le plancher. J'ai abandonné et me suis assis normalement. Nous avons écouté les deux chansons suivantes en silence. Comme j'étais là et que nous devions tous deux manger, nous avons préparé un petit souper. Puis l'heure est venue pour moi de partir et nous sommes allés à la porte. Je voulais l'embrasser, mais j'étais celui qui partirait et elle était celle qui risquait d'être blessée, alors la balle était dans son camp. Elle a dit: « Au revoir. » Je suis parti.

CHICAGO

Jésus dit :

« Voici comment vous devez prier :

"Délivre-nous du mal et conduis-nous dans toute la vérité

"Guide-nous, que la lumière qui est en nous ne soit ténèbres

"Fais-nous passer de la mort à la vie

"Amen."

« Paix ; je vous laisse la paix, je vous donne ma paix. »

Évangile secret de Jacques, le frère de Jésus

49

Nous nous étions entendus avec le professeur Attaway pour lui rendre visite le samedi matin pour le thé de onze heures, en anglais *elevenses*, à onze heures. Nous savions dès le départ que nous avions affaire à un littéraliste. Tom conduisait et nous sommes arrivés près de l'université vers onze heures moins quart. Comme il ne pensait pas que le professeur Attaway était du genre à aimer les visiteurs qui arrivent à l'avance le matin, nous sommes d'abord allés à son bureau, où il avait un livre à prendre.

Tom a trouvé son livre, *Meurtre en Thessalie*, puis il nous a offert une courte visite du département, pendant laquelle nous sommes passés devant le bureau du professeur Attaway. Nous pouvions voir par la fenêtre translucide que les lumières étaient éteintes. Tom a remarqué que la porte n'était pas bien fermée; il a donc tiré sur la poignée pour la fermer, mais le pêne ne s'enclenchait pas. Il a poussé la porte pour l'ouvrir, ce qui a révélé une longue éclisse de bois qui pendait du cadre à l'intérieur, comme si la porte avait été forcée. Nous étions tous surpris.

Tom a dit: « On dirait que quelqu'un est entré ici et a tout mis à l'envers. Nous devrions appeler la police de l'université. »

Il y avait des papiers sur le bureau et sur le plancher, mais ils avaient l'air de former des piles, pour la plupart. J'avais souvent vu des bureaux de professeur non saccagés en bien pire désordre, dans les départements de mathématiques et de physique.

Moira a dit: «Nous devrions parler au professeur Attaway d'abord, il est peut-être au courant. Nous allons le voir à l'instant de toute façon.»

J'ai dit que j'étais d'accord, et Tom s'est laissé convaincre. Nous sommes retournés à l'auto et avons roulé la distance de quelques rues. Le voisinage m'a semblé très étrange, sinistre même, sans raison apparente; c'est une chose que j'avais aussi ressentie lors d'une visite précédente. En tout cas, j'ai été traversé d'un frisson quand nous avons tourné dans la rue du professeur Attaway et avons vu des voitures de police et un petit attroupement droit devant.

Tom a dit: «C'est près de chez Chuck.»

Nous avons stationné la voiture et continué à pied. Une poignée de curieux se tenaient assez loin du ruban jaune pour éviter les problèmes, mais assez près pour être indiscrets. Nous avons suivi les numéros de porte et conclu que la maison qui était bloquée était bien celle du professeur Attaway.

J'ai remarqué qu'un des voisins curieux était mon ennemi astronomique et collaborateur Bert Collins, accoutré d'un manteau jeté sur les épaules et portant des lunettes fumées. Il partait. J'ai pensé: *Maintenant, je sais dans quel quartier il vit!* Je me suis efforcé de ne pas le regarder, de peur qu'il ne me reconnaisse et ne vienne me parler.

Moira et moi avons suivi Tom jusqu'au ruban. Un policier qui montait la garde de l'autre côté s'est approché. Tom a dit :

« Bonjour. Je suis le professeur Thomas Anderson, de l'Université de Chicago, et le professeur Charles Attaway, qui habite ici, est mon collègue. Je venais le voir. Est-ce qu'un malheur est arrivé ? »

Le policier a dit : « Un moment. »

Il s'est retourné et a baragouiné quelque chose dans un walkie-talkie. Moira a dit : « Tom, as-tu une carte de visite ? » Il en a sorti une de son portefeuille, et nous avons attendu en silence tandis que Tom tapotait sur sa carte.

Un homme à l'air sérieux mais sympathique est sorti de la maison et est venu droit à nous. Il a dit :

« Que puis-je faire pour vous ? »

Tom lui a remis sa carte et a dit :

« Je suis le professeur Thomas Anderson, de l'Université de Chicago, et le professeur Charles Attaway, qui habite ici, est mon collègue et ami. Je comprends que vous êtes de la police ? »

L'autre a regardé la carte, puis nous a considérés, tous les trois. Il a tendu sa carte en retour en disant :

« Détective Josh Paterson, police de Chicago. Je suis désolé de vous apprendre, monsieur Anderson, qu'un homme qui est probablement votre collègue est décédé. Nous allons avoir besoin de votre aide. »

C'était ce que je craignais, mais ça m'a touché dans les tripes, le cœur et la gorge plus que ce que j'aurais cru possible pour un étranger. Je m'étais senti mal pour le jeune du motel, mais ça, c'était autre chose. La mort se refermait autour de nous.

Tom a mis une main sur sa bouche et a reculé d'un pas, nous cognant, Moira et moi.

« C'est vraiment terrible. Comment est-ce arrivé ?

— Nous ne sommes pas certains pour le moment, mais nous ne pouvons exclure aucune possibilité. Connaissez-vous quelqu'un qui était proche de lui ?

— Son ex-femme. Il était divorcé depuis l'année dernière.

— Oui, nous l'avons, elle. Quelqu'un d'autre, qui aurait été proche de lui plus récemment, comme un ami ou un nouvel amour ?

— Pas que je sache. Il a un frère qui est dans le clergé, mais sa femme le connaît certainement. Je pense que la personne la plus proche de lui au département est le professeur Douglas Rankin. Je pense qu'il n'est pas en ville en ce moment.

— C'est donc R-a-n-k-i-n ?

— Oui. Écoutez, nous arrivons à peine de l'université, et on dirait que la porte de son bureau a été défoncée.

— Ah ! Attendez-moi. »

Paterson a couru jusqu'à la maison et il est revenu avec deux policiers. « Voici les sergents Olsen et Torres. Ils vont vous escorter et délimiter la scène de crime. Et qui sont ces personnes ? »

Il nous désignait, Moira et moi.

Scène de crime.

« Des chercheurs de Harvard. Je venais les présenter au professeur Attaway. »

Paterson a noté nos noms. J'ai pensé : *Ce gars-là fait bien son travail. Moira et moi aurions dû rester dans l'auto.*

Tom a indiqué quelle était sa voiture à Olsen et Torres pour qu'ils puissent nous suivre. Un camion de télévision arrivait quand nous sommes partis.

Nous avons attendu dans le bureau de Tom pendant qu'Olsen et Torres faisaient ce qu'ils avaient à faire dans le bureau du professeur Attaway et auprès du gardien de sécurité. Tom faisait les cent pas et a répété à quelques reprises : « Ils ont peut-être volé son fragment. »

Moira a dit calmement : « Ils vont avoir besoin de spécialistes comme nous, Tom, pour inspecter les documents du professeur Attaway et comprendre ce qui est pertinent ou pas, et trouver ce qu'il avait exactement. Nous pouvons aussi leur offrir d'appeler les musées, à commencer par l'Oriental Institute, pour essayer de découvrir avec qui il travaillait. Mais s'il avait vraiment accès à un document historique unique, il ne l'aurait pas gardé dans son bureau ou chez lui.

— C'est vrai, mais on ne sait jamais, il aurait pu l'avoir exceptionnellement pour vous le montrer. Ou alors le meurtrier a trouvé de l'information lui permettant de le localiser. Il n'est peut-être pas trop tard, dans ce cas. »

Tom a nerveusement déplacé des choses sur son bureau, puis il s'est mis à lire son livre. Je savais que Moira pensait ce que je pensais : qu'ils étaient peut-être après nous pour l'*Évangile secret,* et c'est la raison pour laquelle ils avaient volé mon ordinateur. Ils avaient lu mes courriels et vu que nous allions voir le professeur Attaway. Ils lui avaient rendu visite. Quelque chose avait mal tourné. Ils avaient peut-être volé le document sur lequel il travaillait, original ou pas. La réalité commençait à ressembler un peu trop à notre fiction… Puis je me suis souvenu de quelque chose à propos de notre préface. J'ai fait signe à Moira que je voulais sortir, et elle a hoché la tête. J'ai demandé à Tom de nous excuser pour une minute et elle m'a suivi dans le couloir.

J'ai dit : « Moira, la préface que tu as commencée, elle était dans un document différent et nous avons oublié de la mettre dans notre fichier chiffré.

— Oh, je crois que tu as raison. C'était un nouveau document. Je n'y ai pas pensé.

— Nous pouvons essayer de faire en sorte que tu restes ici pour aider la police, comme tu as proposé, pendant que je retourne chez Tom. Moira, il faut que tu me donnes le mot de passe pour ton ordinateur. Il faut que je déplace la préface vers le fichier chiffré, par prudence. »

Elle a pincé les lèvres et secoué la tête. « Non, je ne peux pas te donner le mot de passe.

— Je jure que je me contenterai de déplacer le document et ne regarderai pas tes messages ni d'autres fichiers.

— Ce n'est pas ça. J'ai confiance en toi et je te laisserais faire ce que tu veux avec mon ordinateur et mes fichiers, mais c'est le mot de passe lui-même que je ne veux pas… partager.

— Si c'est embarrassant, je vais te révéler un secret encore plus gênant pour moi.

— Non. C'est sans appel. Je le ferai moi-même dès que possible. Tout va bien se passer, tu vas voir. »

50

Torres a dit que je pouvais partir, alors j'ai pris un taxi pour rentrer chez Tom, pendant que Moira et Tom restaient sur le campus afin d'être disponibles pour la police. En arrivant, j'ai ouvert l'ordinateur de Moira et j'ai essayé des mots de passe, en partant du principe que le bon mot de passe était quelque chose qu'elle ne voulait pas me dire. J'ai essayé plusieurs variantes de :
Jonathan
JonathanMyLove
LoveJonathan
luvjonathan
Sans succès. Le nombre de possibilités, en tenant compte des minuscules, des majuscules et des combinaisons de mots, était très grand, même pour une idée simple comme celle-là. À contrecœur, j'ai essayé la même chose avec *Dave* plutôt que *Jonathan*. Ça n'a pas marché non plus. Je n'ai jamais été bon dans les devinettes.

J'ai immédiatement regretté d'avoir essayé de trouver son mot de passe, mais l'idée d'avoir de gros problèmes avec la police ne me plaisait pas. L'idée que quelqu'un pouvait nous en vouloir me rendait aussi tout agité. Je devais faire quelque chose. Je n'avais pas

grand-chose à quoi me raccrocher, alors j'ai pris l'ordinateur de Tom et j'ai cherché la collection Coldway
sur Internet, sans rien trouver. Après un grand nombre
de culs-de-sac, j'ai trouvé un numéro du journal des
anciens de Sanctum Prep, un établissement privé
plus formellement connu sous le nom de Sanctum
Præputium Preparatory School, où une liste dans la
section des nouvelles disait que Charles G. Attaway
et un certain Joseph K. Coldewey avaient été présents
aux retrouvailles de quarante-cinq ans de la classe de
1963. J'ai compris que j'avais mal épelé le nom de la
collection. J'ai bien trouvé une collection Coldewey de
dessins d'oiseaux, mais quelque chose me disait que
Joseph Coldewey était la personne à trouver. Il était
mentionné dans un autre numéro du *Sanctum Prep
Alumni Newsletter,* où la légende d'une photo le désignait comme un enseignant des écoles publiques de
Batavia. Pas le profil d'un riche collectionneur, mais
j'ai pensé qu'il pouvait toujours venir d'une famille ai-
sée. Les moteurs de recherche n'ont rien révélé de plus
sur lui, si ce n'est que les pages blanches m'ont donné
le numéro d'un Joseph Coldewey vivant à St. Charles,
en Illinois. Je devais l'appeler.

Il n'était peut-être pas encore au courant de la mort
du professeur Attaway. En fait, peut-être que personne
n'en savait rien. Je n'étais pas certain de vraiment
savoir moi-même. J'ai ouvert la télévision avec l'idée
que les chaînes locales auraient de petits numéros,
comme quatre ou huit. L'écran s'est allumé sur une
annonce du soutien-gorge miracle. J'ai attendu et j'ai
été récompensé par des nouvelles, mais elles parlaient
d'autre chose. J'ai trouvé la réponse sur le site Web de

la chaîne. La personne décédée était identifiée comme étant le professeur Charles Attaway, de l'Université de Chicago, et il était dit que la police considérait sa mort comme suspecte. Je n'ai rien appris d'autre. J'ai composé le numéro de Joseph Coldewey. Une voix mélodieuse mais forte a répondu :

« Allô.

— Bonjour, est-ce que je parle à monsieur Joseph Coldewey ?

— Lui-même.

— Je crois que vous connaissez le professeur Charles Attaway ?

— Oui, je suis un vieil ami de Chuck. »

Il semblait content de dire ça. Il ne savait donc pas la nouvelle.

« Mon nom est John, je suis un chercheur de Harvard. Je venais rencontrer le professeur Attaway, ce matin, mais je n'ai pas pu le voir. Je regrette de vous l'annoncer, mais une tragédie est arrivée chez lui et il est peut-être mort.

— Quoi ?

— Oui, je ne sais pas quoi dire. Je ne sais rien de plus. Vous voudrez probablement essayer de trouver des nouvelles à la télévision après mon appel. »

Il est resté silencieux, puis j'ai entendu la télévision.

« Si j'ai bien compris, vous êtes un collectionneur, monsieur Coldewey ?

— Oui…

— Je sais que c'est une requête étrange, mais me serait-il possible de vous rencontrer aujourd'hui ? C'est pour retrouver un document et pour préserver l'héritage du travail de Chuck, et c'est peut-être urgent.

J'espère que ce n'est rien. En tout cas, je ne resterai pas longtemps.

— Je ne sais pas comment je pourrais être utile, mais si tu viens chez moi, je serai là. »

Il m'a donné son adresse.

« Merci. Je viens du centre de Chicago et je pars à l'instant. À tout de suite. »

J'entendais la télévision, mais pas de réponse. J'ai raccroché.

J'étais plus rapide que la police. J'espérais avoir beaucoup d'avance.

En conduisant, j'essayais d'imaginer la rencontre avec Coldewey et je pensais à ce que j'allais dire. Je voulais l'impressionner le plus possible ; je lui donnerais donc ma carte professionnelle de Harvard en arrivant. Puis j'essaierais de la reprendre subtilement en partant, à moins que je ne m'attende à ce qu'il me contacte pour me fournir des informations utiles. J'étais stressé. Je respirais profondément et je récitais *Shai-Hulud Deva*.

Sa maison a été facile à trouver. C'était un petit bungalow modeste dans une rue de petits bungalows modestes. Il n'était évidemment pas un riche collectionneur. Mais il devait être le bon Coldewey. Peut-être un membre de sa famille était-il le collectionneur ?

J'ai sonné et un homme grisonnant a ouvert la porte, l'air alerte malgré ses yeux rouges et une expression grave sur son visage.

« Bonjour, bienvenue. Je suis Joe. Tu es le chercheur qui m'a téléphoné ?

— Oui, je m'appelle John, enchanté. Voici ma carte.

— Entre, assieds-toi. »

Il a fait un geste vers la droite où se trouvait le salon.

« Ta carte dit que tu es astronome ?

— Oui. Je collabore souvent avec des historiens et autres humanistes qui cherchent à comprendre les mentions de corps célestes et de phénomènes physiques dans des documents anciens.

— La mort de Chuck est un véritable choc. Nous sommes restés en contact année après année et nous nous étions rapprochés un peu dernièrement. En tout cas… Qu'est-ce que je peux faire pour toi ?

— C'est à propos de votre collection… »

Il a eu l'air surpris.

« Quoi ? Je ne vois pas pourquoi Chuck en aurait parlé…

— Oh, il n'en a parlé qu'à un seul collègue, un homme de confiance très discret qui est en ce moment occupé à aider la police. Nous craignons que, dans la confusion et sous les yeux non experts de la police et de la famille, l'article de votre collection ne soit abîmé ou perdu.

— De quoi est-ce que tu parles ? Chuck n'avait pas un seul de mes timbres.

— Vos timbres ?

— Je suis philatéliste. C'est un de mes passe-temps.

— Chuck a dit qu'il étudiait un document excitant de la collection Coldewey. Y aurait-il une autre collection Coldewey ? »

Coldewey a éclaté de rire.

« Non. Ah, merci pour ça ! Chuck avait sa façon d'embellir les choses. La collection Coldewey ! Elle est bonne, celle-là ! Chuck était un beau parleur, s'il y en a jamais eu un, et il donnait une apparence de vérité à ses histoires. J'imagine que c'est ce qui a fait de lui un grand universitaire et un grand romantique. Il aurait aussi bien pu être écrivain ou arnaqueur. Il avait fabriqué une histoire extraordinaire pour les parents de Carol, ma femme, du temps où nous nous fréquentions, pour qu'elle puisse venir en camping avec moi. Quant à la collection Coldewey, je pense que je sais ce que c'est. Ma mère est morte l'année passée, et, en vidant la maison, j'ai trouvé une boîte de diapositives Kodachrome de notre dernière année du secondaire dans son grenier. Chuck était très excité quand je le lui ai dit et il a demandé s'il y avait des photos de notre bal des finissants. Il y en avait deux. Il a emprunté la boîte au complet pour en faire des copies. J'aimerais récupérer ces photos, j'appellerai son frère. Ça n'avait certainement rien à voir avec son travail, à moins qu'il n'ait été en train d'écrire ses mémoires. C'était peut-être le cas, parce qu'après avoir reçu les photos il m'a appelé et m'a demandé de lui dire tout ce que je me rappelais de notre soirée de bal. »

J'ai dit : « Peut-être que ce qu'il a vu sur les photos ne correspondait pas à son souvenir, ou alors il avait simplement oublié.

— Je ne le pense pas. Il n'y avait que deux photos du jour du bal et elles avaient été prises avant le début de la soirée, une photo de son frère qui avait l'air de s'ennuyer dans la cuisine chez mes parents et une autre de Chuck et moi posant avec nos cavalières devant la Buick 1961 rouge de mon père. Une voiture superbe, en passant. Les questions de Chuck m'ont donné l'impression qu'il pensait à sa compagne. J'y étais allé avec

Carol, qui est plus tard devenue ma femme. Sa copine de l'époque était une jolie fille qui s'appelait Elaine et qui n'était pas de notre école. Je me souviens qu'il l'aimait beaucoup. Je ne sais pas ce qu'il est advenu de leur relation, ou d'elle après ça. C'est la seule fois que je l'ai vue. Il n'avait peut-être pas de photo d'elle avant que je ne retrouve cette photo du bal. »

Il est resté silencieux un moment. J'ai dit :

« Cette histoire me fait penser… Ça ne me regarde pas, mais je vais le dire au cas où ce serait utile. La mort de Chuck est considérée comme suspecte. Comme vous lui avez parlé si récemment, vous devriez contacter la police s'il y a quoi que ce soit qui vous semble louche, avec le recul.

— Non… Je devrais y réfléchir, mais je ne pense pas qu'il y ait quoi que ce soit. Son divorce a été difficile, mais Marcella est une bonne personne.

— C'est ce qu'on m'a dit. »

Il a secoué la tête. Il était temps pour moi de partir.

« C'était très gentil de votre part de me recevoir aujourd'hui, monsieur Coldewey, étant donné les circonstances. Excusez-moi d'être venu sur la foi d'un malentendu. J'ai tout de même aimé en apprendre plus sur Chuck. Toutes mes condoléances.

— Merci. Pas de problème. »

Nous nous sommes serré la main et je suis parti.

J'avais extrêmement faim, mais je craignais sincèrement que quelque chose d'horrible ne m'arrive si je m'arrêtais manger à St. Charles, alors que je serais relativement en sûreté et anonyme dans la grande ville. J'ai donc roulé jusque chez Tom, chantant *Shai-Hulud Deva* pendant toute une heure en pensant à Marie-Hélène, puis à Helen. Helen me manquait beaucoup soudainement, ce qui était inhabituel. Arrivé à destination, j'ai marché à la recherche de nourriture. J'ai trouvé un restaurant mexicain à la décoration criarde où j'ai acheté un plat à emporter.

51

Il n'y avait toujours personne à l'appartement. Je me suis connecté à ma machine de Harvard, puis j'ai regardé les résultats de mon espionnage de la nuit précédente. Les cibles de Bert n'étaient certainement pas dans ma liste. Les temps d'exposition estimés semblaient étranges, étant donné le genre d'observation que je croyais qu'ils effectuaient, au point que j'ai pensé que mon script avait un bogue, mais je n'ai pas cherché plus loin parce que je me trouvais déjà à une frontière éthique nébuleuse ; mon superviseur m'avait averti de ne pas me mêler des affaires des autres. Je ne lui ai jamais dit à quel point mon script était précis, pour les expositions assez longues.

L'un de mes collaborateurs de l'Université de Chicago organisait une soirée qui commençait à l'heure du souper. C'était à peine à dix rues de chez Tom. Rester chez Tom et attendre Moira me semblait la chose logique à faire compte tenu des événements de la journée, mais *Shai-Hulud Deva* résonnait toujours en moi et me rappelait que Helen était originaire de Chicago, alors il n'était pas impossible qu'elle ait été en ville et invitée à la soirée par l'ami d'un ami, le monde de la recherche dans les grandes universités étant petit. Le mantra me donnait de l'énergie et de l'espoir. J'ai écrit un message texte à Moira pour lui dire que je ne serais pas loin et de m'appeler quand elle aurait fini, puis j'ai marché vers la fête d'un pas léger. Moira a répondu : *Encore occupée pour un bon moment.*

Je me suis imaginé trouver Helen à mon arrivée. Elle aurait été surprise de me voir, et j'aurais expliqué : « De toutes les rencontres aléatoires, tu étais la plus probable. » Et elle aurait compris ce sentiment qui faisait vibrer tout mon corps.

Évidemment, elle n'y était pas. Les seules personnes que je connaissais étaient des collaborateurs, doctorants et postdocs. La plupart du temps, j'étais distrait et je regardais la porte, attendant que Helen arrive, ce qui n'était pas propice à de nouvelles rencontres et je me suis retrouvé prisonnier de discussions sur des articles scientifiques et sur la politique universitaire. Ce n'était pas très amusant, mais pas inhabituel non plus. Il y avait beaucoup de bière et de vin, alors certains postdocs étaient d'humeur gaie et ont eu une discussion animée sur les raisons qui pourraient inciter quelqu'un à devenir rédacteur d'une revue scientifique. La seule raison sur laquelle ils ont pu se mettre d'accord était le désir de vengeance. Il y avait une étudiante que je ne connaissais pas et qui avait l'air gentille, mais tous ces hommes, pour plusieurs mariés, orbitaient autour d'elle avec les yeux brillants et j'ai pensé : *Pas moi aussi.* Je suis resté presque deux heures, puis, ne pouvant plus supporter tout ça, je suis parti dans la nuit nuageuse au vent bourru, espérant être assez chanceux pour croiser Helen qui serait en

train de se rendre à la fête. Le mantra est monté en
moi :

Shai-Hulud Deva

Shai-Hulud Deva

Mes jambes m'ont porté toujours plus vite tandis
que mon esprit est parti à la dérive. J'ai ressenti une
bouffée d'énergie et me suis mis à courir alors que ma
poitrine était tirée vers le haut vers mon troisième œil
et vers l'avant vers l'infini.

Shai-Hulud Deva

Voyager sans bouger

Om

Une petite partie de moi a remarqué que je pouvais me faire frapper par une voiture ou me faire
détrousser, mais ces choses étaient plus des possibilités logiques que des préoccupations.

J'ai couru sur une distance de plusieurs rues. Je ne
me fatiguais pas.

L'obscurité s'est épaissie, comme si mes yeux se
couvraient. Tout en haut, une boule de feu brillante
a percé le ciel. C'était comme un soleil verdâtre, mais
dans ma tête je l'ai tout de suite appelée le *cœur d'or*.
Il a été réabsorbé par la nuit et j'ai laissé tomber ma
poitrine vers le trottoir. J'ai couru plus vite. J'ai couru
comme un animal, comme une bête léonine féroce.
J'ai peut-être même grogné. J'ai peut-être couru longtemps comme ça, en prenant des rues au hasard, mais
mon esprit était voilé comme mes yeux quand j'ai vu
le cœur d'or et je ne me rappelle pas bien.

Je suis revenu à la raison et je me suis arrêté là où
je me trouvais, haletant, suant, le goût du sang dans
la bouche. J'ai regardé autour de moi. La fenêtre du

fleuriste devant lequel je m'étais arrêté disait *Helen's*. Si j'avais cru en Dieu, ç'aurait été une expérience religieuse.

L'AUTRE MARIE-HÉLÈNE

Puis Jésus dit à Judas : « Ce que tu as à faire, fais-le rapidement. » Nous ne savions pas alors de quoi il parlait.

Jésus avait décidé qu'il était nécessaire pour son ministère et son message qu'il soit mis à mort par les autorités à Jérusalem. Il avait conçu le plan en secret avec Judas, son disciple le plus sage et le plus fiable. Il enverrait donc Judas rassembler une troupe d'hommes qui l'arrêteraient au nom des chefs des prêtres. Judas savait marchander et, en échange de son témoignage contre Jésus, il avait obtenu une bonne quantité d'argent qu'il voulait donner aux pauvres.

Comme plusieurs des disciples, Judas pensait que Jésus était le Messie et il l'appelait Seigneur. Il avait été incapable de faire changer Jésus d'idée, alors il avait accepté d'exécuter son plan. Mais secrètement, Judas avait tout dit à Thomas et ils avaient décidé que Thomas serait arrêté et mourrait à la place de Jésus.

[...]

Jésus dit : « Le temps est venu où tous seront contre nous. Si vous avez une bourse, prenez-la. Si vous avez un sac, prenez-le. Si vous avez une épée, prenez-la. »

Pierre dit : « Seigneur, voici deux épées. »

Et Jésus dit : « Cela suffit. »

Après avoir chanté les psaumes, nous nous ren-
dîmes au mont des Oliviers.

Évangile secret de Jacques, le frère de Jésus

52

Marie-Hélène et moi nous sommes revus à peu près chaque semaine après la fin de la session. Nous parlions joyeusement et nous écoutions de la musique. Nous avions une compréhension plus ou moins explicite que notre amour ne devait pas être.

Je lui ai rendu visite à son appartement un soir de juillet, une de ces journées chaudes et humides accablantes qui agrémentent les étés à Montréal ; il y en a eu plusieurs cet été-là. J'ai sonné chez elle, mais elle n'était pas encore là. Je me suis donc assis sur le perron où je me trouvais, dos à sa porte. J'étais un peu préoccupé par mon offrande de Boréale Rousse et de saucisses à hot dog, qui venaient de passer un temps au soleil dans mon sac. Je fixais les gouttes de condensation sur l'emballage de saucisses Lafleur, et me rappelais l'été où j'avais travaillé à l'usine, du temps que j'étais au cégep. Je lisais Platon pendant les pauses, et ma seule motivation pour continuer n'était pas l'argent, dont j'avais pourtant besoin, mais le sentiment de faire mon devoir en participant à la composante industrielle et productive de la société pour un moment. Je soupçonnais que ce moment ne durerait pas trop. Les employés permanents de mon équipe de travail m'appelaient Jean Bonneau, que je prenais pour un surnom affectueux. L'un d'entre eux, qui avait une moustache inégale et à qui il manquait quelques dents, disait souvent *ça va êt' correct, le papillon* en roulant les *r* et en faisant une grimace affreuse. Tout ça pour dire que c'est exactement au moment où je faisais cette grimace et disais « *ça va êt' correct, le papillon* » qu'une femme m'a appelé du trottoir :

« Es-tu embarré dehors ? »

J'ai sursauté, plus par honte que par surprise, et je l'ai regardée à travers les barreaux. D'après la ressemblance générale, j'ai tout de suite supposé que c'était la mère de Marie-Hélène. Elle était une femme vraiment magnifique.

« Non, j'attends que Marie-Hélène arrive.

— Eh bien, me voici ! Mais je n'ai plus la clé depuis les années soixante-dix. »

J'ai compris de sa réponse que le triplex appartenait à la famille de Marie-Hélène et que sa mère y avait déjà habité. Elle souriait amicalement, et j'ai pris la décision éclair de la tutoyer. Comme nous aurions à attendre ensemble, j'ai sorti une bière de mon sac et l'ai mise entre mes jambes, puis j'en ai sorti une autre, que j'ai tendue vers elle.

« En veux-tu une ? Elles sont encore froides.

— Ah ! Pourquoi pas ? »

Elle a monté les marches alors que je débouchais les bouteilles, puis elle s'est assise près de moi avec grâce malgré sa jupe longue et étroite au motif exotique bleu et noir. Elle m'a regardé droit dans les yeux en souriant quand nous avons cogné nos bouteilles.

Ses yeux pâles étaient vifs et jeunes, mais sa peau semblait avoir pris beaucoup de soleil et montrait son âge.

« Santé.

— Santé. Je m'appelle Jonathan.

— Moi, c'est Marie-Hélène. »

J'ai eu un moment d'incompréhension, pendant lequel j'ai peut-être même ouvert un peu la bouche. Elle a ri de bon cœur.

« Excuse-moi de la confusion. Si je comprends bien, ton amie qui habite ici s'appelle aussi Marie-Hélène.

— Oui… Tu n'es pas de sa famille ?

— Non. C'était mon appartement dans le temps où j'étais étudiante. J'ai pensé venir voir aujourd'hui comme je passais dans le coin.

— Ah, ça explique tout ! Excuse-moi, je ne comprenais plus rien pendant une seconde. Enchanté, Marie-Hélène.

— Enchantée. »

Nous avons levé nos bières à nouveau. J'ai ri moi aussi. Elle a dit :

« Ça me fait drôle de voir à quel point les commerces ont changé, mais pas les appartements, de l'extérieur du moins. »

Elle a bu et regardé la bouteille.

« Boréale ?

— C'est ce que les étudiants boivent. Où est-ce que tu étudiais dans le temps ?

— Je suis allée au cégep un peu, au collège de Maisonneuve, mais je n'ai pas fini de programme. Dire que j'étais étudiante est peut-être un trop grand mot. J'ai travaillé ici et là, l'année des Olympiques c'était facile de travailler... Ce n'étaient pas des bonnes jobs, mais quand même. »

Que son nom ait aussi été Marie-Hélène constituait une jolie coïncidence et probablement rien de plus, mais j'avais la vague impression de me trouver devant quelque chose de profond. En bas, quelques maisons plus loin, ma Marie-Hélène arrivait avec, misère ! son amie Magali. J'espérais que Magali ne resterait pas longtemps. J'ai dit :

« C'est elle qui arrive, avec une amie. »

Nous les avons regardées s'approcher en silence. Marie-Hélène a monté l'escalier avec son sourire amical et interrogateur que je me rejoue alors que j'écris ces lignes. Elle s'est présentée avant que je ne puisse le faire :

« Bonjour, je m'appelle Marie-Hélène.

— Enchantée. Je m'appelle aussi Marie-Hélène. Je passais dans le coin, et ton ami m'a retenue parce que j'ai déjà habité dans ton appartement il y a longtemps.

— Ah, c'est l'fun ! Veux-tu entrer un peu ?

— Non, je ne veux pas déranger... »

J'ai dit : « Le temps de finir ta bière.

— Pourquoi pas ? J'aimerais bien. »

À l'intérieur, il n'a fallu que quelques secondes pour que la nouvelle Marie-Hélène repère la pochette de disque vinyle accotée au mur en haut de la bibliothèque : Genesis, *Selling England by the Pound*.

« Wow, j'avais le même ! Ça fait longtemps que je n'avais pas pensé à ce disque-là !

— Je l'ai trouvé au-dessus des armoires de la cuisine, sous une grosse couche de poussière. C'est sûrement le tien. Tiens, reprends-le. »

Elle l'a mis dans ses mains. L'autre a retourné l'objet, qu'elle touchait lentement du bout des doigts, comme pour le sentir.

« Je n'arrive pas à croire qu'il reste quelque chose de ce temps-là ! »

J'ai entendu Magali s'occuper d'assiettes dans la cuisine.

L'autre Marie-Hélène a ensuite regardé les coupures de journaux et de revues qui décoraient les murs et s'est approchée de la photo montrant les pêcheurs du Brésil. Marie-Hélène a dit :

« C'est au Brésil, les dauphins poussent les poissons vers les pêcheurs et donnent le signal quand il est temps pour les pêcheurs de jeter leur filet…

— Oui, à Laguna. Je voulais y aller quand j'étais à Porto Alegre récemment, mais du méchant temps nous a fait annuler l'excursion. »

Ma Marie-Hélène a dit : « *Você fala português ?*

— *Um pouco. E você ?*

— *Não ! Eu quero aprender. Eu falo espanhol e escucho bossa nova.* »

Elles riaient de bon cœur. Nous avons suivi l'autre Marie-Hélène à travers le corridor et la cuisine jusqu'au balcon arrière ; elle touchait les murs en passant comme elle avait touché la pochette de disque. Elle a souri à la ruelle et a dit :

« C'est ça, le pays, c'est une ruelle ! Merci pour la visite. Je vais sortir par ici. »

Elle a descendu le petit escalier de fer et nous nous sommes mutuellement souhaité bonne chance. Bonne chance pour quoi, je ne le savais pas, mais j'étais sincère.

Marie-Hélène a déposé son sac sur la table et a dit : « Regardez ce que j'ai acheté ce matin. »

Elle en a sorti un CD, le même disque qui venait de partir avec l'autre Marie-Hélène, mais en format réduit. Elle l'a mis dans le petit lecteur de la cuisine.

Nous avons levé nos bières et partagé les tâches pour le souper en quelques mots. Je devais m'occuper des pains et des saucisses pendant qu'elles préparaient la salade. J'ai sorti le petit gril portable sur le balcon, mais je suis resté près de la porte ouverte parce que je voulais écouter la musique, après ce qui venait de se passer. Je crois que Marie-Hélène pensait la même chose, mais Magali a rapidement repris son bavardage habituel, alors qu'elle tranchait le concombre :

« Hier, j'ai acheté un nouveau vibrateur qui a un mode spécial pour énergiser les chakras, et ça marche vraiment ! Il est écologique en plus. C'est un peu drôle, parce que, quand j'étais au sex-shop avec Louis, il y avait un client qui regardait les DVD pornos, c'était un de mes profs de secondaire. Je suis restée dans le fond avec Louis en attendant qu'il sorte, mais il ne partait pas. J'ai envoyé Louis tout seul à la caisse avec le vibrateur, puis je suis passée sans le regarder, mais il m'a dit : *Pardon, tu travailles ici, n'est-ce pas ?* J'ai pas voulu répondre *non, tu me connais parce que t'étais mon prof, monsieur Simard,* ça fait que j'ai dit oui. Il m'a montré une boîte avec un acteur dessus qui ressemblait vraiment à monsieur Therrien, le directeur adjoint dans notre temps, et il m'a demandé s'il y avait d'autres films avec cet acteur ! J'ai répondu qu'il y en avait peut-être dans les articles en liquidation, au fond, puis je suis sortie !

En tout cas, ça doit faire des mois que je n'ai pas été aussi excitée par un nouveau *toy*. »

Je devais me mordre les lèvres pour ne rien dire ou ne pas rire. J'avais mille impertinences en tête. Marie-Hélène se taisait elle aussi. Elle m'avait déjà avoué ne pas toujours savoir comment réagir face aux détails de la vie intime de Magali. C'était peut-être sa façon de dire qu'elle ne voulait pas les entendre, elle qui était toujours si généreuse.

Je suis allé à la salle de bains. Marie-Hélène était de l'autre côté de la porte quand je suis revenu et elle ne souriait pas. Magali expliquait, en appuyant un peu fort sur certains mots :

« ... il y a un moment dans le couple où nous sommes assez *matures* et nous nous faisons assez *confiance* pour accepter d'inclure d'autres personnes, pas dans le couple, évidemment, mais pour explorer notre sexualité *sé-cu-ri-taire-ment*. »

J'avais manqué comment la sécurité était arrivée là-dedans.

La normalité est revenue quand nous avons partagé les deux dernières bières et que Marie-Hélène s'est mise à parler de certaines pratiques peu écologiques de leur café. Magali et moi n'avions pas grand-chose à nous dire, mais nous étions joyeux grâce à Marie-Hélène. Je n'ai vraiment rien retenu de la musique.

53

Après souper, Marie-Hélène et moi avons décidé de ne pas aller à un *party* où nous étions invités et sommes plutôt partis vers le pub irlandais sur Côte-des-Neiges, où un groupe de physiciens appelé Les orteils de crisse devait jouer de la musique folklorique. Magali nous a quittés au coin de la rue parce qu'elle avait d'autres plans ; puis Marie-Hélène a lancé :

« Pourquoi elle me dit ça à moi ? »

Son ton ne demandait pas de réponse. Elle a continué :

« La musique ne commence pas avant neuf heures. Tu veux marcher ?

— Oui, ça va être une longue marche, mais pourquoi pas ?

— Prenons le temps de tout regarder et de vraiment bien voir. Un jour, tout ça sera détruit. »

Il y avait beaucoup de beauté à voir sur notre chemin, par un beau samedi soir d'été. Et Marie-Hélène était contente et a pris ma main. Nous avons parlé un peu de l'autre Marie-Hélène, mais il n'y avait pas beaucoup à dire si ce n'était de nous émerveiller de ce qui s'était passé.

Nous avons retrouvé plusieurs amis au pub, et j'ai bu énormément. Mes amies physiciennes, y compris

Marie-Hélène parmi cette compagnie, aimaient faire boire les garçons, et nous faisions leurs quatre volontés. Je ne dirai pas combien de pintes j'ai prises parce que j'aurais l'air de me vanter et je ne recommande à personne de boire autant. Je suis étonné d'avoir physiquement pu mettre un tel volume de liquide dans mon corps et encore plus de ne pas avoir trop souffert des effets de l'alcool, sauf que j'ai été incapable de ne pas fleureter. Deux filles m'ont donné leur numéro de téléphone ; la première n'avait que dix-sept ans, mais offrait un décolleté spectaculaire, et la seconde était simplement gentille et jolie, et nous nous sommes tenus par la taille en écoutant la musique dans un coin très compact après n'avoir échangé que nos noms. Une petite voix en moi me disait que c'était une mauvaise idée, mais cette voix avait peine à surnager dans tout ce liquide. Je ne pense pas que cela ait dérangé Marie-Hélène, si elle a vu. À un moment donné, elle est venue s'asseoir sur moi. Nous avons pris le dernier métro jusque chez elle en nous tenant par la main. Elle a mis le disque de Genesis dans le lecteur de son salon, et nous avons écouté un peu, enlacés et confus sur son futon. Je suis étonné de ne pas m'être endormi, mais l'amour me gardait précisément lucide malgré l'alcool qui me berçait doucement. Je n'ai rien dit, mais la musique m'ennuyait. Après quelques minutes, elle a changé le disque pour *Harmonium*, parce qu'elle voulait chanter. Nous avons chanté *Un musicien parmi tant d'autres* ensemble, très sincèrement.

Puis elle a déposé un baiser tendre sur mes lèvres et a dit :

« Je pense que c'est l'heure pour toi de partir.

— D'accord. Bonne nuit. »

Nous nous sommes embrassés encore une fois et je suis sorti. J'ai marché, puis, à deux coins de rue de chez elle, je suis retourné en courant pour lui dire combien je l'aimais. Rendu sur le balcon du deuxième, devant sa porte d'entrée, j'entendais le son de *Let It Be* qui sortait par sa fenêtre ouverte. Je suis resté immobile jusqu'à ce que la chanson soit finie. Elle a recommencé. Pour une raison ou une autre, j'ai été incapable de sonner ou de cogner. Je suis parti.

J'ai marché jusque chez moi, une marche de trois quarts d'heure. Je suis repassé par plusieurs des mêmes endroits où j'étais passé plus tôt avec Marie-Hélène. J'ai dessaoulé rapidement et mon pas était sûr.

Quand j'ai tourné dans ma rue, j'ai été rempli d'un sentiment étrange, difficile à mettre en mots, que je peux évoquer approximativement en disant ceci : je sentais qu'il y avait longtemps que j'étais parti de chez moi. Très longtemps, des années. Je ne savais pas dans quel état j'allais trouver l'appartement ; rationnellement, je savais bien qu'il serait comme je l'avais laissé le matin même, mais cette idée avait quelque chose d'invraisemblable, et il aurait peut-être été moins surprenant pour moi de retrouver mon appartement en désordre et recouvert de poussière, et même de vignes et de mauvaises herbes, le bâtiment en ruine bloqué par de gros arbres. Je sentais que le temps tournait et que j'étais entré dans un autre âge, qu'arrivait une nouvelle saison qui ressemble à la fois au printemps et à l'automne, une saison féconde où la mort règne néanmoins, où, par exemple, les fleurs éclosent déjà fanées. Toutes ces images ne sont qu'approximatives.

Oui, je sentais que j'étais parti de chez moi depuis très longtemps.

Pendant la courte nuit, j'ai rêvé que je descendais dans la ruelle avec l'autre Marie-Hélène et que nous nous embrassions passionnément. Le souvenir de son corps contre le mien était si vif que j'ai dû réfléchir un moment à mon réveil pour me convaincre que ce n'était pas arrivé.

54

Cet été-là était bien rempli. Marie-Hélène travaillait à temps plein et elle allait parfois visiter ses parents, quand elle avait quelques jours de congé ; j'aimerais beaucoup me rappeler où ils habitaient. Je travaillais aussi à temps plein à un projet de recherche et je sortais avec de nombreux amis et groupes d'amis différents. Je vivais intensément parce que je découvrais l'amour de l'humain, après avoir passé trop de temps dans les livres. C'est un intérêt que je voyais aussi comme un geste politique, qui me poussait à vouloir tout échanger, tout dire et tout apprendre auprès d'un nombre toujours plus grand d'amis des deux sexes, de vieux amis comme des amis éphémères. J'y crois toujours, mais j'ai une idée différente du nombre d'amitiés qu'il est possible de maintenir à travers l'espace et le temps. Je sortais presque tous les soirs. Je me souviens que, les soirs de semaine, je rentrais souvent au moment de la rediffusion de fin de soirée de *Des kiwis et des hommes* à la télévision, donc j'imagine après vingt-trois heures.

J'ai passé quatre ou cinq fins de semaine dans les Laurentides, cet été-là. Nous n'avions besoin que d'un terrain vague, d'un peu de bois pour faire un feu et d'une tente en cas de pluie. Tant qu'il ne pleuvait pas, nous étions toujours dehors à nous baigner ou à jaser, et nous dormions près du feu à la belle étoile. Il y avait tout le temps de la boisson et, selon la compagnie, il y avait aussi beaucoup de *pot,* et je ne sais pas quoi d'autre. Je n'ai jamais essayé et je passais le joint sans y toucher si j'en recevais un. Je dis ça seulement pour qu'il soit clair que ma perception n'était altérée par aucune substance autre que l'alcool.

Marie-Hélène est venue à une seule de ces fins de semaine, en août. Mon départ approchait ; il ne nous restait plus que deux semaines et ça nous pesait. Le vendredi soir, nous nous sommes assis ensemble dans le cercle autour du feu, en nous tenant la taille. Elle s'est endormie sur moi vers trois heures, et elle était heureuse, du moins c'est ce que j'ai pensé. Je ne me suis endormi qu'au moment où le jour paraissait, et je me suis réveillé presque aussitôt. En après-midi, après une baignade exténuante où cinq d'entre nous sommes allés loin de la rive du lac et avons aperçu quelque chose qui ressemblait à un très gros poisson dans l'eau, Marie-Hélène et moi nous sommes éloignés de la plage. Nous avons remonté un ruisseau à pied pendant plusieurs minutes, puis nous avons trouvé un coin calme de la forêt, caché du ruisseau par un rocher, où nous avons échangé de longs baisers, des caresses et des étreintes nues.

Elle a dit : « Allons ensemble quelque part. »

J'ai souri et fait oui de la tête, en pensant à une prochaine fin de semaine de camping. Son visage amoureux, vu de près, était transformé par ce calme que j'avais vu lors de la manifestation à Québec. Il faisait chaud. Peu à peu, toute la nature s'est arrêtée autour de nous, et nous nous sommes endormis.

J'ai voyagé très loin dans mon sommeil. Je me souviens d'interminables routes futuristes, et de Marie-Hélène, un peu plus vieille, portant des vêtements bleu foncé et un béret de la même couleur, à contre-jour d'une grande fenêtre ronde et noyée dans la lumière. Elle se trouvait très haut au-dessus de la terre, possiblement dans un immense gratte-ciel, peut-être même dans un aéronef ou un vaisseau spatial. Elle me regardait. Le bruit de pas dans l'eau m'a réveillé, et j'ai été saisi d'un oubli d'autant plus vertigineux que j'avais voyagé si longtemps.

J'ai regardé par-dessus le rocher et j'ai vu le corps frêle et nu de Jean-Philippe, joint à la bouche. Il a sursauté. Puis il a dit:

«Tout le monde est endormi sur la plage. C'est plate en crisse.»

Marie-Hélène s'est levée elle aussi. Elle a dit:

«Allô! On peut attendre ici un peu. Vous voyez, le ruisseau a un petit bassin qui fait comme un bain-tourbillon.»

C'est ainsi que nous nous sommes installés tous les trois et avons repris nos discussions habituelles. Au milieu d'une histoire de Jean-Philippe, le souvenir de mon rêve m'est revenu, ténu et lointain, puisque les rêves s'estompent rapidement. Je m'y suis accroché, de peur de tout oublier. Je me suis souvenu que le nom de Marie-Hélène dans le rêve n'était pas Marie-Hélène, mais Jane; je sentais que Jane était une personne d'une force incroyable, plusieurs fois battue par la vie, humiliée, mais toujours debout. J'ai travaillé fort pour ramener l'image de Jane, et il m'a semblé qu'elle tenait quelque chose dans sa main, peut-être un peu de terre dans laquelle une rose poussait, mais je ne savais plus si c'était un vrai souvenir du rêve ou non.

Ce soir-là, je me suis endormi tôt près du feu. Dans mon demi-sommeil, j'ai entendu Jean-Philippe me reprocher mon manque d'endurance dans un langage coloré, mais je ne l'ai pas écouté parce que je récitais une longue litanie sur Jane dont la pensée me hantait. Tout à propos de Jane était aussi, en un sens, à propos de Marie-Hélène, et les mots qui me venaient me semblaient profonds et importants. Je ne m'en souvenais plus du tout au matin. J'ai eu conscience de musique et de chants, et j'ai rêvé le corps de Marie-Hélène, délirant, comme fiévreux, jusqu'à ce qu'elle me rejoigne. Elle était couchée avec moi à mon réveil.

Nous avons déjeuné dans un casse-croûte, puis nous sommes repartis vers Montréal. J'étais sur la banquette arrière avec Marie-Hélène, Jean-Philippe conduisait et Catherine était à l'avant avec lui. Ils nous avaient demandé de mettre nos maillots de bain. Nous n'avions pas fait vingt minutes de route que Catherine a dit : « Ici ! »

Jean-Philippe a brusquement arrêté l'auto sur le bord de la route et a décrété : « On se baigne ! »

Il y avait une rivière tout près. Nous avons enlevé nos vêtements et sommes descendus vers la rivière par le champ sans route, ce qui nous a demandé de passer sous deux clôtures, et nous nous sommes jetés à l'eau sans même savoir le nom de la rivière. L'eau était calme mais froide. Marie-Hélène, Catherine et moi avons nagé plutôt symboliquement en attendant que Jean-Philippe complète son nombre obligatoire et secret de «longueurs».

Il nous restait des canettes de bière bon marché et Catherine s'en est ouvert une alors que nous étions debout près du coffre à remettre nos vêtements. Marie-Hélène a ri:

«Vous êtes tellement bohèmes!»

Elle et moi en avons aussi pris une chacun, pour la route. Nous étions invincibles et insoumis.

La voiture était un vieux tacot emprunté au coloc de l'un ou de l'autre, avec une radio brisée et un lecteur de cassettes. Comme par miracle, Catherine a trouvé une cassette des premiers succès de Bob Dylan dans la boîte à gants. Nous l'avons écoutée à plein volume, les vitres baissées, la joie au cœur. Il n'y avait pas d'autre son au monde. Je ne connaissais pas bien Dylan dans ce temps-là; *Don't Think Twice, It's All Right* m'a spécialement marqué.

Marie-Hélène. Marie-Hélène. Je revis tout ça en mémoire et je sens que je vais exploser. J'ai dû sentir la même chose ce jour-là quand nous nous sommes séparés dans le métro. Comment aurais-je pu me sentir autrement? Nous étions si ignorants. J'avais vingt et un ans et elle, vingt, et je nous croyais pleinement adultes, mais nous étions si ignorants.

CHICAGO

Judas arriva, et avec lui une foule nombreuse armée d'épées et de bâtons. Jésus s'avança vers eux, avec Pierre, Jean et Jacques, le fils de Zébédée. Thomas s'empressa d'aller au côté de Jésus, et je savais lequel il était parce que j'étais avec lui. Le reste des disciples se levèrent.

Judas avait donné ce signe à ses hommes, qu'il donnerait un baiser à celui qui devait être arrêté. Judas s'approcha de Thomas et l'embrassa. Alors ces gens s'avancèrent, mirent la main sur lui, et le saisirent.

Alors Pierre tira son épée ; il frappa le serviteur du grand prêtre, et lui coupa l'oreille. Mais Thomas lui dit : « Pierre, remets ton épée à sa place ; car tous ceux qui prendront l'épée périront par l'épée. »

Sa voix et son autorité étaient comme celles de Jésus, et aussi la façon dont il avait appelé Pierre. En ce temps-là, seul Jésus l'appelait Pierre. Les autres l'appelaient Simon ou Simon Pierre.

La plupart des disciples prirent la fuite. Je suivis les hommes qui emmenaient Thomas, mais certains se retournèrent et se saisirent de moi. Craignant pour ma vie, je leur abandonnai mon vêtement et me sauvai tout nu.

Évangile secret de Jacques, le frère de Jésus

55

Daria était à l'appartement quand je suis rentré, assise à la table de la cuisine devant son ordinateur et un sandwich au beurre d'arachide. Elle savait ce qui s'était passé, mais n'avait pas de nouvelles récentes de Tom. Je lui ai demandé sur quoi elle travaillait, et elle a passé dix minutes à me montrer des images, de son travail sur la détection de la déformation par lentille gravitationnelle du fond diffus cosmologique à partir d'observations faites dans plusieurs longueurs d'onde, et de simulations de tomographie utilisant ce genre de mesures. Elle était brillante et intéressante, et j'aurais pu l'écouter indéfiniment parler. Ça me calmait. Au bout d'un moment, elle s'est adossée à sa chaise, m'a regardé et a dit :

« Tu veux une bière ?

— Si tu en prends une toi aussi, certainement. »

Nous avons chacun pris une bouteille dans le réfrigérateur, et elle m'a regardé dans les yeux au moment de porter un toast. Le contact visuel était une partie obligatoire des toasts de mon temps à Montréal. J'ai dit :

« Bien, tu n'as pas oublié les yeux.

— À Tom et Moira et à leur résolution du meurtre.

— À Tom et Moira et à *la* résolution du meurtre. »

Elle a demandé : « Aviez-vous des projets pour ce soir ?

— Des projets très vagues, qui dépendaient des vôtres. Certainement aller quelque part si nous avions le temps, mais nous nous attendions aussi à travailler beaucoup, selon les résultats de notre rencontre avec le professeur Attaway. Et vous deux ?

— Même chose : nous pensions faire quelque chose avec vous. Autrement, nous serions peut-être restés ici, étant donné que nous avons tous les deux beaucoup voyagé dernièrement. En fait, nous voulons décorer l'appartement, mais nous avons souvent remis ça, et nous allions peut-être trouver du temps pour le faire cette fin de semaine. Nous sommes ici depuis quatre mois et j'en ai assez des murs blancs.

— Je suis grand. Je peux t'aider à accrocher des choses si tu veux.

— Non, Tom doit être là lui aussi parce que nous ne sommes pas encore d'accord sur ce qui doit aller où. Tom a une affiche montrant un joueur de baseball quelconque et un chandail autographié du même joueur. Il veut les mettre quelque part bien en évidence, mais je trouve que c'est idiot.

— Quoi dire, sinon que *celui qui peut détruire une chose contrôle cette chose.*

— Non ! Tu ne viens pas de me citer *Dune* !

— Et si je l'ai fait ? Les mots de Muad'Dib sont sages. Comme ceux de Yogi Berra d'ailleurs. Il ne serait pas le joueur de baseball en question, par hasard ? »

Elle m'a offert un grand sourire et elle a secoué la tête. Comme elle était belle. Ses cheveux étaient noirs et épais et denses, ses yeux foncés et son visage délicat et angulaire. Elle portait les seins hauts et fiers comme des obus. Elle a demandé :

« Tu joues au poker ?

— J'ai joué au *hold 'em* deux ou trois fois. L'expérience suggère que je suis bon au bluff. Je ne devrais peut-être pas le dire. Ou peut-être que je suis mauvais et que je mens. Et toi ?

— Une seule fois, récemment, et j'ai beaucoup aimé. Quelques-uns des postdocs de mon département se réunissent à dix heures pour jouer au *hold 'em*, donc nous avons une demi-heure. Allons-y. C'est chez Brandon Hill. Tu le connais ?

— Non, jamais entendu parler. Je veux bien. Allons-y. »

Elle a appelé Brandon pour confirmer, puis nous avons envoyé des messages textes à Tom et à Moira pour leur dire que nous sortions et que nous pouvions revenir à tout moment. Elle leur a laissé une note avec plus de détails et l'adresse de Brandon. Nous avons marché un peu et attrapé un taxi plutôt que de prendre l'auto, parce que Brandon avait une armoire à scotch bien remplie. Le chauffeur de taxi a demandé si nous venions du coin et j'ai répondu :

« Non, nous venons du Canada. »

Ça a allumé chez lui un grand sourire auquel plusieurs dents manquaient.

« Canada ! Je suis allé au Canada ! Je suis allé à Montréal, et Hull, tu sais, près d'Ottawa, ils ont changé le crisse de nom maintenant ! Je suis allé à Toronto, Edmonton, Vancouver, et l'île, comment ça s'appelle ? Victoria ! Je suis allé à Victoria ! Je suis même allé à crisse de Yellowknife ! Il faisait froid en crisse! Je fumais beaucoup de *pot* et j'allais partout au Canada!»

Après un moment de silence, son visage s'est refermé, il a secoué la tête et a dit :

«Le Canada est tellement ennuyeux.»

Cette histoire n'a rapport à rien, mais elle nous a fait rire, Daria et moi, sur le moment et aussi plus tard, quand elle l'a rejouée pour nos amis au poker.

Le jeu était sur le point de commencer quand nous sommes arrivés chez Brandon. Je connaissais quelques-uns des joueurs, et au moins deux d'entre eux avaient déjà beaucoup bu à l'autre *party* plus tôt dans la soirée. Brandon nous a amenés à la cuisine pour que nous puissions prendre de la bière. Daria a demandé :

«Attendons-nous d'autres joueurs ?

— Je ne sais pas. J'ai invité Dan, mais il a dit que ça dépendrait d'une fille, et Bert, mais l'enjeu de ce soir est peut-être un peu faible pour lui.»

J'ai demandé : «Tu parles de Bert Collins ?

— Oui. Il aime jouer, mais la somme de départ de vingt dollars chacun ne l'excitera pas. Il joue dans les casinos, et j'ai entendu dire qu'il joue avec un des McNamara, tu ne les connais peut-être pas, mais ils sont une riche famille locale. En passant, si vous avez vu les nouvelles, je pense que ce professeur Attaway qui est mort était dans leur groupe de poker, lui aussi.»

J'ai dit : «Comment ? Dis-moi tout ce que tu en sais. Le mari de Daria et mon… amie connaissaient Attaway. J'allais personnellement le rencontrer ce matin, mais il n'était plus là, évidemment.»

Brandon a regardé tout autour, probablement soucieux de ne pas être trop entendu :

« Wow, je… hum… C'est tout ce que j'en sais. Il y a des mois, Bert et moi avons joué un peu au casino de La Serena et Bert m'a invité à me joindre à son groupe à Chicago. Il a dit qu'ils commençaient habituellement avec cinq cents dollars de jetons chacun et qu'une fois de temps en temps ils avaient une soirée à quatre chiffres. J'ai passé mon tour. »

Daria a dit : « Bert était au département aujourd'hui. Il a dit qu'il aiderait son monde à l'observatoire ce soir, donc il va probablement travailler jusque tard, ou toute la nuit. Puis il a une longue route pour rentrer chez lui. »

Dan est arrivé à ce moment-là, le neuvième et dernier joueur, et nous avons commencé à jouer quelques minutes plus tard. C'est le temps que j'ai mis à digérer tout ce que je venais d'entendre et à décider que je ne voulais plus jouer. Mais je devais rester parce que j'avais besoin de Daria.

Mes deux théories folles étaient, de un, que le vol de mon ordinateur portable était relié à mon travail, et de deux, qu'il était plutôt relié à l'*Évangile secret* et donc à la mort du professeur Attaway. J'avais déjà pensé qu'elles se rejoignaient à travers Bert Collins à cause de sa présence devant la maison d'Attaway et parce qu'il était un méchant de toute façon, mais avec ce que je savais maintenant, l'implication de Bert dans les deux affaires devait être reclassée de *folle avec un casque en papier d'aluminium* à *folle, mais je devrais probablement enquêter parce que et si c'était vrai ?*

Idéalement, j'allais m'introduire dans le bureau de Bert et le fouiller pendant son absence. J'avais besoin de quelqu'un qui connaissait bien le département. Certains des joueurs de poker détestaient probablement Bert, mais je n'avais pas à chercher plus loin que Daria. Parce qu'elle venait de Montréal, elle saurait que je n'étais pas complètement fou. Du moins, c'est ce que j'espérais. Et elle était déjà impliquée dans l'affaire à travers Tom.

Nous avons donc joué. Quatre joueurs semblaient être vraiment dans la course ce soir-là, incluant Daria et moi-même. J'avais décidé que de gagner rapidement avait de meilleures chances d'écourter la partie que de perdre rapidement et d'attendre la fin.

J'ai parlé de l'armoire à liqueurs de Brandon assez tôt dans la soirée, et il a sorti les bouteilles. « D'habitude, les gens préfèrent boire après le jeu, mais ça me fait plaisir de partager maintenant. »

Daria était joyeuse. Après avoir fini sa bière, elle s'est versé un verre de scotch très généreux. Je me devais de suivre. Nous avons porté un toast et elle a ri. « Comme au bac, n'est-ce pas ? »

J'ai fait oui de la tête et j'ai dit : « Sauf que c'est du meilleur scotch. »

Elle a gagné une grosse cagnotte au tour suivant et a fait une imitation parfaite de notre chauffeur de taxi.

Mon téléphone a sonné et je suis allé à la cuisine pour répondre. C'était Moira. J'ai demandé :

« Avez-vous trouvé quelque chose d'intéressant ?

— Non, et surtout rien du genre de ce que nous cherchions, toi et moi.

— Tant pis. Écoute, j'ai une toute petite piste, mais mon intuition me dit que c'est important. Viens nous rejoindre si tu n'es pas trop fatiguée, nous irons au département d'astronomie à l'Université de Chicago après le poker. Bientôt, je crois. »

Elle a dit qu'elle s'en venait et je suis retourné au jeu. Peu après, j'ai tout perdu en faisant tapis (*all-in*) contre Daria. Moira est arrivée tout juste avant minuit ; Tom l'avait reconduite, mais il rentrait se coucher. Elle s'est assise sur moi et nous avons regardé Daria et Mark tout perdre au profit de Brandon en trois tours. Puis nous nous sommes tous mis au scotch. Moira s'est étonnée de la quantité que Daria se versait. Après le toast, j'ai dit :

« Daria, il faut que tu nous emmènes au département d'astronomie maintenant.

— Maintenant ?

— Quand nous aurons fini notre verre. Il y a plusieurs choses que tu ne sais pas à propos de la mort du professeur Attaway. Moira et moi voulons vérifier quelque chose. »

Moira a dit : « Oui. S'il te plaît. »

Daria a accepté et a appelé un taxi. Moira et moi sommes sortis en premier pour l'attendre, le temps qu'elle aille aux toilettes. Je ne sais pas trop comment nous nous sommes perdus, je crois que nous sommes descendus un étage trop bas, toujours est-il que nous sommes sortis par l'arrière de la bâtisse et que nous nous sommes retrouvés dans une cour à la clôture haute. La porte dans la clôture était fermée avec un cadenas. La porte par laquelle nous étions sortis s'était refermée derrière nous et nous ne pouvions plus l'ouvrir. Nous nous sommes regardés stupidement. J'ai demandé à Moira :

« Une entrée par effraction serait illégale, mais penses-tu que nous pouvons avoir des problèmes pour une sortie par effraction ?

— Par exfraction ? Allons-y ! »

Elle s'est glissée contre moi et m'a embrassé comme si c'était la dernière fois. Ou plutôt comme la première ? Peu importe, c'était bon. Nous avons tiré une poubelle jusqu'à la clôture et avons grimpé et sauté par-dessus. Je suis passé en premier et j'ai atterri dans une flaque d'eau, salissant mes chaussures et mon pantalon. J'ai aidé Moira à l'éviter.

Nous avons fait le tour et rejoint Daria devant l'immeuble. Elle a ri et je me suis rendu compte que j'avais une éclaboussure jusque sur ma chemise pâle.

Daria a demandé : « Qu'est-ce que c'est à propos d'Attaway ?

— Il y avait des gens de l'autre côté de la rue qui regardaient ce qui se passait à la maison d'Attaway quand nous y sommes allés, ce matin. J'ai reconnu parmi eux Bert Collins, portant des lunettes fumées. J'ai conclu qu'il vivait là, mais tu m'as appris ce soir qu'il vivait loin, et Brandon a dit que Bert connaissait Attaway. Le camion des nouvelles n'était pas encore là quand nous sommes arrivés, donc je doute qu'il ait appris la mort d'Attaway dans les médias.

— Peut-être qu'il se promenait ou qu'il allait voir Attaway pour une autre raison, puisqu'ils se connaissaient. Nous ne pouvons rien y faire.

— Tu as probablement raison, mais je voudrais quand même visiter son bureau. »

Daria a dit : « Je peux utiliser ma carte pour vous laisser entrer dans le bâtiment principal d'astro. Mon bureau est dans le LASR ; je vous y attendrai.

— Super, merci. Moira, l'autre chose que tu as manquée est que Bert et le professeur Attaway étaient dans le même groupe de poker à hautes mises. Le seul autre détail que je connaisse est qu'un des joueurs de ce groupe serait un McNamara, quelqu'un d'une famille locale riche. »

Le taxi est arrivé et nous sommes tous les trois montés à l'arrière. J'ai laissé Daria donner les instructions.

S'il n'y avait personne au département, et si j'étais incapable d'ouvrir la porte de Bert en poussant le pêne avec mon permis de conduire, j'aurais probablement à la défoncer. Je devais aussi trouver une façon d'éloigner Bert de son bureau s'il y était encore. J'aimais l'idée de mettre des affiches *hors service* sur toutes les toilettes et machines distributrices et d'attendre qu'il ait à partir pour un autre pavillon, mais ça ne semblait pas infaillible, parce que je ne connaissais pas ses habitudes et que je n'aurais pas l'occasion de mettre un laxatif dans son café. Puis j'ai pensé à faire de Moira mon espionne.

« Moira, si Bert est là, tu vas aller lui parler, en disant que tu es la nièce du professeur Attaway. Tu peux mettre ton téléphone dans ton sac de façon à ce que j'entende tout dans la salle de conférences où je serai caché.

— Et quel sera mon prétexte pour lui rendre visite ?

— Je sais que tu peux inventer quelque chose et être convaincante. Mais plus tu seras vague, mieux ce sera, parce que ce qu'il sait, ce que nous voulons savoir, guidera un peu plus la discussion. Tu as peut-être trouvé son nom dans les affaires de ton oncle et tu passais par hasard.

— Je pense que je peux faire ça. Ma visite sera si étrange et inattendue qu'il n'aura pas de raison de douter de mon identité. »

Daria nous regardait avec de grands yeux. Elle a ri aux éclats encore une fois.

J'ai dit : « Exactement. Et si tu pouvais garder l'œil ouvert pour mon ordinateur ou faire sortir Bert de son bureau, ça serait fantastique, mais seulement si ça marche facilement dans votre discussion.

— Je verrai ce que je peux faire. C'est tout ?

— Oui, merci, je pense que c'est tout.

— En passant, j'ai appelé Dave cet après-midi et je lui ai dit que j'étais à Chicago.

— Vraiment ? Tu as fait ça ?

— Oui. Je lui ai dit qu'à la suite de la mort du professeur Attaway, la police cherchait un expert pour juger s'il y avait quelque chose à apprendre dans ses papiers et que Tom m'avait recommandée parce qu'il me connaissait et que ce sur quoi travaillait Attaway tombait directement dans mon champ d'expertise. J'ai pris le premier vol possible. J'ai pensé le mettre au courant, puisque nous serons peut-être ici quelques jours de plus, si nous ne prenons pas notre vol de demain soir.

— Ouais, je pensais justement à notre vol.

— Nous déciderons demain matin. »

56

J'ai entendu une succession de sons vagues et je me suis demandé ce que Moira faisait et si notre plan avec le té- léphone allait marcher. Puis j'ai clairement entendu des coups à une porte, qui ont été suivis par la voix de Bert:

«Ah bonsoir! Quelle surprise! Mais, pardonne-moi, j'ai ton nom sur le bout de la langue…»

Bert était là! Moira était mon héroïne. Et je l'avais envoyée dans son antre de perdition. Mon cœur battait très fort. Je me devais d'être prêt à la secourir, au cas où ça tournerait mal. J'ai regardé autour de moi dans la salle de conférences à la recherche d'une arme et j'ai vu un bloc d'alimentation multiprise que je pourrais utili- ser comme un fléau d'armes.

«Vous devez me prendre pour quelqu'un d'autre, je ne crois pas vous avoir déjà rencontré. Vous êtes le professeur Collins, n'est-ce pas? Je m'appelle Mary At- taway. Chuck Attaway était mon oncle.

— Oh, je suis désolé de ce qui s'est passé au- jourd'hui.» Sa voix était trop sincère pour qu'il ait été vraiment sincère.

«Est-ce que je peux entrer un instant?

— Bien sûr. J'ai du travail, mais mes collègues au télescope peuvent se passer de moi pendant quelques minutes. Pardonne ma confusion, mais je n'arrive pas à imaginer pourquoi tu es venue me voir, ou même comment tu es entrée dans la bâtisse à cette heure…

— C'est vraiment très simple. J'avais l'intention de vous contacter demain ou lundi. Tantôt, j'étais incapable de dormir, je pleurais, toute seule dans mon lit, vous savez, ce sont des moments difficiles. Alors j'ai décidé de marcher un peu et je suis passée par ici, pensant qu'en tant qu'astronome vous pourriez travailler la nuit. Je me trouvais tout près de toute façon. Quelqu'un qui sortait m'a laissée entrer. Je n'espérais rien, mais vous voici. On dirait presque que nous étions destinés à nous rencontrer ce soir.

— Tu es chanceuse. Il est très rare que je sois ici si tard un samedi, ou n'importe quel jour. Il y a eu des changements à la dernière minute et j'aide des collègues dans un nouveau genre d'observations : la science est ce qui importe par-dessus tout ! Mais tu sais que les femmes ne devraient pas marcher seules la nuit dans ce voisinage. » Je pouvais voir dans mon esprit qu'il souriait comme un détraqué.

« Vous avez raison, je devrais être plus prudente. Étiez-vous proche de mon oncle ? »

Bert a répondu entre ses dents pointues : « Non, je ne dirais pas ça.

— Tout de même, vous êtes l'une des dernières personnes à l'avoir vu.

— Qu'est-ce qui te fait dire ça ?

— Bien sûr, je ne vous connais pas, mais à la façon dont vous semblez touché, j'ai pensé que vous deviez être proche de lui ou l'avoir vu récemment.

— Je n'étais pas proche de lui, mais je l'aimais bien. Je sais reconnaître les hommes d'esprit universel et il en était un. Les hommes comme lui se font rares, même dans l'éminente et ancienne communauté qu'est l'Université. Qu'est-ce que la police a conclu sur la cause du décès?

— Ils attendent toujours les résultats de l'autopsie. Oh, je préfère ne pas y penser.»

Il y a eu un court silence. Moira a repris:

«En passant, êtes-vous catholique? Nous aurons peut-être besoin d'amis pour le service.

— Oui, je suis catholique.

— Pensez-vous que vous pourrez faire participer d'autres personnes de votre organisation?

— Organisation? L'université?»

Moira a dit: «Non, oncle Chuck faisait partie de cette organisation catholique... Comment elle s'appelle, déjà?

— Je ne suis pas au courant. Je n'en suis pas membre.» Il a dit ça avec un sourire des plus désagréables.

«De toute façon, je voulais vous voir, parce que... Je peux vous parler confidentiellement, n'est-ce pas? J'ai pensé que vous seriez une personne digne de confiance, étant donné votre situation.

— Oui, je me considère comme digne de confiance. Nous, les astronomes, n'avons que la vérité pour guide et pour juge. Quel fardeau, mais quelle prodigieuse destinée! Je ne voudrais pas me mêler des affaires des autres, mais je te conseillerai avec joie.»

Moira a dit: «Merci. Après le départ de la police et la levée des scellés de la scène de crime, nous regardions un peu dans les choses d'oncle Chuck pour nous occuper, et j'ai trouvé un cahier avec des notes sur certaines personnes, dont vous. Je ne pense pas que les policiers l'aient vu. »

Une chaise a craqué. « Est-ce que c'est du chantage ?

— Quoi ? Non ! Je n'oserais jamais. Et je n'avais pas remarqué qu'il y avait… qu'il y avait quelque chose de mauvais pour vous là-dedans.

— Non, non, il ne peut rien y avoir de mauvais. Je suis désolé, il est tard et tout cela est inhabituel. Continue, s'il te plaît. Quelles étaient ces notes ? » Il y avait du bruit sur la ligne, probablement l'effet des vapeurs de venin que Bert exhalait.

« Quelques pages de description, en jolie prose comme s'il écrivait un livre, puis une page ou deux en sténographie, que je ne sais pas lire, puis une liste de dates avec des chiffres. »

Les mots de Bert étaient inaudibles.

Moira a dit : « Promettez de ne le dire à personne. »

Un autre mensonge inaudible.

Moira a dit : « Il y a un McNamara qui est aussi mentionné dans ces notes. C'est que les gens puissants me font un peu peur, vous savez.

— Ne t'inquiète pas ! Will McNamara est un ami à nous. Nous jouons aux cartes ensemble. Les nombres avec les dates sont probablement le pointage. Rien de préoccupant. J'aimerais beaucoup voir ce livre, tu sais, pour lire ce que ce bon vieux Chuck avait à dire sur nous.

— Quel soulagement ! Ça me semblait si étrange que j'ai pensé que ça devait être grave. Mais oncle Chuck était un excentrique après tout. Je peux probablement vous montrer le livre. Je reviendrai quand la poussière sera retombée.

— *Car tu es poussière et à la poussière tu retourne-ras.* Oui, appelle avant de venir. Je vais te donner ma carte… Où est-ce que je les ai mises ? Je ne les utilise pas souvent, tous les astronomes me connaissent… Ah, en voici une. »

J'espérais qu'elle ne se couperait pas sur un coin de la carte.

« C'est bien. Je crois que je vais mieux dormir maintenant. Merci beaucoup.

— Merci pour ta visite. Ah, je vais te serrer la main gauche. J'ai mal à l'épaule. C'est un accident de ski, mais on doit accepter que toutes sortes d'accidents, de surprises et de revers de fortune arrivent dans une vie bien vécue, comme dans mon métier d'ailleurs. Toutes mes condoléances, encore une fois. »

Nous nous sommes rejoints à l'extérieur. Je me suis rendu compte que je tenais toujours le bloc multiprise, mais je ne pouvais plus rentrer. Comme convenu, Daria avait coincé la porte de son pavillon pour qu'elle reste ouverte. Dès que nous nous sommes retrouvés à l'intérieur, j'ai dit :

« Tu étais si bonne que ça fait peur, Moira. Tu devrais être une espionne.

— Merci. Ou une actrice. »

Daria était à son bureau comme prévu. Je lui ai donné le bloc d'alimentation. « Tiens, pour le déran-gement. » Elle n'a pas posé de questions, mais elle a ri. Elle a appelé un taxi ; nous sommes restés cachés jusqu'à ce qu'il arrive et y avons couru, de peur que Bert ne nous voie.

C'est de peine et de misère que Moira et moi avons retenu nos baisers jusqu'à ce que nous soyons seuls dans notre chambre. Nous avons fait l'amour ; par la suite, la pensée de Helen m'est revenue et j'ai parlé à Moira de l'expérience religieuse que j'avais eue plus tôt dans la soirée :

« Je t'ai déjà dit, et tu l'as lu dans mes histoires, que je peux entrer dans ce que j'appelle un état méditatif en levant mon attention vers un point sombre droit devant.

— Oui, je m'en souviens en détail.

— J'ai atteint cet état plutôt profondément en marchant dans les rues noires après la fête de ce soir, et pour un bref instant, les voiles se sont déchirés au-dessus du troisième œil et j'ai vu un soleil brûlant, un soleil vert, que mon esprit a nommé le *cœur d'or*. C'est tout. Ça ne veut rien dire, mais c'est là dans ma tête. L'esprit humain est fascinant.

— C'est arrivé comme ça, par hasard ?

— Je pense. Et j'ai oublié de dire : quand je suis revenu à mon état normal, le commerce en face duquel je me suis retrouvé s'appelait Helen's. »

Elle a dit : « C'est intéressant, c'est le moins qu'on puisse dire. Mais tu ne sembles pas si excité. Je pense que je serais enthousiaste si une telle chose m'arrivait à moi.

— C'était une expérience fantastique, mais je n'ai creusé cette méditation que lentement, parce que j'ai peur, disons-le comme ça, de ce que je vais trouver : je m'attends à ce qu'au fond il n'y ait rien. Si j'arrête mes yeux et mes pensées, il y a les voiles de noirceur, et si je les arrête, c'est une façon de parler, dans l'inter-instant je vois le cœur d'or, et probablement qu'arrêter le cœur d'or apporterait aussi autre chose, et ainsi de suite sans fin. Évidemment, ce n'est qu'une supposition de ma part. Quant à Helen's, c'était toute une coïncidence, mais quand j'y pense, il y a un très grand nombre de choses que j'aurais pu voir qui auraient voulu dire quelque chose pour moi.

— Puisque tu le dis… Dormons. Demain sera peut-être une grosse journée. Sais-tu comment démêler tout ça ? »

J'ai dit : « Pas vraiment. Mais Bert est dans le pétrin. »

57

Moira et moi nous sommes levés tout juste après neuf heures. Tom passait devant la porte de notre chambre quand je l'ai ouverte et j'ai sursauté parce que, sur le moment, j'ai pensé que c'était le détective Paterson. Les Américains se ressemblent tous tellement. Nous avons mangé des gaufres maison avec des fruits pour déjeuner; Daria n'a pas du tout mentionné notre visite au département d'astronomie, et Tom a parlé de long en large du temps que Moira et lui avaient passé à aider la police. Il ne pouvait pas croire qu'ils n'avaient rien trouvé.

« Nous n'avons vu aucune trace ou mention du document secret de Chuck. Ou bien les enquêteurs ont retenu des choses, ce qui est possible, ou bien ils n'ont pas trouvé le travail le plus récent de Chuck; même le brouillon de son livre sur Thomas n'était presque rien, au mieux quelques semaines de notes de cours qui semblaient loin d'être publiables. Ou alors quelque chose a été volé, et le voleur a réussi à faire disparaître tous les documents pertinents. »

Après le déjeuner, Daria et Tom sont restés à la maison pour enfin décorer, pendant que Moira et moi allions visiter un peu la ville.

Nous avons pris la ligne bleue jusqu'au Loop. Nous sommes d'abord allés voir le gros haricot, puis nous avons remonté Michigan Avenue en direction de la Navy Pier. C'était une belle journée. Nous ne sommes entrés dans aucun magasin. Nous avons passé ce que nous savions en revue. J'ai raconté à Moira ma visite chez Coldewey, sans trop entrer dans les détails. Je pensais surtout à Bert Collins. Dire que jouer au poker était *jouer aux cartes* et qu'il y avait un *pointage* n'était pas faux, même si c'était trompeur. Pendant la nuit, j'avais triomphalement pensé que ce choix de mots démontrait quelque chose sur lui, parce qu'une personne honnête aurait voulu que le document inventé se retrouve entre les mains de la police, mais à jeun par ce beau matin, j'ai pensé que sa réaction était peut-être normale. Moira était d'accord et ne savait pas non plus comment nous aurions pu continuer notre enquête.

Nous avons donc décidé de prendre notre vol de retour vers Boston à dix-huit heures, comme prévu.

Quelques minutes plus tard, après avoir tourné vers la Navy Pier, Moira a pris mon bras et a dit :

« Cette femme à la robe blanche, cette femme qui est derrière nous était sur une photo sur le bureau d'Attaway. Ou quelque chose comme ça. »

Je ne voulais pas me retourner et la dévisager, au cas où elle aurait été en train de nous suivre. J'ai dit :

« J'ai besoin de rattacher mes lacets. »

Nous avons fait un pas de côté et je me suis accroupi, mettant les mains sur mon soulier. J'ai reconnu Helen instantanément.

« Helen !

— Jonathan, quelle coïncidence ! Comment ça va ?

— Bien. Je suis content de te voir. Voici mon amie Moira. »

Moira a dit : « Salut.

— Salut. » Puis Helen m'a demandé : « Tu restes ici longtemps ? Je repars pour la Californie aujourd'hui.

— Nous rentrons aussi aujourd'hui, à Boston. J'ai une question pour toi, probablement la question la plus étrange qu'on te posera cette semaine.

— Vas-y.

— Tu as peut-être vu aux nouvelles qu'un professeur de l'Université de Chicago est mort, un certain Charles Attaway. Le connaissais-tu ou lui connais-tu un lien quelconque avec toi ?

— Non… Non, je ne le connaissais pas, et je ne peux penser à aucun lien possible entre nous.

— C'est tout ce que je voulais savoir. Merci.

— J'ai aussi une demande étrange. Pouvons-nous prendre une photo, de nous deux ensemble ?

— Oui, bien sûr. »

Elle a sorti un appareil photo de son sac et l'a donné à Moira.

« Merci, Moira. Et tant qu'à être ici, peux-tu t'assurer que la Navy Pier soit visible en arrière-plan, s'il te plaît ? » Nous avons posé sans nous toucher.

Après avoir repris son appareil photo, Helen a regardé sa montre et a dit : « Je dois partir, je vais rejoindre ma cousine à la Navy Pier. Ça, c'est pour elle. » Elle a soulevé la fleur qu'elle transportait, une rose coupée qu'elle tenait dans sa main. « Est-ce que vous y allez aussi ? »

J'ai dit : « Non, nous pensions avoir le temps, mais il est un peu tard, et nous devrions rentrer si nous ne voulons pas rater notre vol. Mais je suis content de t'avoir vue.

— Oui, moi aussi. Ah, j'ai le signal. Bye! Je suis sûre que nous nous reverrons!»

Elle a souri et envoyé la main en traversant la rue. Moira a dit:

«C'était donc Helen qui ressemble à Marie-Hélène.

— Oui.

— Elle est vraiment très belle.»

J'ai dit: «Parle-moi de cette photo. Je veux la voir.

— Pendant que nous classions une pile d'articles, hier, Paterson est entré avec un petit cadre photo du bureau d'Attaway. La photo était le portrait d'une jeune femme; Tom ne savait pas qui elle était, et moi non plus, évidemment. Elle avait un style rétro, mais les couleurs étaient belles, alors difficile de dire si c'était une photo récente ou non.

— Retournons sur Michigan Avenue pour trouver un taxi pour aller chez Attaway. Espérons qu'il y aura quelqu'un. Entre-temps, je vais te raconter le détail de ma visite chez Joseph Coldewey.»

MARIE-HÉLÈNE, LES DERNIERS JOURS

Judas vint à moi pendant la nuit et me donna la bourse, pleine d'argent, et un vase contenant ce qu'il appela un poison. Il me dit d'attendre. Plus tard, Salomë me trouva et expliqua que Marie envoyait le message que deux Jésus avaient été arrêtés. «Notre Jésus, Jésus de Nazareth, a été condamné, alors que l'autre, Jésus Bar Abba, a été relâché et est libre.» («Bar Abba» signifie «fils du Père».) Je compris ce que ça voulait dire. Salomë me demanda si je savais où trouver Thomas et je répondis que non. Je sortis, apportant la bourse et le poison. Je trouvai Marie, et elle me dit où se cachait Jude.

Évangile secret de Jacques, le frère de Jésus

58

La veille de mon départ pour Boston, je devais passer la soirée avec plusieurs amis, dont Marie-Hélène; l'idée d'un grand groupe ne l'emballait pas, mais elle avait fini par accepter parce que nous n'avions pas encore été capables de nous dire adieu.

Elle travaillait cette journée-là. J'ai passé la matinée à mon appartement à faire des boîtes et du ménage même si je n'avais que peu de choses. Vers midi, mon amie Annabelle, qui avait une auto, est venue les chercher. Elle les apporterait chez mes parents à ses vacances prochaines dans la région de Québec. Peu après, le téléphone, que je n'utilisais presque jamais, a sonné. C'était Marie-Hélène; elle m'a demandé de rester chez moi et de l'attendre. Je n'ai pas posé de questions. J'ai écouté de la musique en l'attendant et arrangé nerveusement les quelques petites choses qui me restaient, surtout dans la chambre où elle n'était jamais venue, mais où j'avais, pour ainsi dire, passé chaque nuit avec elle. Il n'y avait qu'un seul drap sur le lit, et j'avais enlevé de la fenêtre la couverture qui m'avait servi de rideau, mais il restait quand même sur les murs quelques décorations qui appartenaient à la locataire de qui je sous-louais l'appartement pour l'été.

Dehors, le temps a tourné à l'orage. Elle est arrivée trempée, sans parapluie ni manteau. Nous étions amoureux. Malgré des mois de déni, nous étions amoureux. Nous avons fait l'amour, et sous le battement de la pluie et dans la lumière blanche et froide, c'est toute une saison joyeuse de cuivre et de fleurs que nous avons habitée. Je voulais ne plus jamais quitter ce lit, mais j'avais donné rendez-vous à une douzaine d'amis dans un restaurant vietnamien sur Côte-des-Neiges et je ne pouvais pas les abandonner. J'ai attendu le plus longtemps possible avant de dire :

« Nous devrions nous préparer pour le restaurant bientôt. »

C'est avec une grande tendresse que Marie-Hélène a dit :

« Je préfère ne pas y aller. Je vais rentrer chez moi.

— J'aimerais mieux rester avec toi, mais je suis pris. Qu'est-ce que tu dirais si j'allais chez toi demain matin, à la première heure ?

— Ça marche. À quelle heure est ton autobus ?

— Onze heures. »

Nous sommes partis chacun de notre côté après un baiser dehors. Son sourire me rendait si heureux. J'ai marché dans l'euphorie totale, dans l'incertitude totale : nous vivions en pleine improvisation. J'ai eu un joyeux repas avec mes amis, puis nous sommes allés tout près chez Annabelle et Catherine qui avaient un grand salon, et Dan a apporté du scotch que nous avons bu au verre avec les trois François. Jean-Philippe a joué de la guitare et nous avons chanté et tous m'étaient chers, puis nous avons manqué de scotch et quelques-uns d'entre nous sommes allés dans un bar sur Côte-des-Neiges. J'y ai rencontré une fille du nom de Véronique à qui j'ai dit que je m'appelais François. Le vrai François B. s'était endormi sur la banquette pas loin de moi. Je suis parti avant la fermeture, pour avoir du temps au matin avec Marie-Hélène. Véronique voulait mon numéro de téléphone ou mon adresse de courriel, et elle a sorti un carnet et un stylo de son sac à main. Je raconte tout cela seulement parce que c'est une mesure de mon ivresse. J'y ai écrit le début de l'adresse de courriel de François, mais ma main tenait difficilement le stylo, et mes lettres étaient difformes et à peine lisibles. J'ai dû faire un effort de concentration immense pour écrire sept lettres et il m'a été encore plus difficile de les relire. J'ai dû appuyer très fort sur le papier et regarder de près d'un œil en suivant les lettres du doigt. Véronique a dit : « Tu devrais porter tes lunettes ! » J'ai dit : « Le reste de l'adresse est *@umontreal.ca.* »

J'ai marché jusque chez moi et je me suis couché vers trois heures. J'ai réglé mon réveille-matin pour six heures, pour avoir toute la matinée avec Marie-Hélène. Je prévoyais dormir dans l'autobus.

59

Quand j'ai ouvert les yeux, mon réveille-matin affichait 10:58. Je n'arrivais pas à le croire. J'ai juré de ne plus jamais boire de scotch. Je me suis traîné hors du lit et j'ai téléphoné chez Marie-Hélène, sans réponse. Je me suis lavé en un éclair et j'ai mis mes dernières possessions dans mon grand sac à dos. J'ai couru tant bien que mal avec mes bagages jusqu'au métro, puis jusque chez Marie-Hélène.

Il n'y a pas eu de réponse quand j'ai sonné, mais j'ai découvert que la porte n'était pas barrée, alors je suis entré. J'ai crié son nom, mais je n'ai pas eu de réponse non plus. Il s'était passé quelque chose. Ses papiers avaient été enlevés des murs, et quelques bouts déchirés traînaient par terre. À peu près la moitié de ses livres et de ses disques avaient disparu, mais pas les meubles. Plusieurs de ses vêtements semblaient aussi manquer, de même que sa brosse à dents. J'en ai conclu qu'elle était partie. Je n'ai découvert aucun message.

J'aurais peut-être trouvé la même scène plus tôt au matin, mais j'aurais peut-être plutôt trouvé Marie-Hélène me disant adieu avec amour ou, mais c'est un rêve idiot, j'aurais peut-être trouvé Marie-Hélène prête à partir avec moi.

Je suis resté debout au milieu du salon à fixer la vitre. Je ne savais pas quoi faire. Plus que ça : ma tête était vide. J'ai finalement roulé ma valise jusqu'à la Station centrale, puis j'en ai fait le tour quelques fois sans trouver Marie-Hélène. Je me suis assis au restaurant et j'ai regardé les gens passer pendant deux heures en attendant le prochain autobus.

J'ai eu beaucoup de temps dans l'autobus pour penser à ce que je lui écrirais et je me suis résolu à rédiger quelque chose de très romantique. Mais ma nouvelle vie a commencé intensément dès mon arrivée à Harvard, ce qui fait que, quand j'ai finalement envoyé un courriel à Marie-Hélène deux jours plus tard, mes excuses étaient peut-être un tout petit peu trop générales, mon langage, un tout petit peu trop ordinaire. Peut-être que c'était sans importance. Elle n'a jamais répondu.

CHICAGO

Pierre et Jean visitèrent le tombeau vide et crurent ce que Marie leur avait dit. Nous travaillâmes ensemble à rassembler les disciples et à préparer notre départ pour la Galilée. Afin de convaincre les disciples qui ne croyaient pas Marie, je témoignai : « Oui, c'est vrai, j'ai vu le Seigneur, moi aussi, et il est vivant. »

Quand vint le soir, deux disciples qui étaient allés à un village nommé Emmaüs, sur l'une des routes vers la Galilée, nous trouvèrent et dirent qu'ils avaient vu Jésus. Alors tous les disciples dirent : « Le Seigneur est réellement ressuscité ! »

Évangile secret de Jacques, le frère de Jésus

60

Nous avons sonné, et un homme chauve à l'air grave portant un col romain a ouvert la porte. J'avais vu une photo du professeur Attaway sur le site Web de son département, et cet homme devait être son frère. Il était étonnamment grand pour une personne de son âge et de sa génération, presque aussi grand que moi. Il a dit :

« Oui ? »

J'ai dit : « Excusez-nous de vous déranger, mais nous voudrions vous parler brièvement. Nous ne connaissions pas le professeur Attaway, mais je connais Joseph Coldewey.

— Et vous n'êtes pas journalistes ?

— Non.

— Entrez.

— Je m'appelle John, et voici Moira.

— Jim Attaway. Je suis le frère de Chuck. Ne vous occupez pas trop du col, j'essaie de ne pas ressembler à Chuck. Je suis son jumeau et j'ai apparemment effrayé un voisin, hier. »

Moira a dit : « Toutes mes condoléances, monsieur Attaway. »

J'ai répété la même chose. Il nous a remerciés en penchant la tête. Moira a continué :

«J'espère que les circonstances de sa mort seront éclaircies rapidement.

— Oh, mais elles l'ont été, plus ou moins. La police dit que le rapport préliminaire d'autopsie est très clair : il est mort d'une crise cardiaque normale étant donné son âge et sa condition physique. Le sang et le désordre et le bureau défoncé peuvent avoir joué un rôle ou pas, mais on ne parle plus de meurtre. Vous comprendrez que c'était un soulagement d'apprendre tout cela.

— Oui, je comprends. C'est une bonne nouvelle, dans les circonstances. »

Il a demandé :

«Comment va Joe Coldewey ? Je ne l'ai pas vu depuis des années.

— Il était plutôt triste d'apprendre la mort de votre frère. Ils s'étaient rapprochés récemment. Autrement, il a l'air bien, mais je ne le connais pas depuis longtemps. Donc, excusez-nous de vous déranger aujourd'hui, mais nous quittons Chicago et notre vol part dans quelques heures. Nous cherchons une photo de la compagne de votre frère à son bal des finissants, Elaine ; il en existe au moins une, de votre frère, Elaine, Joe et Carol, devant une voiture qui appartenait au père de Joe. »

Attaway a vaguement souri. «Oui, je l'ai vue ce matin. Venez avec moi. »

Nous l'avons suivi dans l'escalier. Il a demandé :

«Vous êtes de la famille d'Elaine ?

— Non. En réalité, nous en savons très peu sur elle, mais je serai peut-être capable de vous expliquer quelque chose en voyant la photo. Que pouvez-vous me dire à propos d'Elaine ?

— Son nom était Elaine James et elle venait d'Aurora. Je ne me rappelle plus grand-chose, sauf que Chuck l'aimait. Elle est la raison pour laquelle il a décidé de ne pas entrer au séminaire. Mais ils ne se sont pas fréquentés très longtemps. Je ne sais pas pourquoi. J'étais au séminaire quand ils se sont séparés, et je trouvais le sujet trop délicat pour en parler, à l'époque. Voici le bureau de Chuck.»

Nous arrivions à une pièce de dimension moyenne avec des bibliothèques pleines de livres couvrant les murs tout autour, et des piles de livres et deux ou trois boîtes sur le plancher. Un bureau en bois massif occupait l'espace devant la fenêtre, et un seul cadre y était posé. Je me suis avancé et je l'ai pris. L'image de Marie-Hélène me regardait à travers le temps et l'espace. J'ai montré les différentes personnes à Moira:

«Voici Joe Coldewey et sa femme Carol; ici, Chuck et Elaine. Est-ce la même photo que tu as vue?

— Oui, c'est bien elle. Ce devait être un agrandissement tiré de celle-ci.

— Merci, monsieur Attaway. Je peux vous dire quelque chose, mais je ne sais pas si ça aura du sens. J'ai connu une femme qui est un sosie d'Elaine. Je l'aimais, mais nous ne nous sommes pas fréquentés très longtemps. Je pense que ce que je ressens pour elle plusieurs années plus tard est probablement semblable aux sentiments de votre frère envers Elaine. Vous voyez qu'il ne l'a jamais oubliée. Je ne sais pas ce que tout ça signifie.»

Attaway a dit: «Je ne suis pas sûr de comprendre, mais je te crois. Pourquoi vous êtes-vous quittés?

— Oh, ça pourrait être une longue histoire, mais ce n'est rien au fond. J'étais jeune et j'étais stupide. »

J'aimais le bois et les livres tout autour, et j'ai imaginé Chuck à son bureau avec cette photo. *Ce cadre serait mon Saint des Saints personnel;* ce sont les mots qui me sont venus à l'esprit. J'ai fait glisser l'arrière de l'encadrement, à la recherche d'une réponse. Il y avait un bout de papier au bord déchiré derrière le carton qui remplissait le cadre. Je l'ai pris et j'ai remis le cadre en place. Le texte sur le bout de papier était difficile à lire, mais j'ai soudainement compris qu'il disait: *Une nuit de Magellan – N. Collins.*

Jim Attaway a demandé: «Qu'est-ce que c'est?»

J'ai dit: «Je ne sais pas. J'espérais que quelque chose sur Elaine serait écrit derrière la photo. Merci beaucoup pour votre temps, monsieur Attaway. Vous avez ma reconnaissance éternelle pour m'avoir laissé voir cette photo.

— Pas de problème. Tiens, j'ai quelque chose pour toi. »

Il s'est penché vers une boîte qui se trouvait sur le plancher; il en a enlevé un livre qu'il a placé sur le bureau. Le dos du livre disait *The Song of Songs which is Solomon's* (Le Cantique des cantiques, de Salomon). Il a ouvert la boîte et en a sorti une petite pile de photos toutes identiques de quatre pouces sur six montrant le visage d'Elaine.

«Chuck semble y être allé un peu fort avec les agrandissements. Tu peux en prendre un, si tu veux. »

J'ai pris une photo. «Merci, ça me touche beaucoup. »

Moira en a pris une, elle aussi. «Et moi aussi, monsieur Attaway. »

En quittant la maison, nous avons à nouveau exprimé nos condoléances et souhaité bonne chance et bon courage à Attaway. Une fois sur le trottoir, j'ai dit :

« Merci de tolérer mes histoires, Moira. Je pense qu'il ne reste plus rien pour nous ici. À l'aéroport ?

— Oui. Avec joie. »

61

Nous sommes retournés chez Tom en taxi pour y prendre nos bagages et notre auto et dire au revoir. Il y avait un chandail de baseball rayé dans un grand cadre sur la table. Tom et Daria ont tous les deux été soulagés d'apprendre que la mort du professeur Attaway était considérée comme naturelle. Nous nous sommes promis de nous revoir. Alors que nous partions, Tom a dit : « Je pense toujours qu'il y a quelque chose d'étrange dans toute cette affaire. »

Moira conduisait. Peu après notre départ, elle a demandé :

« Alors, qu'est-ce que c'est que cette *nuit de Magellan* de notre ami Norbert ?

— Magellan est le nom de deux télescopes jumeaux au Chili. Certains télescopes fonctionnent avec ce qu'on appelle un mode de service. Pour ceux-là, si un programme est approuvé, il faut transmettre tous les paramètres des observations, et le personnel du télescope fera les observations quand les conditions seront idéales. Mais il y a aussi un mode d'observation dit classique, où on reçoit un certain nombre de nuits au télescope et où on doit se déplacer pour faire les observations soi-même. Dans ce mode classique, on peut utiliser le télescope et les instruments avec beaucoup de flexibilité, et on pourrait même changer de programme complètement, si les instruments nécessaires sont installés. Magellan fonctionne en mode classique. L'autre chose à savoir est que l'obtention du temps de télescope est très compétitive. Pour les grands télescopes, le temps équivaut à beaucoup d'argent, de l'ordre d'un dollar par seconde, si on tient compte de tous les coûts de construction et d'opération. Je peux imaginer un astronome dans le pétrin qui mettrait du temps d'observation classique sur la table au lieu de l'argent dans une partie de poker à hautes mises.

— Il y a une façon de le revendre?

— Non, il n'y aurait pas de marché pour ça: il y a trop en jeu, professionnellement parlant. Mais deux astronomes jouant ensemble pourraient y donner une valeur, entre eux deux. Je peux me tromper, mais j'imagine une partie où Attaway, Bert et au moins un autre astronome étaient présents et où Bert a échangé ce billet contre des jetons quand il a tout perdu, parce qu'il avait vraiment besoin d'argent. Quelque chose comme ça. Le billet existe, donc quelque chose s'est passé. Je pense que c'est comme ça qu'Olav avait gagné l'auto de Leo Veneziano pour une semaine: Leo ne voulait pas dépenser d'argent et ils ont donné une valeur en jetons à l'utilisation de son auto. »

Moira a dit: «Donc Bert a vendu ce bout de papier en pensant qu'il gagnerait et pourrait le racheter. Mais il a perdu, et l'autre astronome a beaucoup perdu lui aussi, et Attaway s'est retrouvé avec le billet.

— Exactement. N'étant pas astronome, Attaway ne pouvait pas l'utiliser lui-même, mais nous savons qu'il venait de divorcer et qu'il était joueur, alors il avait peut-être besoin d'argent, et il a pu demander que Bert ou l'autre astronome lui rachète le billet. Ça aurait facilement pu mener à un conflit entre Attaway et Bert, à propos du montant exact ou de la validité du billet entre les mains d'Attaway, si Bert ne l'avait destiné qu'à l'autre astronome.

— Et ils se sont peut-être disputés vendredi soir. »

J'ai dit : « Peut-être.

— Et au cours de cette dispute, Bert s'est peut-être blessé à l'épaule en forçant la porte du bureau d'Attaway. Puis il a cherché le billet, ou simplement mis du désordre parce qu'il était fâché. Tout cela, ajouté au stress du divorce et des problèmes financiers, n'a pas aidé le cœur d'Attaway. Puis Bert allait peut-être lui parler samedi matin, mais il était mort.

— C'est aussi la reconstitution des événements à laquelle j'arrive. Elle est peut-être complètement fausse, mais tous les faits y collent. »

Elle a demandé : « Et ton ordinateur portable ?

— Un vol au hasard.

— Et le fragment sur lequel Attaway travaillait ?

— Il semble n'y avoir aucune trace de ce document, sauf ce qu'il en a dit à Tom et peut-être à d'autres collègues. Mais il n'y a pas non plus vraiment de brouillon du livre auquel il était censé travailler. Si ses problèmes étaient tels qu'il ne travaillait plus bien, il a pu inventer ces histoires pour cacher son manque de productivité. Tu sais, temporairement, jusqu'à ce que les choses rentrent dans l'ordre.

— Plausible. Et la collection Coldewey?

— Il était très content d'avoir la photo et ne pouvait pas s'empêcher d'en parler, même de façon très oblique. C'est ce que je ferais, moi aussi.

— Ou il a peut-être vu que Tom était très intéressé par cette histoire de fragment secret et lui a dit ça pour que le billet soit retrouvé si quelque chose lui arrivait.

— C'est tiré par les cheveux. Je pense qu'un coffret de sûreté à la banque serait une meilleure façon d'accomplir la même chose.»

Moira a demandé: «Pourquoi est-ce que tu n'as rien dit sur Bert à Jim Attaway?

— Pourquoi est-ce que *tu* n'as rien dit?

— Tu le sais…

— J'aurais pu dire quelque chose, mais pour quoi faire? Je ne pense pas que Bert ait agi illégalement, sauf peut-être en brisant la porte, mais quelle importance a la porte d'un mort?

— Ta visite à Coldewey et notre visite à Jim Attaway étaient si inhabituelles qu'ils vont certainement se rendre compte que quelque chose cloche et apporter le billet à la police.

— C'est probable. Espérons qu'ils prendront assez de temps pour que la police ne commence pas à nous chercher avant notre retour à la maison ce soir.»

Je m'attendais à être arrêté à tout moment à l'aéroport, mais le contrôle de sécurité nous a laissés passer, et nous sommes montés dans l'avion. J'ai poussé un soupir de soulagement quand nous avons décollé. Le film présenté à bord était un genre de film romantique avec Jennifer Aniston. Moira s'est endormie la tête sur mon épaule, et moi, ma tête sur la sienne. La police ne nous attendait pas non plus à Boston. Avant de nous séparer à Harvard Square pour retourner à nos appartements respectifs, nous nous sommes tenu les mains et elle a dit :

« Merci pour le voyage. Toutes ces histoires folles me semblent déjà incroyables, mais c'était bien.

— Merci. C'était bien. Je pense que nous devrions toujours être ensemble. »

Ça l'a fait sourire.

« Jonathan, est-ce que je te rappelle quelqu'un ?

— Non, ton visage était nouveau pour moi quand je t'ai vue, et je t'aime comme ça. »

Nous nous sommes embrassés, puis nous sommes partis.

À ma plus grande surprise, nous n'avons plus rien entendu de toute cette affaire. Je déduis des messages que nous avons échangés avec Tom et de l'absence de rumeur dans la communauté astronomique que l'existence du billet de Bert n'a jamais été révélée. Je n'ai pas non plus continué mon enquête, même s'il y avait plusieurs choses que j'aurais pu faire, comme essayer de trouver Elaine James. Tout ça m'était clair depuis le début, mais j'avais peur de ce que j'aurais pu découvrir. En tout cas, je croyais vraiment ce que j'avais dit à Moira, qu'il n'y avait plus rien pour nous dans toute cette affaire.

APRÈS MOIRA

Pendant une année et demie, Jude apparut en tant que Jésus à ses disciples dans les montagnes de Galilée. Il leur parla encore du royaume et ajouta de nouveaux enseignements expliquant comment les Écritures avaient prédit que le Messie ressusciterait après trois jours.

Plusieurs pensaient qu'il retournerait à Jérusalem en tant que Messie, mais un jour il dit qu'il nous quittait. Pierre, André, Jean, moi-même et d'autres disciples commençâmes à plaider, mais il nous dit avec autorité : « Vous ne pouvez pas me suivre là où je vais, vous ne pouvez pas prendre part à ce que j'ai à faire. »

[…]

En se séparant des derniers disciples qui partaient pour Jérusalem, Jésus dit : « Aucun de vous ne me demande : "Où vas-tu ?" Alors je vous dis simplement : cherchez, et vous trouverez. Ce qui autrefois était caché, aujourd'hui je veux bien le dire, mais personne d'entre vous ne me le demande. Cherchez, et vous trouverez. »

Puis Jude Thomas partit avec Marie pour annoncer la nouvelle du royaume, vers les païens de l'Est où nul ne pourrait reconnaître Jésus en Thomas. On me dit

qu'ils ont apporté la nouvelle du royaume aux Syriens,
aux Parthes et aux Indiens.

Évangile secret de Jacques, le frère de Jésus

62

Moira et moi avons terminé l'*Évangile secret* quelques semaines après notre retour de Chicago. Nous sommes restés les meilleurs des amis, mais après le voyage, son amour s'effaçait et je pouvais le voir. Nous passions la nuit ensemble de moins en moins souvent au fil des semaines. Je sais que le 1er mai je croyais toujours à notre amour, parce que nous sommes allés à la célébration de Beltaine à l'aube, près de la rivière. Nous portions des couronnes de fleurs que nous avions fabriquées la veille avec des fleurs et du lierre cueillis sur le campus. Nous étions si heureux, elle était si belle. Nous avons dansé autour de l'arbre de mai, puis avons suivi la procession du pont piéton jusqu'à la cour entre les River Houses. Puis nous avons acheté des pâtisseries et du café chez Peet's et sommes allés dans Harvard Yard, où j'ai aidé Moira à grimper et à mettre sa couronne sur la tête de la statue de John Harvard. Ça nous a donné une idée, donc elle a séché tous ses cours de la journée et nous avons pris le train vers Providence pour aller pique-niquer à l'Université Brown avec la statue de Marc Aurèle, que nous voulions voir depuis longtemps. Par une chance incroyable, j'ai réussi à lancer ma couronne sur sa tête du premier coup. J'ai pensé que tout rentrerait dans l'ordre, mais, au bout du compte, c'était la dernière de mes journées de pur bonheur avec elle.

Elle est retournée chez ses parents pour l'été. Elle s'y est engagée dans une production théâtrale locale, puis a décidé de prendre congé de Harvard pour l'année suivante. Elle me l'a annoncé au téléphone. J'ai eu le cœur brisé. Je lui ai proposé d'aller vivre avec elle où elle le voudrait, j'ai pleuré et je lui ai parlé de mes sentiments grandioses et je l'ai suppliée, mais elle a rejeté mon amour fermement et sans appel.

Nous avons réussi à faire publier l'*Évangile secret* relativement vite, sous le pseudonyme que vous savez, et Moira a déménagé en Californie pour devenir actrice. Elle a épousé Dave et ils y vivent ensemble. Je n'ai pas pu assister au mariage parce que j'étais en voyage d'observation.

Nous nous écrivons toujours régulièrement et nous nous voyons quand nous le pouvons. Je suis toujours content de la voir et nous nous amusons beaucoup. Il est à la fois réconfortant et vertigineux de la retrouver chaque fois inchangée, pleine de vie et drôle et douce. Nous nous sommes vus au restaurant avec Dave à une ou deux occasions, mais la plupart du temps il trouve autre chose à faire et ça me va. Nous avons vécu ce moment de communion dans l'auto quand nous avons chanté tous les trois sur la musique de Simon and Garfunkel ; Dave connaissait les chansons et il était aussi touché que moi, et ça m'a étonné. Quelque chose en moi veut qu'il soit racheté par l'art, mais lui attribuer trop de mérite pour cela serait probablement une erreur ; après tout, les nazis avaient eux aussi la *Kultur* et la musique. Une autre fois, en auto, à Boston, Dave allait voir une partie de baseball et portait un chandail de baseball ; il chantait en accompagnant une chanson qui était probablement du ska et qui disait quelque chose comme *ma poitrine porte un emblème parce que mon esprit est libre et le système ne peut pas l'emprisonner.* Je n'ai toujours pas tout compris.

Maddie et moi nous sommes vus souvent pendant l'année universitaire après le départ de Moira. Nous allions souper et regardions des films. Beaucoup de films ; elle louait des piles de DVD à la bibliothèque. Pour un temps, nous tenions nos soirées cinéma dans sa chambre des résidences deux fois par semaine. Nous allions souvent au Brattle, aussi. Elle était une bonne amie. Nous avons même magasiné des vêtements ensemble. Le jour de la Saint-Valentin, la cafétéria à Dudley offrait ces bonbons avec des mots d'amour écrits dessus. Je ne les ai pas vraiment regardés, et pour le plaisir, je lui ai dit :

« Maddie, j'aimerais que tu sois ma Valentine. Tiens, pige un bonbon.

— Merci, avec joie. »

Elle a tiré un bonbon qui disait *un câlin.* Nous nous en sommes fait un. Nous avons dîné comme d'habitude. Après le repas, je me suis mis à manger le reste des bonbons et me suis rendu compte que la plupart disaient des choses comme *embrasse-moi* et *épouse-moi.*

« Wow Maddie, nous avons été chanceux. Je ne le savais pas, mais tu aurais pu piger *épouse-moi* ! »

Elle a répondu : « Chanceux ? Parle pour toi. »

Je l'ai pris en blague, mais maintenant je me demande, parce que trop d'introspection fait ça.

Puis Maddie a obtenu son diplôme et a déménagé à New York.

L'année suivante, en janvier, je visitais Mexico et j'ai croisé Maddie dans la maison de Trotski, par hasard. Je me disais justement, en visitant la maison de Frida Kahlo, puis celle de Trotski, que Marie-Hélène devait y être venue, et je visitais avec elle par procuration. Elle marchait avec moi comme Jane à Istanbul ou à San Francisco. Puis je suis entré dans une pièce et Maddie était là. J'étais content de la voir, mais notre rencontre n'a pas éveillé ce sentiment spécial de synchronicité ; c'est peut-être que je deviens vieux. Nous avons passé l'après-midi ensemble dans la ville et sommes allés à Teotihuacán le lendemain matin. Nous nous sommes bien amusés. Après son départ, je suis allé dans un restaurant qu'elle m'avait conseillé, et là, les marques sombres d'une de mes tortillas ressemblaient à Marie-Hélène, visage, tête et épaules. Je suis sérieux. J'ai pris une photo de la tortilla avant de la manger. Tout ça m'a fait penser, et j'étais aussi inspiré par Maddie qui, en tant que journaliste, écrivait de bien belles choses sur notre civilisation, alors j'ai décidé de rassembler mes journaux, papiers et tentatives de nouvelles littéraires et de composer le livre ici présent. Je n'avais pas beaucoup écrit depuis l'*Évangile secret*.

Moira en rouge dans un labyrinthe
Moira en rouge sur le bord de l'eau
Moira en rouge dans un rêve dans un rêve

Comment je me sens face à tout cela maintenant, et face à elles toutes, Diane, et Helen, et Marie, face à la manière dont nous nous sommes connus et diffusés, je ne trouve pas les bons mots dans mes langues pour l'exprimer. C'est peut-être la raison pour laquelle je ne donne jamais suite à la bonne idée d'écrire à Helen. Chaque jour, quelque chose rappelle l'une d'elles à ma mémoire, et toutes les chansons veulent que je l'aime en amant et que je rêve de la posséder, mais rien de tout cela n'est exactement ce que je ressens. Comme Sylvain Lelièvre l'a chanté : *Les secrets les plus beaux n'ont point trouvé d'oreille.* Quand j'y pense trop, je deviens agité, et je cours dans la rue la nuit jusqu'à ce que ma poitrine s'élève vers le ciel et que je me sente sur le point d'exploser. L'iconographie hindoue a cette image du seigneur Hanuman ouvrant sa poitrine de ses mains, révélant Rama et Sita dans son cœur. Si je pouvais faire la même chose, on y verrait Marie-Hélène et Moira.

Marie-Hélène, Marie-Hélène, ça fait des années que je t'ai vue, pourquoi est-ce que je pense encore à toi chaque minute de ma vie ? Je suis sur un vol de nuit, le monde tel que je le vois par mon hublot est obscurité totale à l'exception des étoiles, et le carré de Pégase est là à côté de moi alors que j'écris ces mots. Je pourrais être dans l'espace, entre les étoiles, comme le feront les générations futures. Pourquoi est-ce que je perds mon temps à rêver comme un enfant distrait ? Nous devrions aller vers les étoiles. Et je le dis littéralement : je parle de voyage spatial. Ce n'est pas une métaphore stupide sur l'amour.

CODA

63

L'astronome dur à cuire a fait encore beaucoup d'autres choses; si on les écrivait en détail, je ne pense pas que le monde entier pourrait contenir les livres qu'on écrirait.

REMERCIEMENTS

J'aimerais exprimer ma plus grande gratitude à la merveilleuse Katie Rose et à mes parents, qui ont soutenu tous mes projets d'année en année.

Je suis également reconnaissant (et présente mes excuses) à Christopher Stubbs et à Rachel Douglas-Jones.

Merci à Normand de Bellefeuille et à toute l'équipe des Éditions Druide de croire en mon texte, et à Audrey Larouche d'ajouter sa vision artistique à la mienne. Je dois souligner l'apport significatif de Diane Martin et de Jocelyne Dorion à la révision. Plus tôt dans son histoire, ce livre a aussi bénéficié de l'aide indispensable de Caitlin Keenan, Francis Loranger et Olivier Jacques.

Merci à Monique Lelièvre pour la discussion et pour la permission de citer Sylvain.

Je remercie Ronald Wagner et Georges Desmeules de m'avoir enseigné la littérature. Je fais le baisemain au puissant Gabriel Marcoux-Chabot qui, dans les coulisses, est responsable de beaucoup plus de choses qu'il n'y paraît. Je remercie aussi spécialement les participants au Dudley House Writers Workshop de jadis, en particulier Mary DiSalvo et Anna Leshinskaya. Finalement, merci à Yulia Gurevich, Daniyar Nurgaliev,

Matthew Bayliss, Kristen Keerma Friedman, et aux nombreux amis et membres de ma famille qui m'ont encouragé à écrire.

JONATHAN RUEL

J'écris pour explorer des choses dont on ne parle pas, ou peu, faute de mots ou de concepts. La part de magie dans les rapports humains. La part de mystère dans la vie.

Un bon projet de recherche en sciences permet d'en apprendre un peu sur le monde, de répondre partiellement à une question, mais souvent avec l'effet secondaire d'en soulever plusieurs nouvelles.

Il en va de même de ce livre.

En plus d'une recherche, écrire est pour moi un geste d'amour et d'espoir – un geste politique. C'est peut-être un peu pour ça que j'ai été et suis toujours aussi touché et inspiré par l'œuvre de Sylvain Lelièvre, à qui ce livre est dédié, parce qu'elle nous donne plus d'amour pour l'humanité.

Vous pouvez me trouver sur le Web, à l'adresse jonathanruel.com.